Ivan Klíma:
Liebe und Müll

Roman

Deutsch von Alexandra Baumrucker

dtv

Deutscher Taschenbuch Verlag

Von Ivan Klíma
ist im Deutschen Taschenbuch Verlag erschienen:
Ein Liebessommer (11608)

Ungekürzte Ausgabe
Mai 1995
Deutscher Taschenbuch Verlag GmbH & Co. KG,
München
Titel des tschechischen Originals:
›Láska a smetí‹ (Rozmluvy, Surrey 1988)

ISBN 3-446-16117-1
Umschlagtypographie: Celestino Piatti
Umschlagbild: Quint Buchholz
Satz: Fotosatz Amann, Aichstetten
Druck und Bindung: C.H. Beck'sche Buchdruckerei,
Nördlingen
Printed in Germany · ISBN 3-423-12058-4

Das Buch

»Seit fünfundzwanzig Jahren bietet mir meine Frau Kaffee an, und ich frage mich, ob sie jemals gemerkt hat, daß ich keinen trinke.« Midlifecrisis mit subtiler Dreiecksgeschichte. Autobiographische Züge trägt der in Ungnade gefallene Schriftsteller, der jeden Morgen um sechs in einer orangefarbenen Arbeitsjacke mit Besen und Schaufel bewaffnet ausrückt: Die Straßenkehrer von Prag schieben Frühschicht. Wer unter den gleichförmigen Bewegungen seines Besens grau zu werden droht (wie der Kehricht), der sucht »andere Erfahrungen«, etwas, das einen, wenigstens für Stunden, herauskatapultieren könnte: aus den schlechten Wohnungen, dem »sozialistischen Aufbau«, dem Ehetrott ... Wegen seiner präzisen Schilderung der Selbstbehauptungsversuche und Lebensbedrängnisse und der »Abbildung« dieser Kämpfe sogar noch im Privatesten gilt ›Liebe und Müll‹ heute als *der* große Roman über die (tschechischen) achtziger Jahre.

Der Autor

Ivan Klíma wurde am 14. September 1931 in Prag geboren und mußte als Kind drei Jahre im KZ Theresienstadt verbringen. Nach dem Studium arbeitete er zunächst als Lektor, Redakteur und Reporter, zuletzt – bis zu ihrem Verbot – bei ›Literárni listy‹. Da Klíma sich einer deutlichen Kritik an Partei und Gesellschaft nicht enthalten konnte, wurde er aus der Partei ausgeschlossen und erhielt 1968 Publikationsverbot. So konnte ›Ein Liebessommer‹ 1973 zwar auf deutsch, jedoch auf tschechisch erst 1979 in Toronto erscheinen.

Die in dieser Prosa auftretenden Personen, einschließlich der Person des Erzählers, sind mit keiner lebenden Person identisch.

1

Die Frau im Büro schickte mich in den Umkleideraum, dort sollte ich warten. Das Büro war genauso grau und düster wie der Hof, auf den ich hinaustrat, in einer Ecke häuften sich zertrümmerte Ziegel und abgeschlagener Verputz, ein paar zweirädrige Karren und jede Menge Mülltonnen standen herum, nirgends ein Fleckchen Grün.

Der Umkleideraum kam mir noch düsterer vor. Ich setzte mich auf die Bank unter dem Fenster, das auf den tristen Hof hinausging, und klammerte mich an meine kleine Ledertasche, die drei süße Brötchen für die Frühstückspause, ein Buch und das Notizheft enthielt, in das ich alles eintrug, was mir gerade zu dem einfiel, woran ich zur Zeit schrieb. Ich arbeitete an einem Essay über Kafka.

Im Umkleideraum saßen zwei Männer. Der eine, ein angegrauter langer Kerl, erinnerte mich an den Professor, der mir vor vielen Jahren die Mandeln herausgenommen hatte. Der andere war ein gedrungener, eigentlich eher gestauchter Mensch unbestimmbaren Alters, steckte in einer abgetragenen, schmutzigen Hose, die ihm kaum zur Hälfte der Waden reichte, und deren riesige aufgesetzte Taschen an überdimensionale Pistolenhalfter denken ließen, und trug auf dem Kopf eine blaue Kapitänsmütze, über deren Schild ein goldener Anker glänzte. Unter dem Schild hervor musterte mich neugierig ein Augenpaar von der Farbe seichter Ufergewässer. Diese Augen, dieser Blick kamen mir bekannt vor. Der Mann hatte natürlich gleich heraus, daß ich hier neu war, und riet mir, meinen Personalausweis auf den Tisch zu legen. Ich befolgte seinen Rat, er legte seinen Ausweis dazu, und dabei bemerkte ich, daß ihm die rechte Hand fehlte; aus dem Ärmel ragte ein schwarzer Haken heraus.

Unterdessen fanden sich auch meine neuen Arbeitskollegen ein. Neben mich setzte sich ein dicklicher junger Debiler mit einem nervösen Zucken im Gesicht, holte ein Paar verdreckter Stiefel aus einem Spind, drehte sie um, und tatsächlich, aus dem einen ergoß sich ein Schwall einer Brühe, die kaum aus der Wasserleitung stammen konnte. Er fing sofort an, uns in einer Sprache anzuschreien, von der ich kein einziges Wort verstand.

Ich weiß selbst nicht genau, was mich bewogen hatte, mich in diesem vollkommen unattraktiven Beruf zu versuchen. Ich hatte mir wohl einen neuen Blickwinkel erhofft, der mir zu einer ungeahnten Weltsicht verhelfen würde: Wenn man die Welt und die Menschen immer nur vom gewohnten Standpunkt aus betrachtet, läuft man Gefahr, abzustumpfen.

Während ich der Dinge harrte, die da kommen sollten, erinnerte ich mich plötzlich an das Dinner, das der Dekan meiner Universität vor fünfzehn Jahren, unmittelbar vor meiner Abreise aus den Vereinigten Staaten, mir zu Ehren gegeben hatte. Ich hatte den Mann bis dahin nur einmal gesehen, das Dinner lockte mich nicht, und Ansammlungen von Leuten, die mir fremd sind, deprimieren mich. Wen konnte ich schon kennen, meine Gastdozentur hatte ja nur ein halbes Jahr gedauert. Doch dann kam alles ganz anders, die Leute waren alle sehr nett, lächelten mir auf amerikanische Weise zu und verlangten mehr oder weniger beharrlich eine Erklärung für meine Absicht, aus ihrem freien und reichen Land dorthin heimkehren zu wollen, wo Armut und Unfreiheit herrschten, wo man mich vermutlich einsperren und nach Sibirien verbannen würde. Ich bemühte mich, ebenfalls nett zu sein, und sagte, bei uns daheim sei ich den Leuten bekannt. Selbst wenn ich die Straßen kehren sollte, würde ich für sie doch derjenige bleiben, der ich sei, der ich einzig und allein sein wollte, nämlich ein Schriftsteller, wohingegen ich hier in Amerika, auch wenn ich weiterhin in meinem Ford herumkutschierte, nur einer von den vielen Einwanderern bleiben würde, derer sich das große Land erbarmt hatte. Ja, so redete ich daher. In Wirklichkeit jedoch wollte ich nach Hause, weil dort Menschen lebten, die mir nahestanden, weil ich dort fließend sprechen und meine Muttersprache hören konnte.

Inzwischen freilich war mir klargeworden, daß ich auch als Prager Straßenkehrer für die meisten Leute nicht mehr sein würde als eben einer von denen, die die Straßen kehren: ein Straßenkehrer, den sie kaum zur Kenntnis nahmen.

Nun betrat eine Frau den Umkleideraum. Sie war gut gewachsen, ihre schmalen Hüften steckten in Jeans. Sie hatte das gebräunte und zerfurchte Gesicht einer alten Indianerin auf dem Markt von Santa Fe. Eine der Indianerinnen, die älteste und indianischste, hatte über ihrem Stand ein Täfelchen angebracht, das besagte, daß diese Squaw auf den Vornamen Venus höre. Die hiesige Venus setzte sich erst gar nicht und zog ein Päckchen Zigaretten der Marke *Start* aus der Handtasche. Als sie sich eine anstecken wollte, fiel mir auf, daß ihre Finger zitterten. Das Zündholz erlosch, bevor die Zigarette brannte, und die Frau Venus verfluchte es dafür. Ihre Stimme klang so versoffen, tief und rauh, daß Charakterschauspielerinnen führender Bühnen, die deftige Volkstypen darstellten, bei ihr einiges hätten lernen können.

Es kamen noch einige ältere und unscheinbare Männer herein, hinten begann sich ein kleiner Dicker mit Schlaumeierblick umzukleiden. Er hatte, wie der Debile neben mir, einen eigenen Spind, aus dem er jetzt einen graugrünen Overall hervorholte.

Punkt sechs Uhr kam die Frau aus dem Büro herein und verlas die Namen derer, die an diesem Tag unseren Teil der Stadt zu kehren hatten. Zuerst nannte sie diejenigen, die Schilder aufstellen sollten, dann drei, deren Aufgabe es war, die städtischen Abfallkörbe zu leeren. Zum Schluß händigte sie dem Dicken im Overall ein Blatt Papier aus und gab bekannt, daß der Kolonne die Zoulová sowie Pinz, Rada und Stych zugeteilt seien, und als letzten verlas sie meinen Namen. Dabei legte sie eine orangefarbene Straßenkehrerjacke vor mich hin. Ich nahm die Jacke, ging rasch um den Tisch herum und suchte mir den Spind im hintersten Winkel. Ich öffnete die Tür, auf der mit Kreide Bui dinh Thi geschrieben stand, stopfte mir Dokumente, Brötchen, das Buch und mein Notizheft in die Taschen und machte den Spind wieder zu.

Wir gingen alle auf den unfreundlichen Hof hinaus, auf den jetzt Müllwagen hereinratterten, zwei junge Burschen luden Schaufeln, Besen, Harken, Karren, Verkehrsschilder und verbeulte Mülltonnen auf einen Pritschenwagen. Es war Viertel nach sechs Uhr früh, erst Viertel nach sechs – ich machte mir das Ausmaß des vor mir liegenden Tages bewußt.

Der Mann im Overall, der uns offenbar als Kolonnenführer zugeteilt war, ging auf das Tor zu, und aus der Gruppe der Hilfskräfte lösten sich tatsächlich vier Gestalten: Frau Venus mit der rauhen Stimme, ein junger Mann mit einem blassen Mädchengesicht, der eine große Tasche am Schulterriemen trug, dann der Lange, der mich an den HNO-Professor erinnerte, sowie der Mann mit der Seemannsmütze. Diese Leute kamen mir so fremd und fern vor wie die Arbeit, die zu verrichten ich mich anschickte, gleichwohl rückte ich mit ihnen aus, und das in einer Gangart, die eher zu einem Leichenzug gepaßt hätte. Gemessen und orangefarben uniformiert schritten wir durch die Gassen des Stadtteils Nusle, an uns vorbei eilten Menschen zur Arbeit, wir eilten nicht, wir waren schon bei der Arbeit.

So wie jetzt war es mir selten ergangen, ich hatte es die meiste Zeit meines Lebens eilig gehabt, war besessen gewesen von dem Gedanken an all das, was ich noch erreichen mußte, um gut schreiben zu können. Ich hatte mir schon als Kind gewünscht, Schriftsteller zu werden, und die Schriftstellerei lange für einen noblen Beruf gehalten. Ich hatte geglaubt, ein Schriftsteller müsse weise sein wie ein Prophet, rein und erhaben wie ein Heiliger und gewandt und waghalsig wie der Artist auf dem Trapez. Obwohl ich nunmehr weiß, daß es keine begnadeten Berufe gibt, daß des einen Weisheit, Reinheit, Erhabenheit, Waghalsigkeit und Gewandtheit bei einem anderen als Tollheit, Schmierigkeit, Mittelmäßigkeit und Ungeschicklichkeit erscheinen mag, hat sich meine frühere Auffassung in meinem Bewußtsein und Unterbewußtsein festgesetzt, und das ist wohl der Grund, warum ich davor zurückschrecke, mich als Schriftsteller zu bezeichnen. Wenn ich nach meinem Beruf gefragt werde, versuche ich der Antwort auszuweichen. Wer darf übrigens von sich behaupten, er sei ein Schriftsteller? Er kann höchstens sagen: Ich schreibe Bücher. Gelegentlich stelle ich fest, daß ich nicht einmal imstande bin, genau abzugrenzen, was tatsächlich Gegenstand meiner Arbeit ist, was echte Literatur vom bloßen Verfassen unterscheidet, zu dem doch jeder fähig ist, auch wenn er nie zur Schule gegangen ist, vorausgesetzt, jemand hat ihm die Buchstaben beigebracht.

Jetzt jedenfalls konnte ich das gemütliche Schlendern genießen und hatte das beruhigende Bewußtsein, genau zu wissen, was von mir erwartet wurde. Gemächlich passierten wir den Nationalausschuß, das Gebäude des Obersten Gerichts, dann erreichten wir das ehemalige Sokol-Haus, wo uns bereits unsere Gerätschaften erwarteten, die Besen, Schaufeln, Rechen und ein Karren, dessen Kasten eine halbierte Mülltonne bildete. Um guten Willen zu beweisen, griff ich nach der größten Schaufel.

In meiner Kindheit hatte ich an der Peripherie von Prag unweit des Militärflugplatzes Kbely in einem Einfamilienhaus gleich neben einer Gastwirtschaft gewohnt. Dort hatte sich gegen Mittag immer der Gemeindestraßenkehrer eingefunden. Er hielt mit seinem Karren auf dem freien Platz, wo die Fuhrleute mit ihren Pferden standen, holte die Schaufel aus dem Wagenkasten, fegte fast feierlich die Pferdeäpfel zusammen, nötigenfalls auch anderen Mist, schaufelte alles in den Karren, stellte sein Gefährt an der Wand ab und ging in die Schankstube. Er gefiel mir, er trug eine Schildmütze, auch wenn es keine Kapitänsmütze war, und, zum Gedenken an unseren letzten Kaiser, einen gezwirbelten Schnurrbart. Auch sein Beruf gefiel mir, ich hielt ihn für einen der wichtigsten, die Menschen ausüben können, und glaubte, daß Straßenkehrer deshalb großes Ansehen genossen. In Wirklichkeit verhielt es sich wohl eher umgekehrt. Diejenigen, die ein Land von Unrat oder Ratten säubern, werden niemals geachtet. Unlängst habe ich gelesen, daß vor zweihundert Jahren ein Stukkateur, der von seiner Angebeteten abgewiesen worden war und ihr in der St. Georgskirche mit einem Messer Gesicht, Mund und Schultern zerschnitten hatte, in den Kerker geworfen und zur Richtstätte geführt wurde. Man begnadigte ihn, doch mußte er zur Strafe drei Jahre lang die städtischen Straßen reinigen.

Als ich vor Jahren in einem Krankenhaus als eine Art Kalfaktor arbeitete, transportierte ich allmorgendlich die Abfälle zu einem großen Ofen, blutige Verbände, eitergetränkten Mull, Körper- und Kopfhaare, schmutzige Lumpen, die nach menschlichen Ausscheidungen stanken, und natürlich auch haufenweise Papier, Blechdosen, zerbrochene Gläser und Kunststoff. Ich schaufelte alles in den Ofen und schaute zu, wie der Abfall sich gleichsam in Krämpfen wand und sich in der Flammenglut auflöste, ich hörte, wie das Glas knallend explodierte und zersprang, wie das Feuer siegreich toste. Einmal jedoch verbrannte der Unrat nicht, der Luftzug im Ofen riß ihn mit hinauf und spie ihn durch die Mündung des hohen Schlotes gen Himmel, und ich verfolgte staunend und starr, wie all mein Dreck – Lumpen, Papiere und Streifen blutiger Verbände – zum Boden zurückschwebte, sich in Baumästen verfing oder auf die offenen Fenster der Pavillons zusegelte. Plötzlich kamen aus der nahen Anstalt der Sozialfürsorge die geistig Behinderten angelaufen, die den Park des Krankenhauses instand hielten, blökten begeistert und deuteten auf eine hohe Silbertanne, die behängt war wie ein Weihnachtsbaum.

Mir kam das wie ein Sinnbild des Laufs der Welt vor. Unrat vergeht nicht, er durchsetzt die Luft, quillt im Wasser auf, zersetzt sich, fault, gärt, verwandelt sich in Gas, in Rauch, in Ruß, zieht durch die Welt und begräbt sie allmählich unter sich. Unrat vergeht nicht.

Wir begannen in der Lomnickýgasse. Unsere Venus schwang

weit ausholend den Besen, neben ihr half mit seinem eigenen Besen der Mann mit der Kapitänsmütze, der die meiste Zeit stumm wiederkäute und mitunter einen Klumpen schaumigen Speichels ausspuckte. Sie fegten mir einen Haufen Kehricht auf die Schaufel, und ich warf den ganzen Mist in die Mülltonne auf dem Karren. Als die Tonne voll war, kippten wir sie auf den Gehsteig, den Haufen sollte später der Müllwagen abtransportieren. Auf diese Weise markierten wir unseren Weg und rückten langsam zum Vyšehrad vor. Ich starrte auf die bunten Baumkronen, sie winkten mir von fern, obwohl mich darunter niemand erwartete, obwohl sie mich nicht mehr erwartete. Ich sagte nur: sie; im stillen gab ich ihr fast nie einen Namen. Manchmal nannte ich sie bei mir: Sibylle. Sie weissagte, und ich hielt sie für wissend, sie hatte etwas Geheimnisvolles an sich, und das machte sie schön. Getauft war sie auf den Namen Darja.

Ich konnte mich beim besten Willen nicht erinnern, ob wir jemals gemeinsam hier gewesen waren, unsere Zusammenkünfte hatten sich mir in all den Jahren übereinandergeschoben und verwischt – die Jahre hatten sich angesammelt wie in der biblischen Geschichte von Jakob und Rahel. Kennengelernt hatte ich Darja bereits ein Jahr zuvor. Damals hatte ich in einem Wohnwagen einen Freund besucht, der eine Ausbildung zum Arbeiter im Bereich der geologischen Forschung absolvierte. Mir fiel eine Statuette auf, die sich in ihrer Bizarrerie vom kargen Interieur des Wohnwagens deutlich abhob. Mein Freund, der kurze Zeit vorher noch Kunstkritiken geschrieben hatte, erzählte mir einiges über die Bildhauerin, deren Welt sich angeblich in den Sphären von Traum, Wahn, Leidenschaft und Zärtlichkeit entfaltete. Er meinte, ein Besuch in ihrem Atelier sei ein großes Erlebnis, und ich trug ihre Adresse in mein Notizheft ein. Als ich ein Geburtstagsgeschenk für meine Frau suchte, fiel mir die Adresse wieder ein.

Das Atelier befand sich in dem ziemlich kleinen Kellergewölbe eines Hauses auf der Kleinseite von Prag. Ein Drittel des Raums nahmen Regale mit den Werken der Bildhauerin ein.

Sie empfing mich freundlich und unterhielt sich eine Weile mit mir, sprach sogar flüchtig von ihrer kleinen Tochter und erkundigte sich, was ich und meine Frau denn so täten. Ihr Interesse erklärte ich mir aus dem Umstand, daß ich als Käufer gekommen war.

Geschmeidig bewegte sie sich zwischen den Regalen. Auf ihrem langen Rock wellten sich beim Gehen Augen und Lippen, ein Muster aus braunen Augen und roten Lippen. Ihre Augen waren blau, die Lippen ziemlich blaß. Was würde geschehen, wenn ich sie jetzt zwischen den Regalen umarmte? Aber ich wußte, daß ich es nicht tun würde.

Ich kaufte einen Vogel mit dünnem Hals, auf dem ein kantiges Köpfchen mit verschmitzten Menschenäuglein saß. Sie verpackte mir das Geschenk in Seidenpapier und begleitete mich zur Tür. Dann sahen wir uns viele Monate lang nicht. Erst am Vorabend meines siebenundvierzigsten Geburtstags stellte sie sich unerwartet bei uns ein, sie wollte sich ihre Skulptur für eine Ausstellung in Budapest ausleihen. Ich bat sie herein und machte sie mit meiner Frau bekannt, die sich freute, ihre Bekanntschaft zu machen. Wir saßen zu dritt in meinem Arbeitszimmer. Lída, die anderen gern eine Freude machte, lobte die Statuette.

Wir tranken Wein, meine Frau und ich eher symbolisch. Darja sprach lebhaft von der bevorstehenden Ausstellung und ihren Reisen. Sie erzählte von Kambodscha, das sie einmal besucht hatte, und sprach von diesem Land als von einem irdischen Paradies voller glücklicher und unschuldiger Menschen – die Schilderung fesselte meine Frau, die sich immer wünschte, Menschen von Schuldgefühlen zu befreien; schließlich kamen wir auf unsere Kultur zu sprechen, die auf dem Wissen um die Sünde gründet. Darja behauptete, die Lehre von der Sünde sei unser Fluch, denn sie beraube uns der Freiheit und stelle sich zwischen die Menschen, aber auch zwischen die Menschen und Gott. Meine Frau erhob Einwände, sie fand, die Freiheit müsse von irgendeinem inneren Gesetz eingeschränkt werden, und brachte die Rede schließlich auf

Kinder und deren Erziehung, doch ich achtete immer weniger auf das, wovon eigentlich gesprochen wurde, ich nahm etwas anderes wahr: die lautlose Stimme der Anderen, die sie, wie mir schien, zu mir herübersandte in der Erwartung, daß ich sie hören und verstehen würde.

Bald warf der Abend seine Schatten ins Zimmer, und ich hatte den Eindruck, das verbliebene Licht konzentriere sich auf ihre Stirn, eine hohe Stirn, die auf befremdliche Weise der Stirn meiner Frau glich. Sonderbarerweise erlosch dieses Licht nicht zugleich mit dem Tag. Als ginge es von ihr aus, von einer Flamme, die in ihr loderte, und mir war, als neigte diese Flamme sich mir zu und umfächelte mich mit ihrem heißen Atem.

Als sie gegangen war, blieb ich sozusagen weiter in ihrem Bannkreis. Lída fand, die Bildhauerin sei eine interessante und reizende Person, und überlegte, ob wir sie nicht einmal einladen sollten, vielleicht zusammen mit ihrem Mann, aber ich stimmte, mögliche Verstrickungen vorausahnend und befürchtend, nicht zu, sondern wechselte das Thema. Dann ging meine Frau in ihr Zimmer, und ich versuchte vergeblich zu arbeiten. Also schaltete ich das Radio ein, der Sender brachte barocke Orgelmusik, aber auch die Musik beruhigte mich nicht, ich war außerstande, sie aufzunehmen, ich hörte nur unzusammenhängende, von der fremden Stimme gesprochene Satzfetzen. Wie war diese Stimme eigentlich? Sie war weder besonders klangvoll, noch einschmeichelnd oder melodiös, weder farbig noch aufdringlich, ich vermochte nicht zu sagen, wodurch sie mich bezaubert hatte.

Als ich abends meine Frau in den Armen hielt, die in der Liebe zärtlich und ruhig war und träge wie sommers ein Fluß im Tiefland, hatte ich wieder diese Stimme im Ohr, und da fiel mir die richtige Bezeichnung für sie ein: leidenschaftlich. Ich bemühte mich, sie, die in dieser Situation absolut unpassend war, zum Schweigen zu bringen, es gelang mir nicht.

Wir waren abgebogen und entfernten uns wieder vom

Vyšehrad. Ich lud mit der Schaufel Papiere, Pappbecher, zertretene Zündholzschachteln auf, auch einen Puppenkopf, einen zerschlissenen Tennisschuh, eine ausgedrückte Tube, einen verschmierten Brief, aber nichts lag in größeren Mengen auf dem Boden als Zigarettenstummel. Allen Unrat schaufelte ich in die graue Mülltonne auf dem Karren, und jedesmal, wenn sie voll war, kippten der Kapitän und ich sie auf den Gehsteig, wo der Wind, der immer stärker blies, den Kehricht wieder auseinanderwehte, aber es störte uns nicht weiter, Unrat ist sowieso unverwüstlich.

Unrat ist wie der Tod. Was ist sonst noch so unverwüstlich? Unsere Nachbarn, die Gastwirtsleute, hatten fünf Kinder, das jüngste trug den gleichen Namen wie ich und war ungefähr in meinem Alter. Wir spielten zusammen, mir war an seiner Freundschaft gelegen, denn sie eröffnete mir den Zugang auch zu den verborgenen Räumen des Gasthofs, zum Keller, wo große, weißglänzende Eisblöcke selbst im heißesten Sommer nicht schmolzen, wo Bierfässer lagerten, die mir riesig vorkamen; zudem hatte ich auf diese Weise auch Zutritt zu den Stallungen, wo statt der Pferde zwar ein schwarzer Praga stand, die Wände aber noch immer nach Urin stanken und ein Rudel Katzen unterschiedlichster Altersstufen und Farben hauste.

Der Junge erkrankte an Diphterie und starb nach einer Woche. Im Alter von fünf Jahren begriff ich noch nicht, was Tod bedeutet, zur Beerdigung nahmen mich die Eltern nicht mit. Ich sah nur den schwarz gekleideten Gastwirt und seine weinende Frau und die Trauergäste, und ich hörte die Blasmusik, die unendlich getragene Märsche spielte.

Als ich mich erkundigte, wann mein Namensvetter zurückkommen werde, antwortete meine Mutter nach einigem Zögern, er werde niemals zurückkommen, er sei für immer weggegangen. Ich wollte wissen, wohin, doch ich bekam keine Antwort. Erst das alte Dienstmädchen aus der Gastwirtschaft sagte mir, als ich mich traute, sie zu fragen, er sei ins Paradies eingegangen. Sein unschuldiges Seelchen sei nun in diesem lieblichen Garten zwischen Blumen und spiele mit den Englein, er und ich würden uns, wenn ich brav bliebe, dereinst dort wiedersehen.

Ich wollte ein bißchen mehr erfahren über den Paradiesgarten und über die Seelen, die dort wohnten, doch meine Mutter redete um die Sache herum und schickte mich zum Vater.

Mein rationalistischer Vater, der, soviel ich wußte, eine Antriebsmaschine für den schnellsten Zug konstruiert hatte, der unter unseren Fenstern dahinraste, aber auch Motoren für die Flugzeuge, die über unseren Köpfen dröhnten, und deswegen einiges Ansehen genoß, wunderte sich über meine Frage. Er nahm mich bei der Hand, führte mich ins Freie und sprach dort lange zu mir: über die Entstehung der Welt, über heiße Dämpfe und abkühlende Materie, und über winzige, unsichtbare Atome, die überall und in allem kreisten. Aus denen bestünden in Wirklichkeit die Lehmhaufen, die Steine des Weges, über den wir gerade gingen, und auch unsere Füße, die uns trugen. Wir gingen an der Bahnstrecke entlang, durchquerten ein schütteres Wäldchen und stiegen hinauf zum Flugplatz. Die Züge rumpelten unter uns in der Tiefe dahin, während über uns Doppeldecker der Luftstreitkräfte knatterten. Vater erzählte mir auch, was die Menschen seit altersher zu leiden gehabt hätten, weil sie der Erde verhaftet seien, die sie nicht verlassen durften und konnten. Aber geträumt hätten sie immer davon, sich loszulösen, und daher hätten sie sich ein Paradies ersonnen, wo alles vorhanden war, wonach sie sich sehnten, was sie im Leben entbehrt hatten, sie hätten sich Wesen ausgedacht, die ihnen ähnlich sähen, jedoch mit ihren Flügeln fliegen konnten. Aber das, wovon früher nur geträumt worden sei, beginne sich nun zu verwirklichen, sagte mein Vater, und deutete auf den klaren Himmel. Es gebe keine Engel, aber die Menschen könnten fliegen. Ein Paradies, wo die Seelen der Menschen weilten, gebe es nirgends, später einmal würde ich begreifen, daß es hauptsächlich darauf ankomme, daß der Mensch hier, auf der Erde, gut und zufrieden lebe.

Ich begriff diese Ausführungen nicht ganz, und trotzdem machten sie mich traurig, eine unerklärliche Bangigkeit bedrückte mich so, daß ich zu weinen begann. Da versprach mir mein Vater zum Trost, mich am Flugtag, der für nächsten Sonntag angesetzt war, in einem Flugzeug über Prag fliegen zu lassen.

Und am nächsten Sonntag setzte er mich tatsächlich in eine dröhnende Maschine, die sich auf der Grasnarbe holpernd in Bewegung setzte und dann zu meinem Erstaunen und Erschrecken abhob und mich emportrug. Und während ich stieg, begann die Erde unter mir zu schaukeln, und alles, was es auf ihr gab, wurde kleiner und schrumpfte, bis es kaum noch auszumachen war. Zuallererst verschwanden die Menschen, dann die Pferdefuhrwerke und Autos, zuletzt zerflimmerten sogar die Häuser. Ich kniff die Augen fest zusammen und befand mich in einer dröhnenden Finsternis, die mich einsaugte. Und da überkam mich der entsetzliche Gedanke, ich würde, genau wie mein Namensvetter, der angeblich gestorben war, nie mehr auf die Erde zurückkehren.

Es geschah nichts, Darja war gegangen, und ich kehrte an meine Arbeit zurück. Ich schrieb gerade Erzählungen über meine Jugendlieben, und Erinnerungen an lang zurückliegende Erregungen wurden wach. Als ich in den dunkelsten Winkel meines Arbeitszimmers blickte, zu dem Sessel, wo sie gesessen hatte, schien die ehemalige Erregung eine neue Gestalt anzunehmen.

Also ging ich zur nächsten Telefonzelle – das Telefon in meiner Wohnung war mir gesperrt worden – und wählte ihre Nummer. Ich erkundigte mich, wie die Budapester Ausstellung verlaufen sei. Ich hörte mir ihren Bericht an, der sich zwischen Kunst und Weinkeller bewegte, dann sagte auch ich etwas über meine Arbeit und fügte hinzu, daß ich oft an ihren Besuch zurückdächte und mich freuen würde, sie gelegentlich wiederzusehen. Ich machte jedoch keinen konkreten Vorschlag, und sie lachte nur leise über meine Worte. Dennoch brachte mich das Gespräch aus der Fassung, und statt nach Hause zu gehen, strich ich durch die Gassen in der Nähe meiner Wohnung und setzte in Gedanken das Gespräch fort, das immer persönlicher und heikler wurde. Ich war solche Gespräche nicht mehr gewohnt, ich war nicht mehr gewohnt, mich jemandem anzuvertrauen.

Ich lebte seit zehn Jahren in einer sonderbaren Verbannung, war umstellt von Verboten, und wurde von manchmal sichtbaren, manchmal verborgenen und mitunter auch nur eingebildeten Aufpassern überwacht. Hinaus ins Leben durfte ich bestenfalls als Gast, als Reisender oder als Tagelöhner in ausgewählten Berufen. In all diesen Jahren hatte ich immer stärker ein Ereignis herbeigesehnt, das mein Schicksal endlich wenden würde, gleichzeitig war aber meine von der Mutter ererbte Menschenscheu gewachsen, so daß ich vor jeder Veränderung und vor allem vor fremden Menschen zurückschreckte. Meine Heimat war mir beides geworden: Zuflucht und Käfig, ich wollte bleiben und zugleich fliehen, die Gewißheit haben, daß ich nicht vertrieben würde, und die Hoffnung, daß ich einmal würde entfliehen können. Ich hing an meinen Kindern, ich brauchte sie wohl mehr, als andere Väter ihre Kinder brauchen. Und ich brauchte meine Frau. Die Menschen, die mir am nächsten standen, brachten die Welt zu mir und mich zu ihr, zu einer Welt, aus der ich ansonsten ausgeschlossen war.

Ich glaube nicht, daß auch nur einer von ihnen ein leichteres Leben hatte als ich. Die Kinder waren, wie ich in meiner Kindheit, durch ihre Herkunft abgestempelt, meine Frau hatte jahrelang vergeblich eine halbwegs zumutbare Arbeit gesucht. Erschöpft von den Laufereien auf Ämter, die beauftragt waren, politisch Labile von Arbeitsplätzen fernzuhalten, nahm sie schließlich den Job einer Interviewerin für irgendeine soziologische Meinungsumfrage an. Gegen ein Entgelt, das eher demütigte als anspornte, mußte sie Neubausiedlungen abklappern und unwillige oder ängstliche Leute überreden, ihre Fragen zu beantworten. Sie beklagte sich zwar nicht, verfiel aber gelegentlich in Depressionen.

Ich blieb zu Hause. Wenn morgens alle gegangen waren, setzte ich mich an den Schreibtisch, vor mir einen Stoß weißes

Papier, die unabsehbare Dauer des Tages und die Tiefe der Stille. Nicht einmal das Telefon konnte klingeln, und wenn im Haus vereinzelt Schritte zu hören waren, erschreckten sie mich meist, ich mußte eher auf unwillkommenen als willkommenen Besuch gefaßt sein.

Ich schrieb, Stunden und Tage und Wochen. Theaterstücke, ohne die Hoffnung, sie je auf einer Bühne zu sehen, und Romane, deren Nichtveröffentlichung ich voraussetzte – zumindest in der Sprache, in der sie geschrieben wurden. Ich arbeitete, zugleich jedoch fürchtete ich, daß die Apathie, die mich umgab, auch auf mich übergreifen, meine Ideen lähmen, meine Sinne abstumpfen und meine Geschichten leblos machen würde. Ich saß am Tisch und empfand die Last der Wände, die Last der Zimmerdecke und der Dinge, die mich jederzeit unter ihrer Gleichgültigkeit begraben konnten.

So wartete ich auf die Heimkehr meiner Frau und der Kinder. Sobald ihre Schritte die Stille auf der Treppe zertraten, spürte ich, wie sich meine Ruhe wieder einstellte – nicht die Ruhe der Apathie, sondern die Ruhe des Lebens.

Ich wußte natürlich, daß die Kinder in kürzester Zeit erwachsen sein und das Elternhaus verlassen, daß ihre Schritte verklingen würden, bevor mein Interimszustand beendet sein würde. Ich redete mit ihnen und ich freute mich mit ihnen, aber ich merkte, wie sie mir allmählich entglitten, und ich wußte, daß ich mich dieser Absetzbewegung nicht entgegenstellen durfte, weil ich mich damit dem Leben widersetzt hätte.

Es entging mir auch nicht, daß meine Frau einen Freiraum suchte, einen Weg, um der mörderischen Alltäglichkeit der Arbeit zu entfliehen, die sie hatte annehmen müssen. Sie beschloß, in ihrer freien Zeit zu studieren, um verstehen zu lernen, was es mit der menschlichen Seele auf sich hatte, um in ihr Mysterium einzudringen und so eine Möglichkeit zu finden, wie ihr zu helfen sei, wenn sie zu sehr leide. Mir kam das alles allzu ehrgeizig vor, außerdem sah ich sie immer noch so, wie ich sie kennengelernt hatte: viel zu kindlich und lebensunerfahren für die Bewältigung einer solchen Aufgabe. Aber ich ermunterte sie: Jeder Mensch bricht in die Richtung auf, aus der er den Ruf vernimmt, und sei es nur als Andeutung.

Auch ich hatte eine eigene Richtung eingeschlagen. Meine Sehnsucht nach dem, was mich früher einmal gelockt hatte, war geschwunden, vieles interessierte mich nicht mehr. Noch vor kurzem hatte ich alte Landkarten und Bücher gesammelt, jetzt lagen sie unter einer dicken Staubschicht. Ich lief nicht mehr allem Neuen nach, das sich irgendwo ereignet hatte, ich hatte aufgehört, nachzuforschen, wann die Verhältnisse, die mir so zuwiderliefen, sich endlich zu bessern beginnen würden. Ich begab mich auf die Suche nach dem, was sich noch über uns wölbt, nach etwas, das unser Leben über Vergeblichkeit und Vergessen hinauszuheben vermöchte, ich wollte es selbst herausfinden und nicht das von anderen Entdeckte und Dargestellte übernehmen. Was mich dazu trieb, war nicht Hochmut, sondern das Wissen, daß das Eigentliche im Leben sich weder mitteilen noch in Worte zwingen ließ – und trotzdem versuchten die Menschen immer wieder, vermeintlich Enträtseltes mitzuteilen, und trotzdem versuchte auch ich es.

Ich kam verspätet nach Hause und spürte schon an der Tür die Spannung. Die Tochter saß am Tisch und starrte herausfordernd trotzig zum Fenster hinaus, die Frau spülte allzu geräuschvoll das Geschirr, das Tonbandgerät des Sohnes brüllte Protestsongs heraus.

Mir war klar, daß alles, was ich in dieser Situation hätte sagen können, schon von meiner Frau gesagt worden war. Ich ging in mein Zimmer und versuchte zu arbeiten, aber in der Wohnung und in mir selbst gab es zu viele störende Geräusche.

Ich fand, daß ich mich schon zu lange von einem Tag zum andern gehangelt hatte, vom Aufstehen bis zum Schlafengehen, daß ich zwar Geschichen verfaßte, meine eigene Geschichte aber stockte, sich nicht entwickelte, zu zerfallen begann. Ich hätte gern mit meiner Frau darüber gesprochen, aber als wir am Abend endlich allein waren, spürte ich ihre

Unlust, die mich augenblicklich von ihr distanzierte. Ich fragte, ob ich ihr etwas zuleide getan hätte. Sie antwortete, ich täte den Kindern etwas zuleide, indem ich mich in meiner willenlosen Nachgiebigkeit weigerte, sie zu erziehen, und mir ihre Unarten gefallen ließe und es darauf anlege, mir ihre Sympathien zu erschmeicheln. Ich wandte ein, sie tue mir Unrecht, aber Lída hob zu einem ihrer Vorträge aus Vorwürfen, gut gemeinten Ratschlägen und Belehrungen an, mit denen sie von Zeit zu Zeit mich und die Kinder überschüttete.

Es ging bereits auf neun Uhr zu, und unsere orangefarbene Kolonne bewegte sich die Sinkulagasse hinunter zum Wasserwerk. Zwischen den Steinen des Straßenpflasters und in den Ritzen zwischen den Bordsteinen wuchsen Löwenzahn, Lattich und das verschiedenartigste Unkraut. Der junge Mann mit dem Mädchengesicht rupfte es entweder mit der Hand oder mit der Kratze heraus. Selbst wenn er sich tief bückte, blieb sein Gesicht krankhaft blaß.

Unter den Bäumen auf dem Gehsteig parkten Autos. Beim Wrack eines alten Wolga machte unser Haufen halt. Der Kolonnenführer klappte die Motorhaube auf und stellte befriedigt fest, daß jemand im Laufe der Woche den Kühler hatte mitgehen lassen. Auch die Autos waren Unrat, wahre Zusammenballungen von Abfällen, die einem fast bei jedem Schritt in die Quere kamen.

Als ich vor fünfzehn Jahren zur Premiere eines meiner Stücke in einer Stadt unweit von Detroit angereist war, lud mich der Direktor der Fordwerke zum Lunch ein. Als wir dann auf der Dachterrasse des Ford-Wolkenkratzers saßen, mit Aussicht auf die scheußliche Industriemetropole, fragte ich, statt mich nach den neuesten Modellen zu erkundigen (meinen Vater hätte mein Interesse gewiß gefreut), wie er all diese Autos, wenn sie ausgedient hatten, aus der Welt zu schaffen gedenke. Der Direktor antwortete, das sei nicht schwierig; alle Produkte könnten restlos verschwinden, das sei lediglich ein technisches Problem. Die Vorstellung einer gesäuberten, völlig leeren Welt entlockte ihm ein Lächeln.

Nach dem Lunch stellte er mir seinen Wagen samt Fahrer zur Verfügung. Ich wurde bis an den Stadtrand gefahren, wo auf einem weiten Gelände eine schier unendliche Menge verbeulter und angerosteter Schrottwagen abgestellt war. Schwarze in farbigen Overalls rissen den Autos mit riesigen Zangen zunächst die Innereien heraus, entfernten Reifen, Fenster und Sitze und schoben sie dann zu den gewaltigen Pressen, die jeden Wagen in ein Blechpaket von handlichen Ausmaßen verwandelten. Die Blechpakete verschwanden jedoch genausowenig aus der Welt wie Glas, Pneus und Altöl, auch wenn letztere in Öfen verbrannt wurden, es verschwanden auch nicht die Ströme von Benzin, egal ob es bei notwendigen oder überflüssigen Fahrten verbraucht wurde. Aus dem Blech wurde vielleicht neues Eisen geschmolzen, neuer Stahl für neue Autos, und so wurde aus dem Unrat immer neuer Abfall produziert. Sollte ich diesem überheblichen Direktor jemals wieder begegnen, würde ich ihm sagen: Nein, es ist nicht nur ein technisches Problem. Denn der Geist toter Dinge schwebt über der Erde und über den Wassern, und sein Atem ist unheilverkündend.

Im Krieg wurden wir vom Unrat überrollt, buchstäblich und im übertragenen Sinne, er wütete gegen uns wie der Tod, und manchmal fiel es schwer, beides auseinanderzuhalten. Für meine Mutter verschmolzen Tod und Unrat zu einer Einheit, sie glaubte, das Leben habe sich mit Sauberkeit zu paaren – auch dies buchstäblich und im übertragenen Sinn. Als der Krieg zu Ende war, freuten wir uns auf ein Leben in Liebe und Ruhe, aber meine Mutter wollte von uns Sauberkeit, wollte unsere Gedanken wissen und entsetzte sich über unsere Stiefel, Hände und Wörter. Sie sah den Bücherschrank durch und musterte alle Bücher aus, die unseren Sinn hätten verunreinigen können, sie kaufte einen großen Topf, in dem sie jeden zweiten Tag unsere Wäsche auskochte. Und trotzdem ekelte sie sich vor uns, hielt uns immer wieder zum Waschen an, und fremde Sachen oder Türklinken faßte sie nur mit behandschuhten Händen an.

Manchmal hörte ich sie in der Nacht seufzen und jammern.

Sie beweinte die Ihren, die sie im Krieg verloren hatte, aber gewiß klagte sie auch über die Schmutzigkeit der Welt, in der sie leben mußte. Also herrschten bei uns daheim Sauberkeit und Öde. Mein Vater hielt sich kaum noch zu Hause auf, er hatte sich einen Posten in Pilsen gesucht, um ein wenig durchatmen zu können. Wenn er sonntags bei uns auftauchte, huschte er barfuß über einen Teppich aus Zeitungspapier in sein Arbeitszimmer, aber schon während dieser wenigen Sekunden verbreitete sich in der Diele ein Geruch, aus dem meine Mutter den schmutzigen Mief irgendeiner fremden Schlampe herausroch. Mein Vater versuchte vergeblich, ihn abzuwaschen, und auch daß er dabei half, den Teppich mit frischen Zeitungen abzudecken, nutzte ihm wenig.

Ich rechnete damit, daß er eines Tages nicht mehr heimkommen, daß er bei der fremden, miefenden Geliebten bleiben würde, aber ich wäre ihm deshalb nicht gram gewesen. Er kam jedoch immer wieder, manchmal redete er mir sogar zu, Mutter nicht zu verurteilen, sie sei ein guter Mensch, sei jedoch krank, nicht jeder habe die Kraft, unbeschadet das zu überleben, was sie habe durchmachen müssen.

Die Leiden, die andere ihr verursachten, lenkten meine Mutter wenigstens ein bißchen von den Leiden ab, die sie sich selbst verursachte.

Ein Wagen der Kanalwache passierte unsere Kolonne und blieb ein Stückchen vor uns stehen, die Besatzung tauschte einen Gruß mit unserem Chef und machte sich daran, das nächste Kanalgitter zu überprüfen.

Was suchen die denn? fragte ich Frau Venus.

Die kontrollieren halt, ob das Kanalwasser abfließt, erläuterte sie mir. In den Kanal dürfen wir nichts hineinschütten. Einmal hat der Jarda – sie zeigte auf den jungen Mann mit dem Mädchengesicht – Blumen hineingeworfen, und da ist grad der Inspektor von denen vorbeigefahren und hat gleich fünfzig Kronen von ihm gewollt. Dabei schwimmen die im Geld, fast wie die Rattenfänger!

Tja, die Rattenfänger, da brauchen Sie mir gar nichts zu erzählen! mischte sich der Kolonnenführer ein. In Pilsen sind die Ratten unterm Schlachthof toll geworden und in der Nacht aus den Kanälen gekrochen, sind durch die Straßen gerannt wie die Eichhörnchen und haben gepfiffen. Die haben dort auf Biegen und Brechen einen Rattenfänger gesucht, hätten ihm auch zwanzig Scheine pro Monat gegeben, aber jeder hat sich gedrückt, weil – ist ja klar –, wenn eine Ratte zubeißt, dann adjö schöne Welt! Ich hab einen Kumpel in Pilsen, noch von den Fallschirmjägern her, den hat das angeschissen, und er hat gesagt: Wegen so ein paar Mäusen mach ich mir doch nicht in die Hosen! Und gleich kriegt er einen Taucheranzug und eine Schutzplane aus Asbestgummi, wenn die Ratten auf ihn losgehen.

Dazu wären sie imstande gewesen? fragte ich.

Klaro, hab ich doch schon gesagt, daß sie toll geworden sind. Man treibt sie vor sich her, und wenn sie nicht weiter können, machen sie kehrt und stürzen sich auf einen. In einem solchen Fall legt man sich hin, wirft sich die Plane über, und sie laufen über einen drüber. Mein Kumpel hat das so gemacht, unter der Plane hat ihm ja nichts passieren können, aber wie die Viecher über ihn wegtrappeln, macht er sich vor Graus in die Hosen!

Ein paar Tage später teilte sie mir auf einem Zettel mit, daß sie bei mir vorbeikommen werde, sie hatte Tag und Stunde angegeben.

Sie erschien wie versprochen. Draußen vor dem Fenster jagten Herbstwolken dahin, wieder senkte sich Zwielicht in den Raum. Ich wußte nicht, ob auch von mir irgendein Glanz ausgegangen war, aber vielleicht hatte sie doch etwas bemerkt, sonst hätte sie sich wohl kaum gewünscht, mich wiederzusehen, wäre nicht freiwillig zu einem Bittgang aufgebrochen, der, wie sie später in Augenblicken des Zorns meinte, letztlich nur zu Qualen geführt habe.

In den ersten Wochen streiften wir durch die Gegend und spazierten durch Wälder und Parkanlagen. Sie kannte fast alle Namen der Pflanzen, selbst der exotischsten, sie wußte sogar die Gegenden, aus denen sie stammten. Auch dorthin führte sie mich, führte mich ins Land der Khmer, geleitete mich durch das Gedränge der stickigen Gassen, führte mich in den Dschungel und in einen Ashram, damit ich dem lauschen konnte, was der weise Guru über den richtigen Lebenswandel kundtat. Sie erzählte mir von ihrer Familie, aus der Fabrikanten und Volksaufklärer hervorgegangen seien, aber auch ein Globetrotter, der schließlich am Westhang der Anden ansässig geworden sei. Eine romantische Tante habe es gegeben, die aus verschmähter Liebe beschlossen habe, Hungers zu sterben, und ferner einen genialen Jurastudenten, der ganze juristische Codices auswendig aufzusagen gewußt habe, der Juristerei jedoch überdrüssig geworden sei und sich der Philosophie zugewandt habe, um sich schließlich, felsenfest von der Vergeblichkeit menschlichen Tuns überzeugt, hinzusetzen und ein philosophisches Testament zu verfassen mit der Botschaft, daß das Glück nur ein Traum sei, das Leben hingegen eine Kette von Leiden, und sich anschließend über dem Traktat eine Kugel in den Kopf zu schießen, so daß das aus der Wunde spritzende Blut hinter seinem Testament einige Punkte gemacht habe.

Alle von ihres Vaters Seite hätten sich durch Genialität, unbeugsamen Willen und Hellsichtigkeit ausgezeichnet – vor allem ihr Vater selbst. Sie erwähnte ihn oft, und mich erinnerte er, obwohl ich ihn nie gesehen hatte, an meinen Vater, aber nicht, weil er ebenfalls Ingenieur war, sondern weil er keine größere Freude kannte als seine Arbeit und seine Berechnungen, wobei ihn niemand stören durfte, und immer gesund, stark und durchaus fröhlich war, wenn er sich einmal entschloß, von seiner Arbeit aufzustehen.

Ich hätte ihr gern etwas Entsprechendes über meine Vorfahren erzählt, aber von deren Lebenswegen war mir nichts bekannt. Ich wußte, daß einige von weit her gekommen waren, aber ich wußte immer noch nicht, ob vor zweihundert oder vor zweitausend Jahren. Ich nahm an, daß sie schon damals lesen konnten, wenn auch eine mir nicht geläufige Schrift, und in einer fremden Sprache beteten, von der ich kein Wort mehr verstand. Ich wußte auch nicht, wovon sie lebten. Meine Großmütter waren beide nach Prag zugewandert, um Handel zu treiben, was ihnen aber nicht gelang. Auch meine Großväter stammten vom Land. Vaters Vater hatte Chemie studiert und als Ingenieur in einer Zuckerfabrik im ungarischen Teil der Monarchie gearbeitet. Dort war er, als mein Vater elf Jahre alt war, unter einen Anhängepflug geraten und hatte tödliche Verletzungen erlitten. Mutters Vater, der Konzipient beim Gericht gewesen war, wurde zwar sehr alt, mußte aber mit achtzig Jahren noch den Ausbruch des Zweiten Weltkriegs und, sichtbar mit dem Kainsmal versehen, die Deportation ins Getto erleben. Nicht einmal über diesen kleinen Greis mit dem grauen, vom Tabak verfärbten Schnurrbart wußte ich etwas Bemerkenswertes zu berichten, höchstens vielleicht, daß er ebenso beharrlich wie seine Vorfahren, die an die Ankunft des Messias geglaubt hatten, an der Vision der sozialistischen Revolution festhielt. Diese Vision hatte ihm geholfen, alle Schicksalsschläge, den Tod der Frau, den Verlust der Heimat, die ihm angetane Schmach, den Hunger und die Drangsal der Internierung zu ertragen. Immer öfter hatte er an diesem unseligen Ort jedem, der ihm zuzuhören bereit war, davon gepredigt, und immer öfter war ich sein einziges Publikum. Auch er hielt mich an, nicht an Gott zu glauben, der eine Erfindung der Menschen sei, die den Armen von den Herrschenden untergeschoben worden sei, damit diese ihr schweres Los leichter ertrugen. Als er älter wurde, wandelten sich seine Ansprachen zu einer Litanei, zu einem gleichbleibenden, festgefügten Beten, das ich bald auswendig kannte und folglich nicht mehr anzuhören brauchte. Einmal wachte ich mitten in der Nacht auf und hörte aus dem Winkel, wo Großvater schlief, ein sonderbares Gemurmel. Ich erkannte die Stimme des Greises und vernahm in einer Sprache, die ihm noch vertraut, mir aber fremd war, die klagende Intonation eines Gebets, eine Anrufung Gottes. Ich muckste mich nicht und lauschte atemlos der Stimme, die wie aus großer Ferne zu kommen schien, wie aus uralten Zeiten. Und da begann ich zu begreifen, daß man keiner Menschenseele auf den Grund sehen kann.

Ihr Vater hatte von Zeit zu Zeit das Zeichenbrett verlassen, um ins Gebirge zu gehen und zu klettern. Er hatte sie oft mitgenommen und ihr die Höhenangst genommen. Mein Vater war nur im Bereich der Zahlen herumgeklettert, in die sich ihm die Visionen seiner Motoren verwandelten. Sogar in den Urlaub hatte er seine Berechnungen mitgenommen, und wenn ihm ein Licht über eine andere Lösung eines Problems aufging, was praktisch immer der Fall war, dann vergaß er uns völlig. Wenn er uns später dann, etwa beim Abendessen oder draußen vor dem Fenster, entdeckte, wunderte er sich, wo wir hergekommen waren.

Außer Zahlen und Maschinen liebte Vater, wie mir später aufging, auch hübsche Frauen und die Vorstellungen der Sozialisten von einer besseren Welt. Und wie jeder Verliebte setzte er auf den Gegenstand seiner Vergötterung übertriebene und trügerische Hoffnungen.

Meinst du, daß sich jede Liebe übertriebene Hoffnungen macht? fragte sie. Mir war klar, daß sich die Frage auf uns beide bezog, und ich wagte nicht, sie zu bejahen, obschon ich nicht wußte, warum ausgerechnet wir eine Ausnahme bilden sollten.

Das ist ja wie mit den Friedhöfen an der Autobahn, sagte Frau Venus. Wie die aufgelassen worden sind, haben sie die Toten ausgraben müssen, einen Hunderter als Stundenlohn haben sie geboten und dazu eine Flasche Rum pro Tag, und trotzdem hat jeder ihnen was gepfiffen. Schließlich haben sie Sträflinge einsetzen müssen, und denen haben sie einen Scheißdreck gezahlt! Sie blieb stehen, streckte sich, lehnte die Schaufel an die Wand und zündete sich eine ihrer billigen Zigaretten an. Überhaupt Leichen, in denen ist halt Gift, das geht auch durch Lederhandschuhe durch, und wenn das ins Blut kommt – ab zu den Engelein. Sie paffte und starrte irgendwohin voraus oder zurück, wo nur sie etwas sah. Hätte ich sie vor Jahren kennengelernt, ich hätte mir ihre Worte bestimmt sofort notiert. Früher hatte ich geglaubt, daß alles, was ich wahrnahm, in irgendeiner Geschichte verwendbar wäre. Aber bald war mir klar, daß ich wohl kaum eine andere Geschichte finden würde als meine eigene. Man kann sich kein fremdes Leben aneignen, und selbst wenn man es könnte, fände man keine neue Geschichte. Auf der Erde lebten nahezu fünf Milliarden Menschen, von denen jeder glaubte, sein Leben ergäbe mindestens eine Geschichte. Allein diese Vorstellung machte mich ganz schwindlig. Wenn sich ein Schreiber finden, oder, besser noch, erschaffen ließe, der so besessen wäre, fünf Milliarden Geschichten festzuhalten, aus denen er dann alles striche, was er an Übereinstimmungen fände, wieviel bliebe dann wohl übrig? Von jedem Schicksal kaum ein Satz, ein Moment, ein bloßer Tropfen im Meer, ein unwiederholbares Erlebnis der Angst oder der Begegnung, ein Augenblick der Erkenntnis oder des Schmerzes – aber wer von außerhalb sollte diesen Tropfen erkennen, wer ihn von der Meeresflut trennen? Und wozu überhaupt sollten noch neue Geschichten erdacht werden?

Darja hatte mir einmal weinend vorgeworfen, ich sähe sie an wie einen Käfer, den ich auf eine Nadel gespießt hätte, um ihn besser betrachten und beschreiben zu können. Aber sie irrte sich, in ihrer Gegenwart vergaß ich am häufigsten, daß ich manchmal etwas zu erzählen versucht hatte, ich beobachtete sie nur deshalb so aufmerksam, weil ich die Sprache verstehen wollte, in der sie sich mir mitteilte, wenn sie neben mir schwieg.

Mit Leichen hab ich halt meine Erfahrungen. Ich hab dort unten – Frau Venus deutete unter die Vyšehrader Wälle – einen Job aufgetrieben, in der Pathologie. Dort hat man halt alle Abgemurksten und Erstochenen hingebracht. Eine Freundin hat mir das gesteckt, angeblich ein Risikojob mit Zulagen, gekriegt hab ich dann aber einen Scheißdreck. Ich bin halt nur wegen dem Alten geblieben, der die Leichen ausgeweidet hat, der war vielleicht eine Nummer, und in Leichen ganz verschossen! Zoulová, sagt er einmal zu mir, Sie haben Ärmchen, ich möcht gar zu gern mal Ihren Humerus sehen. Und Frau Venus breitete die Arme aus – sie waren wirklich lang und schlank.

Ich stellte mir den gekachelten Raum vor, hauptsächlich aber den breiten Tisch, ich sah ihn gestochen scharf wie im Traum, und auf diesem Tisch lag mein Vater.

Er war schwer leidend geworden, die Krankheit setzte allmählich seinen Eingeweiden zu, und er, der immer kräftig und unverwüstlich gesund gewesen war, konnte kaum noch den Stift halten. In seinem Manuskript, wo es noch immer von Zahlen und Formeln wimmelte, die mir nichts sagten, zitterten die Ziffern wie im Schüttelfrost. Wann immer ich das sah, übermannte mich das Mitleid. Ich wußte, daß er seine Berechnungen seit Jahren nicht mehr veröffentlichte, obwohl man ihn dazu aufgefordert hatte, aber ich wußte auch, daß diese Zahlen den Weg zu einer Erkenntnis markierten, und Erkenntnis bedeutete für ihn Leben. Den Zahlen war abzulesen, daß sie, zusammen mit ihm, bereits auf dem Weg ins Zahlenlose waren.

Damals, vor langer Zeit, als das Flugzeug gelandet war, mußte mein Vater mich herausheben. Ich zitterte und schluchzte und wollte nicht zum Himmel hinaufschauen, wo kühne Flugakrobaten mit ihren Maschinen Purzelbäume schlugen, sich in die Wolken schraubten oder kopfüber zu den Dächern der Hangare herabstürzten. Vater setzte mich auf seine Schultern. Er sagte nicht: Du mein armer Kleiner, und er tadelte mich auch nicht, er trug mich und zeigte mir unterwegs die Züge, die feuerspeiend unter uns dahinrasten. Er trug mich bis auf die Holzbrücke, die sich über die Gleise spannte, und erlaubte mir, in den Schornstein einer Lokomotive zu spucken, sobald eine unter uns durchfahren würde. Als sie dann angebraust kam, Funken sprühend und Qualm ausstoßend, beugte er sich selbst über das Geländer, um es mir vorzumachen, und ein gewaltiger Strahl aus Rauch und Dampf, der aus dem Schornstein schoß, riß seinen Hut mit;

wir konnten nur noch zuschauen, wie der Hut hinuntersegelte. Er landete auf dem Kohlenhaufen in einem der Waggons und fuhr mit ihm davon. Vater lachte und sagte, auch sein Hut sei ein Akrobat, und ich schaute dem davonfahrenden Hut begeistert nach und vergaß darüber die Schrecken des Fliegens.

Noch am selben Abend brachte Vater den Hut, der schwarz war von Ruß und Kohlestaub, wieder nach Hause und verwandelte ihn zu meiner Freude in eine Melone, die er sich aufsetzte und damit seine Späße machte wie Chaplin. Es machte ihm Spaß, anderen Spaß zu machen, und wenn er lachte, lachte er frei heraus und mit seinem ganzen Wesen. Er konnte nicht nur über das lachen, was gewöhnlich zum Lachen reizte, sondern auch über das, worüber man sich ärgern konnte und was einen zur Verzweiflung trieb. Oft hätte ich mir gewünscht, mich genauso freuen zu können, aber dazu fehlten mir Vaters Stärke, Leichtigkeit und innere Sammlung.

Dann, an einem Vorweihnachtstag, hatten wir zum erstenmal miteinander geschlafen, in einem Kämmerchen mit kleinen Fenstern und dicken Mauern, das unter dem Dach eines Barockhauses lag. Gegenüber erhob sich die Mauer eines Palais mit riesigen zweiflügeligen Fenstern, auf deren Simsen frierende Tauben hockten. In dem Kämmerchen roch es nach Öl und ein bißchen nach Gas, und selbst um die Mittagszeit blieb es hier dämmrig. Die Fensterchen wurden obendrein von einer Statue des heiligen Stephanus verdunkelt, deren Restaurierung Darja kurz vor dem Abschluß abgebrochen hatte, da es ihr, wie sie sagte, keinen Spaß mache, im Auftrag eines fremden Menschen zu schaffen.

Ich wünschte mir, daß es ihr mit mir gefiele, ich begehrte nichts so sehr wie dies, so daß ich vor Aufregung zu zittern begann, und auch sie zitterte. Immerhin hatte sie zu Hause einen Mann und ein Töchterchen, und hier schmiegte sie sich in meine Arme und ließ sich dorthin tragen, von wo es kein Zurück mehr gab. Ich trug sie also und merkte bei jedem Schritt, wie sie schwerer wurde, ich konnte sie kaum noch halten. Ich hatte Angst, wir hatten Scheu voreinander, weil wir uns so sehr nach einander sehnten. Das große, unsere Last tragende Bett knarrte jämmerlich bei jeder Bewegung, und wir bemühten uns, es mit zärtlich geflüsterten Worten zu übertönen. Wir schauten einander ins Gesicht, und ich staunte, wie sie sich veränderte, dahinschmolz, wie ihr Gesicht einen alten, archetypischen Ausdruck annahm.

Ich kam erst in der Nacht nach Hause und legte mich neben meine Frau ins Bett. Sie ahnte nichts, kuschelte sich an mich und schlief weiter. Sie war noch immer vertrauensselig wie ein Kind. Als ich die Augen schloß, wußte ich, daß ich keinen Schlaf finden würde. Im Garten piepste ein Vogel, in der Ferne donnerten Züge dahin, und vor mir im Dunkel ging wie der Vollmond das Gesicht der Anderen auf: ruhig, anmutig, als wäre es schon immer in mir verborgen gewesen, und dabei regungslos wie die Gesichter ihrer Skulpturen, so schaute sie auf mich herab, schwebend im Raum jenseits aller Dinge und Zeiten, und ich verspürte Wehmut, Beklommenheit, Sehnsucht und Schmerz.

In jenem Winter gab es viel Schnee. Sie begleitete ihr Töchterchen oft zur Klavierstunde. Ich ging hinter ihnen her, das kleine Mädchen ahnte nichts von mir. Ich sank in den frischgefallenen Schnee ein, weil ich nicht auf den Weg achtete, sondern beobachtete, wie sie ging; ihr Gang verriet eine bestimmte unverkennbare Hast, wenn nicht gar Lebensgier. Sie hielt ihre Kleine an der Hand und schaute sich nur ab und zu flüchtig um – selbst auf diese Entfernung spürte ich ihre Liebe.

Ein andermal wanderten wir gleich vor der Stadt über ein verschneites Gelände, unterhalb von uns lag ein ödes Gehöft und der Wald, über uns ein Himmel, der aussah, als sei er unter einer Nebelglocke erfroren. Wir blieben stehen, sie lehnte sich mit dem Rücken an mich. Ich umschlang sie – sie war ein bißchen füllig im Winterpelz –, und schlagartig waren wir herausgelöst aus der Zeit, aus Schrecken und Freuden und Kälte und dem Wehen des Windes, und sie sagte ganz leise: Kann es sein, daß wir uns so sehr lieben?

Auf einem Teich schlitterten wie auf einem Breughel-Gemälde Kinder übers Eis. Das Wirtshaus war fast leer, im riesigen Ofen prasselte das Feuer, auf einem Bild brannte ein Gehöft, das Gesinde kämpfte mit dem Feuer. Die Wirtin brachte Grog, drehte an einem Knopf, und das Haus auf dem Bild loderte, von hinten beleuchtet, in glutroten Flammen.

Darja freute sich wie ein Kind: So viel Feuer, und dazu wir zwei!

Ja, ich spürte die Wärme ringsum, ich spürte sie auch innerlich, ich fühlte mich wie ein Korn in der Frühlingserde, und ich spürte mich bersten und drängte ans Licht.

Sie ahnte das wohl und sagte: Du wirst sehen, daß du erst jetzt etwas zustande bringst!

Wieso?

Weil du erst jetzt anfängst zu leben.

Sie glaubte nämlich, ich hätte bis jetzt noch nicht gelebt, ich sei gefesselt, von Kälteschauern durchrieselt, die Quellen in mir sonderten kaum ein paar kalte Tropfen ab. Und dann sagte sie: Du hast nur mit dem Kopf gelebt, aber das, was du machst, läßt sich nicht nur mit dem Kopf machen. Mit dem Kopf lassen sich allenfalls irgendwelche Motoren konstruieren.

Sie versprach, mich zu lehren, auf verborgene Stimmen zu hören.

Ich wollte wissen, was ich sie lehren sollte.

Sie wolle mit mir zusammen den Stimmen lauschen. Und dann sagte sie: Ich werde dir lauschen, ich muß jetzt nichts lernen, was ich brauche, ist, mit dir zusammenzusein.

Die Wirtin knipste das Leuchtbild aus, wir gingen in die kalte Dämmerung hinaus. Ehe wir uns trennten, küßten wir uns, küßten uns so, als hätten wir keine Zukunft, als wollten wir unser ganzes Leben in diese Küsse hineinpressen. Da fragte sie mich: Hast du schon irgendwann jemanden wirklich geliebt?

Bestimmt wollte sie nichts von meiner Frau hören, oder von meinen Kindern oder von meinem Vater, wollte nichts von real existierenden Menschen hören, sie wollte ganz einfach wissen, ob ich wirklich und wahrhaftig erst sie liebte. Aber vielleicht irrte ich mich, vielleicht fragte sie nur aus Angst, sie wunderte sich, warum ich mich überhaupt von ihr verabschiedete, warum ich mit ihr nicht in fremde Länder entfloh, sie witterte Betrug, und sie ahnte in mir Abgründe, vor denen ihr graute.

Auch meine Frau ahnte die Abgründe. Manchmal, in Anfällen jähen Selbstmitleids, behauptete sie, ich sei außerstande, ihr wirklich nahe zu sein, ich hätte in der Kindheit, allenthalben vom Tod umkreist, Schaden an meiner Seele genommen, von dem ich mich nie erholt hätte.

Was empfindet ein Mensch an Orten, wo ihn der Tod häufiger umkreist als Vögel?

In der Festung von Theresienstadt lebten viele Mädchen, ich unterhielt mich mit ihnen, ich ging an ihnen vorbei, ich war keine zwölf Jahre alt. Wie hätte ich inmitten dieser Greuel ahnen können, daß etwas geschehen sollte, was diese Greuel bannen würde, obwohl auch dann noch bewaffnete Wachen aufpassen, Hunger herrschen und Transporte fahren würden? Sie wurde erst Anfang 1943 hergebracht, ich traf sie, ganz verstört, im Quergang unserer Kaserne – sie hatte sich verirrt. Sie fragte mich nach dem Weg, und ich, der Alteingesessene, führte sie mühelos zurück bis vor den Raum, den man ihr zugewiesen hatte.

Unterwegs sagte sie mir, woher sie kam, daß sie keinen Vater habe und sich hier fürchte.

Ich tröstete sie, sie brauche keine Angst zu haben, hier lasse sich leben – außerdem könne ich sie, falls sie es wünsche, beschützen.

Sie sagte, das werde sie mir nie vergessen.

Tags darauf holte ich sie ab und brachte sie zu meinen Freunden. Keiner von ihnen wollte ihr Böses, vor ihnen brauchte ich sie nicht zu schützen, aber mir schien, daß sie es anders empfand, daß sie meine Anwesenheit brauchte und sich bei mir sicherer fühlte. Sie war genauso alt wie ich. Von allen anderen Mädchen hier unterschied sie sich darin, daß sie ganz helles Haar hatte, roggen- oder weizenblond. Wir waren nie miteinander allein, waren immer in Gesellschaft unserer Freunde, aber ich bemühte mich, ihr trotzdem so nah wie möglich zu bleiben, außerdem liehen wir einander die wenigen Bücher, die wir noch besaßen, mehr wagten wir nicht, mehr wagte ich nicht. Und dennoch war plötzlich alles anders geworden, das Leben bewegte sich zwischen anderen Markierungen: nicht von morgens bis abends, von einem Essen zum anderen, sondern von einem Wiedersehen zum anderen. In der Festung ging das Salz aus, die Kartoffeln waren schwarz und verfault, das Brot war verschimmelt, es tangierte mich kaum; Großvater wurde ins Lagerkrankenhaus geschafft, von wo er wohl nicht mehr zurückkommen würde, aber ich nahm es kaum wahr. Die stets überfüllten Kasernengänge leerten sich, wenn sie neben mir ging, und der winzige Raum, der uns zugestanden wurde, weitete sich, nein, er hob sich selbst auf und wurde unendlich.

Ich besaß ein paar Farbstifte und ein paar Blatt sauberes Papier, abends versuchte ich, aus dem Gedächtnis ihr Gesicht zu zeichnen – erfolglos. Dann kam ich auf die Idee, ein Gedicht für sie zu schreiben, und ich verfaßte tatsächlich einige Verse, die eher Witterungsvorgänge als Gefühle besangen, aber ich brachte sie ihr. Sie gefielen ihr, wie sie sagte, und sie schnitzte mir aus einer Kastanie ein lächelndes Männchen. Ich hängte es an den Pritschenpfosten gleich neben meinen Kopf, um es betrachten zu können, ehe ich einschlief. Und dann widmete ich ihr viel Zeit, ich mußte sie doch aus jeder Gefahr retten. Auf den Armen trug ich sie aus der Zelle, wo man sie nackt hineingetrieben hatte und foltern wollte, und wo ich verkleidet eingedrungen war. Abend für Abend wiederholte ich getreulich meine ritterlichen, kühnen Taten, bis ich einschlief.

Von zu Hause hatte sie eine Porzellantasse mitgebracht, das Porzellan war nahezu durchsichtig und mit chinesischen Drachen und Blumen bemalt. Sie ließ mich ein paarmal Kräutertee daraus trinken, wir tranken gemeinsam aus der Tasse, und sie machte dabei ein feierliches Gesicht. Eines Tages wurde das Täßchen, wie es in all dem Trubel und Geschiebe unvermeidlich war, von jemandem zu Boden gestoßen. Als sie es beweint hatte, erbat ich mir die Scherben, warf sie vorsichtig in den angeheizten Ofen und beobachtete, was damit geschah. Sie schienen vom Feuer verzehrt zu werden, durch ihre eigene Hitze zu verglühen, doch dann, als ich die Asche herausgeholt hatte, waren sie unverändert, ein bißchen verrußt zwar, aber sonst unversehrt. Ich nahm sie aus der Asche, wischte sie behutsam ab und behielt eine davon, die restlichen gab ich ihr zurück. Sie weckten Zuneigung und Bewunderung in mir, weil sie den Wurf ins Feuer und dessen Glut unbeschadet überstanden hatten.

In meiner Phantasie bewahrte ich das Mädchen vor allem Bösen, in der Realität freilich gelang es mir nicht. Sie wurde zum Transport eingeteilt wie fast alle Bewohner unserer Kaserne.

Sie kam damals verwirrt und jammernd aus dem Raum gelaufen, wo in hoffnungsloser Eile die kläglichen Reste der Häftlingshabseligkeiten herumgerückt und verpackt wurden, sie hatte nur wenig Zeit und wollte bei ihrer Mutter bleiben, die verzagt und verzweifelt war. Wir kannten ein Plätzchen an der Biegung der Schanze, der Abhang war grasbewachsen und von alten Linden beschattet, dort war es ruhiger als überall sonst in der Festung, und dort hatten wir uns mit den anderen am häufigsten aufgehalten. Aber jetzt war keiner von ihnen da. Wir nannten uns die Namen unserer Freunde, die auch wegmußten, und versicherten einander, daß der Krieg demnächst zu Ende und die Befreiung so nah sei, daß wir eigentlich nichts mehr zu fürchten brauchten, danach würden wir uns wiedersehen, alle würden wir wieder zusammenkommen, einen Treffpunkt machten wir einstweilen nicht aus, wir hielten das für nebensächlich. Dann schwiegen wir, worüber hätten wir in einem solchen Moment noch sprechen sollen? Wir schritten das Plätzchen ab, sie sagte, sie müsse jetzt gehen. Sie blieb noch einmal stehen, trat plötzlich auf mich zu, und ich spürte ihren Mund meine Lippen berühren. Ihr Atem streifte mich, und ich erstarrte. Dann drehte sie sich um und lief davon. Als ich sie eingeholt hatte, bat sie mich, sie nicht weiter zu begleiten, wir hätten ja schon Abschied genommen.

Am Nachmittag mußte sie also fort. Ich stand am Fenster, hinaus durfte ich nicht. Ich suchte sie in der Menge, die durch die Straße zog, konnte sie aber nirgends entdecken. Da glaubte ich schon, sie sei gar nicht fort, es sei ganz ausgeschlossen, daß sie verschwunden sei, daß es sie nicht mehr geben sollte.

Ich riß mich vom Fenster los und klopfte an die Tür des benachbarten Raums. Als sich niemand meldete, öffnete ich. Der Raum, eben noch mit Menschen, Stimmen und Dingen angefüllt, war gähnend leer.

Ich floh sofort, legte mich auf meine Pritsche und schloß die Augen. Und da ging wie ein Mond ihr Gesicht über mir auf und blickte vom Nachthimmel auf mich herab, so hell und fern und unerreichbar, daß mich Glückseligkeit, Angst und Verzweiflung überkamen.

Punkt neun Uhr ließen wir uns im Gasthaus U Boženky nieder. Es war ein gewöhnliches Lokal. Die geschwärzten Wände wurden lediglich von Aufrufen und Verboten belebt. Die Tischtücher hatten Flecken. In der Ecke stand verlassen ein verschrammter Billardtisch, das grune Tuch war längst verschossen und vergraut von all der Asche und dem Rauch, den es eingesogen hatte.

Das Gasthaus meiner Kindheit war voller Farben gewesen. Nach dem Tod meines Spielgefährten kam ich selten dorthin, nur wenn Vater mich Bier holen schickte, doch das tat er höchstens einmal im Monat. Gleich der Tür gegenüber spreizte ein purpurner Fasan die bunten Flügel, an den Wänden hingen farbige Abbildungen von Pferden und Fuhrwerken, vermutlich Arbeiten eines Meisters, der Aushängeschilder und Schießscheiben für den Jahrmarkt malte, der Wirt hatte eine karierte, blitzsaubere Schürze vorgebunden. Wenn er mir das Bier gezapft hatte, kam er hinter dem Schanktisch hervor, um mir den Krug fürsorglich in die Hand zu drücken. Im Gasthaus meiner Kindheit wehte noch ein freier Geist.

Vater hatte mich nie »erzogen«, mir nichts befohlen oder verboten. Dafür machte er mit mir und Mutter gelegentlich einen Spaziergang, meist in Richtung Flugplatz, denn er liebte zwar Wälder, Parks und alle möglichen Gewässer, aber vor allem interessierten ihn Maschinen, und von diesen besonders solche, die fliegen konnten. Auf dem Flugplatz versank er in den Anblick startender Flugzeuge, imposanter Doppeldecker und leichtflügeliger Segler und hatte bald schon vergessen, daß wir da waren, er lief mitunter sogar einem Mann im Monteuranzug nach, mit dem er sich dann unterhielt, während wir auf dem windigen Flugfeld das Nachsehen hatten.

Alles, was fliegen konnte, faszinierte ihn. Er hatte mir beigebracht, aus Papier Schwalben zu falten, nicht etwa die gewöhnlichen, die man im Klassenzimmer in Richtung Tafel warf, wenn der Lehrer einem den Rücken zukehrte, sondern Segler, die wunderbar durch die Lüfte glitten, einige stiegen sogar ein wenig in die Höhe, bevor sie kreisend zu Boden sanken.

Wir bauten auch Drachen, und kurz bevor es aus war mit all unseren Spielen, Spaziergängen und Flügen, konstruierten wir aus Speilen, Balsaholz und feinem, festem Papier ein großes Flugzeugmodell. Durch dessen Rumpf zogen wir ein Gummiband, das aufgespult wurde und dann den Propeller antreiben sollte. Das Flugzeug werde, wie mein Vater mir versicherte, in solche Höhen steigen, daß es sogar über den Turm der Prosetzker Kirche hinwegfliegen könne.

Und wirklich, als wir es eines Sonntagmorgens an den Rand des Flugfeldes getragen und den Propeller aufgezogen hatten, hüpfte das Flugzeugmodell los, raste davon und stieg bald gen Himmel, wo es zu einem großen, vorausbestimmten Kreis ansetzte. Aber der Kreis schloß sich nicht, das Flugzeug schwankte, brach plötzlich auseinander und stürzte trudelnd zu Boden.

Als wir hingelaufen waren, fanden wir ein Häufchen zerbrochenes Holz und Fetzen des sorgfältig gespannten Papiers.

Ich jammerte und klagte über den Verlust, doch mein Vater sagte zu mir: Merk dir, ein Mann weint nie! Es war eine der wenigen Lehren, die er mir gab. Er lachte über das Häufchen Kehricht, als er es aufsammelte, und fügte noch hinzu, so könne es eben gehen, wer sich darüber gräme, schade sich selbst.

Ich bestellte mir einen Tee, die anderen bekamen ungefragt ein großes Bier, der bleiche junge Mann trank Mineralwasser. Die Venus zog ihre Zigaretten heraus, hielt das Päckchen erst ihrem Nachbarn hin, dann mir. Ich lehnte dankend ab, ich sei Nichtraucher.

Sie sind halt ein richtiger Musterknabe, sagte sie. Ihre Frau muß ihre helle Freude an Ihnen haben!

Wenn ich nicht besoffen gewesen wär, ließ sich der Kolonnenführer vernehmen, hätt ich wahrscheinlich gar nicht geheiratet. Weil ich geahnt hab, die Ehe ist des Lebens Grab.

Lída hatte ich erst nach Beendigung meines Studiums kennengelernt. Unsere erste Begegnung zeichnete sich durch nichts Außergewöhnliches aus, durch keine besonderen Begleiterscheinungen oder Vorzeichen. Wir lernten uns kennen und gefielen einander. Sie war nur sechs Jahre jünger, aber mir kam es so vor, als läge zwischen uns ein Menschenalter.

Als ich sie zum erstenmal ins Kino eingeladen hatte, kam sie natürlich zu spät. Ich saß schon längst auf meinem Platz und hatte mich damit abgefunden, daß sie nicht kommen würde. Doch dann sah ich ihren blonden Kopf, der zwischen den Köpfen anderer Nachzügler leuchtete, und sie erschien mir so anmutig, daß ich zu zweifeln begann, ob sich dieses Wesen ausgerechnet mir zugesellen wollte.

Fast ein Jahr gingen wir miteinander und sahen uns fast täglich. In dieser Zeit hatten wir nie Streit, wir fanden, es gebe nichts, was uns trennen oder einander entfremden könne. Am Polterabend betranken sich die meisten Männer, ich betrank mich nicht, aber keineswegs aus Prinzip – es war mir einfach nicht danach. In der Nacht jedoch lag ich wach vor Beklommenheit.

Beklommen machten mich nicht irgendwelche Zweifel an der Richtigkeit meiner Wahl, sondern das Bewußtsein, daß ich mich ein für allemal entschieden hatte.

Der Mensch will sich nicht damit zufrieden geben, daß sein Leben im großen und ganzen festgelegt ist, daß seine Hoffnungen sich erfüllt haben. Er sträubt sich, dem Tod ins Auge zu schauen, und weniges kommt dem Tod so nahe wie eine erfüllte Liebe.

Die Hochzeitsreise machten wir per Flugzeug in die Tatra.

Die windige Herbstzeit hatte gerade eingesetzt, die Lärchen färbten sich golden, die Wiesen dufteten nach reifen Grashalmen. Wir stiegen hinauf bis zur Baumgrenze, über uns ragten nur noch die Zacken kahler Felsen auf. Ich legte mich ins Gras, meine Lebensgefährtin sang vor sich hin, und mir schien, daß ihre Stimme die ganze Sphäre vom Himmel bis zum Fuß der Felsen ausfüllte und so den Raum ausmaß, in dem ich mich fortan bewegen würde.

Sie, Herr Marek, sie müssen ja wohl eine ziemliche Nummer gewesen sein, sagte die Venus. Der Meine, wenn der grantig nach Haus gekommen ist, der hat bei den Pferden oder in der Garage schlafen müssen.

Wann habt ihr denn einen fahrbaren Untersatz gehabt? erkundigte sich der Kolonnenführer.

In der Slowakei halt. Mein Milo hat einen gebrauchten Wartburg ergattert. Wie wir mit den Gören den ersten Ausflug machen, geht dem doch gleich hinter Topolčianky der Auspuff kaputt, und die Karre macht einen Krach wie ein Panzer. Oben muß er gleich zwei Schnäpse kippen, so hat ihn das aufgeregt, dann legt er sich unter die Karre, damit er's wenigstens andrahtet, und wie er fertig ist, sind wir wieder runtergefahren, er hat einfach den Motor ausgeschaltet, damit's keinen solchen Radau macht, und die Kiste fährt immer schneller, die Kinder haben gejuchzt, wie er die Kurven geschnitten hat, und ich hab ihn angebrüllt: Milo, so enden wir als Hackfleisch, ist dein Verstand im Arsch? Und da sagt er halt: Mein Verstand nicht, aber die Bremsen!

Mir war klar, daß Frau Venus das hauptsächlich meinetwegen erzählte, weil ich neu war, also fragte ich: Und wie hat die Fahrt geendet?

Er hat halt mit dem Motor abgebremst. Der Milo hat immer noch jedes Pferd kleingekriegt.

Nur dich nicht, ergänzte der Kolonnenführer, lachte laut auf und gab damit das Zeichen zur allgemeinen Heiterkeit. Am meisten freute sich der Kapitän, dessen Gesicht mir so bekannt vorkam. Es erinnerte mich an etwas, gehörte irgendwohin, ich wußte aber nicht, wohin. Der junge Mann mit dem Mädchengesicht lächelte nur andeutungsweise, und plötzlich hatte ich den Eindruck, daß ihm der Tod im Nacken saß. Das passierte mir gelegentlich, besonders oft war es mir in der Kindheit widerfahren, ich sah jemanden und erkannte plötzlich und verstört, daß dieser Mensch bald nicht mehr sein würde. Damit will ich mich nicht als Hellseher ausgeben, zumal ich mich seitdem viele Male geirrt habe.

Während des Krieges war mein Vater in derselben Festung interniert und lebte innerhalb derselben Wälle, aber sehen konnte ich ihn nicht, uns trennten viele Mauern und Verbote. Bis einmal die Tür aufging und er dastand. Abgemagert, den Kopf kahlgeschoren, in einem Blaumann, so erschien er auf der Schwelle, sein Blick ging suchend in die Tiefe des Wohnquartiers. Ich schrie auf, da sah er mich endlich und sagte: Still, sei still, ich repariere hier nur die Leitung. Und er lachte mich an. Dann nahm er mich in die Arme und hob mich hoch, obwohl ich schon groß war, drückte mich an sich und sagte: Du mein kleiner Junge! Und er lachte weiter, wenn auch auf sonderbare Weise, seine Augen wurden feucht, und als ich genauer hinschaute, sah ich bestürzt, daß mein großer, starker und mächtiger Vater weinte.

Als ich nach dem Krieg erfuhr, daß alle, die ich lieb gehabt, die ich gekannt hatte, tot waren, vergast wie Ungeziefer und verbrannt wie Unrat, kam eine tiefe Verzweiflung über mich.

Fast Nacht für Nacht begleitete ich sie, betrat mit ihnen die Kammer, wir waren alle nackt, und plötzlich fiel uns das Atmen schwer. Ich wollte schreien, konnte aber nicht, statt dessen hörte ich das Röcheln der anderen und sah, wie sich ihre Gesichter verzerrten, wie sie ihr Aussehen verloren. Ich erwachte voller Entsetzen, fürchtete wieder einzuschlafen und starrte in die leere Dunkelheit. Ich schlief damals in der Küche, nicht weit vom Gasherd. Ich stand immer wieder auf, um mich zu vergewissern, daß kein Gas ausströmte. Ich hatte das Gefühl, als sei ich nur durch eine Nachlässigkeit, durch ein Versehen übriggeblieben, das jeden Moment berichtigt werden konnte. Grauen und Angst machten mich schließlich so mürbe, daß ich krank wurde. Die Ärzte wunderten sich über meine Krankheit und verordneten mir absolute Bettruhe. In diesem Zustand konnte ich mich freilich mit allen meinen Freunden umgeben, die sich in Schemen verwandelt hatten, ich konnte mit ihnen die ganze langsam verstreichende Zeit zubringen, mich in ihre Zeit hineinziehen lassen, die nicht und nie verging. Ich erzählte niemandem von ihnen, aber sie waren da, sie luden mich zu sich ein, sie wiederholten die Einladung so ausdauernd, bis ich begriff, daß auch ich sterben sollte.

Vor dem Tod fürchtete ich mich jedoch sehr, ich fürchtete mich so sehr, daß ich nicht einmal in den Spiegel zu schauen wagte. So verbrachte ich Wochen in diesem Bannkreis, bis meine Mutter mir einmal die drei Bände von ›Krieg und Frieden‹ brachte; sie legte sie auf das Tischchen neben dem Kanapee und verbot mir, sie selbst zur Hand zu nehmen, sie seien zu schwer. Ich war wirklich geschwächt, aber als Mutter mir den ersten Band gereicht hatte, stützte ich ihn gegen die Knie und las im Liegen. So geriet ich allmählich in eine andere Gesellschaft. Manchmal dachte ich daran, daß auch die Menschen, von denen ich las, schon tot waren und auch dann hätten sterben müssen, wenn der Tod sie auf den Buchseiten nicht ereilt hätte. Doch obwohl sie tot waren, lebten sie. Und ich wurde mir der seltsamen Macht der Literatur oder überhaupt der menschlichen Phantasie bewußt: der Macht, auch die Toten leben und die Lebenden nicht sterben zu lassen. Ich staunte über dieses Wunder, über die magische Macht des Schriftstellers, und in mir begann sich der Wunsch zu regen, etwas Ähnliches schaffen zu können.

Ich ließ mir von meiner Mutter Schreibhefte kaufen. Dann begann ich, eigene Geschichten zu verfassen und denen, die nicht mehr lebten, das Leben zurückzugeben; und allmählich entfernten sich die Schemen, ihre starren, kalten und bedrükkenden Gesichter wurden immer undeutlicher. Als mir der Arzt nach einem halben Jahr erlaubte aufzustehen, hatten die Schatten sich verflüchtigt, wie um mir den Weg freizumachen. Ich konnte sie nicht mehr herbeirufen, und hätte man mir ein Bild eines meiner toten Freunde gezeigt, ich hätte gesagt: Kenne ich nicht.

Ich lebte also, und der Arzt freute sich über das Wunder, das irgendwelche neuen Medikamente, die er mir verschrieben hatte, bewirkt hatten, aber ich wußte, wieso ich lebte, ich wußte, daß ich, solange ich schreiben konnte, leben und von meinen Gespenstern befreit sein würde. Aber ich wußte auch, daß nichts auf Erden verschwand, daß auch das Wesen des längst ermordeten Mädchens irgendwo verborgen weiterlebte, vielleicht sogar in meiner Seele, ich wußte, daß es vielleicht in den Tiefen meiner Seele schwebte, und seine Seele über dem Land und den Wassern. Und ich dachte, als ich derjenigen ins Gesicht schaute, der ich jetzt, fast schon an der Neige meines Lebens, begegnet war und die mir tiefinnerlich so vertraut vorkam, daß sie selbst es sei, daß durch irgendein Wunder schließlich diejenige zurückgekehrt sei, die am Anfang gewesen war, und als ich in jener Nacht nach so vielen Jahren wiederum dieses regungslose, traumhafte, liebevolle Gesicht über mir sah, durchströmten mich Wellen von Glücksgefühlen und Ängsten, obwohl ich mir aufatmend ausrechnete, daß Darja schon drei Jahre gelebt hatte, als die Erste vergiftet worden war.

Ihr seid von oben runtergerast, wandte sich der Kolonnenführer an Frau Venus, aber was hättet ihr gesagt, wenn ihr mit genau demselben Affenzahn in die Luft hinaufgeschossen wärt? Und er zeigte mit einer so suggestiven Geste zur Decke, daß wir alle hinaufschauten. Vor fünfunddreißig Jahren hatte er auf dem Flugplatz bei Stříbro gedient, und dort hatten sie außer der famosen S 199 auch einen von den Deutschen hinterlassenen Übungsballon gehabt. Der Zugführer hatte ihm damals befohlen, den Ballon startklar zu machen, was hieß, daß er einen Fallschirm und Ballastsäcke aufladen mußte. Der Zugführer half ihm dabei, als sie jedoch den ersten Sandsack hineinhoben, löste sich die Ankerleine, und sie flogen mit einem solchen Schwung aufwärts, daß sie in ein paar Sekunden über den Wolken waren.

Ich sage euch, das ist schneller gegangen wie mit einer Rakete. Wir waren nur im Hemd, sagte der Kolonnenführer, von seiner eigenen Geschichte hingerissen, weil unten war Hochsommer, und auf einmal sind wir am Nordpol. Ich sage, Genosse Zugführer, ich melde, wir fliegen, Ziel unbekannt, aber wahrscheinlich in den Arsch. Er, ein fairer Kerl, sagt zu mir: Marek, da hab ich Ihnen den blöden Befehl gegeben, Sie sollen ohne Fallschirm einsteigen. Schauen Sie, daß Sie da irgendwie rauskommen, ich komm schon klar. Und er drängt mir den Fallschirm auf, den einzigen an Bord. Ich sage zu ihm: Zugführer, Sie haben Weib und Kind, wenn's hier brenzlig wird, springen Sie. Darauf er: Sie sind ein richtiger Mann, Marek, aber wir gehen entweder zusammen in den Arsch, oder wir werden beide Helden! Da hat er schon Reif im Gesicht gehabt!

Aber daß Sie nicht versucht haben, Gas abzulassen! wunderte sich der junge Mann.

Was meinst denn du, was wir gemacht haben? Bloß – ein zugefrorenes Ventil, das kann dir jeder sagen, nützt dir einen Dreck. Der Kolonnenführer schilderte ausführlich die grauenvollen Bedingungen in eisigen Höhen, bevor sie nach drei Stunden in Lysá landen konnten.

Vor fünfunddreißig Jahren, ließ der Mann sich hören, der

mich an meinen HNO-Professor erinnerte, bin ich bei Marienbad im Lager gewesen, nicht weit von der Grenze. Damals haben die Amis angefangen, so kleine Ballons mit Flugblättern rüberzuschicken. Paarmal sind die auch bei uns niedergegangen, aber wer ein Flugblatt aufgehoben hat, der hat riskiert, daß er eingelocht wird.

Was stand denn drauf? frage der junge Mann.

Nichts, was das Einlochen wert gewesen wär. Was kann man von einem Stück Papier schon erwarten?

Ballons und Schiffe haben eine Zukunft, führte der Kapitän das Gespräch in die ihm gebührenden Grenzen zurück, aber in einen Ballon würd ich nie einsteigen. Auch in kein Flugzeug. Wenn ein Schiff untergeht, hat man noch eine Chance, aber wenn ein Flugzeug runterkommt...

Darja und ich schwebten über der Erde und über den Wassern; Tag für Tag, Monat für Monat und auch nachts, wenn die Entfernung unserer Wohnungen zwischen uns lag, in Träumen oder Trugbildern.

Das komme daher, erklärte sie mir, daß unsere Seelen sich nachts vereinigten.

Du glaubst, die Seele kann den lebenden Körper verlassen?

Da erzählte sie mir die Geschichte von einem hundertjährigen Zauberer, der sein wahres Gesicht mit Hexerkünsten verbarg. Er lebte in einem steinernen Haus inmitten der Wälder, die sich bis zum Nordmeer hinzogen, und verbrachte seine Zeit in Einsamkeit. Als er der Einsamkeit überdrüssig wurde, betörte er durch Zauberei eine junge Schöne und wollte sie zur Frau nehmen. Sie erkannte jedoch sein wahres Gesicht, entsetzte sich darob und verlegte sich aufs Bitten, er möge sie gehen lassen; er sei schon alt und stehe am Rande des Grabes, sie hingegen habe das Leben noch vor sich. Doch der Zauberer entgegnete: Obwohl ich alt aussehe, werde ich nicht sterben, denn meine Seele weilt nicht in meinem Körper. Als sie wissen wollte, wo sich seine Seele denn befinde, erklärte er ihr, sie sei weit von hier. Hinter den Bergen, hinter den Flüssen gebe es einen See und inmitten des Sees eine Insel und auf der Insel einen Tempel, der jedoch keine Fenster habe, sondern nur eine einzige Tür, und die lasse sich nicht öffnen. Drinnen fliege ein Vogel herum, der keines natürlichen Todes sterbe, und in diesem Vogel befinde sich seine Seele. Solange der Vogel lebe, werde auch er leben. Das Mädchen hatte einen Liebsten, dem sandte sie Kunde von ihrem Geschick. Der Jüngling machte sich auf die Suche und fand Insel und Tempel. Mit Hilfe guter Geister öffnete er die Tür, die sich nicht öffnen ließ, erhaschte den Vogel, der von selbst nicht sterben konnte, und brachte ihn seiner Liebsten. Sie versteckte beide unter dem Bett des Zauberers und gebot dem Jüngling, den Vogel fest zusammenzudrücken. Der Jüngling gehorchte, und der Zauberer wurde auf der Stelle krank; als der Jüngling fester drückte, ging es dem Alten noch schlechter. Da schöpfte er Verdacht und begann sich im Raum umzusehen. Töte ihn, töte ihn! rief das Mädchen. Ihr Liebster zerquetschte den Vogel, und augenblicklich tat der Zauberer seinen letzten Atemzug.

Ich begriff, daß sie mir diese Geschichte hauptsächlich deshalb erzählt hatte, um mir bewußt zu machen, daß ihre Seele ein Vogel sei, den ich in der Hand hielt.

Die Seele verlasse den Körper nach dem Tod und gehe in einen anderen Körper ein, in ein Tier oder auch in einen Baum. Deshalb arbeite sie lieber mit Stein oder Ton als mit Holz. Sie höre, wie der Baum ächze, wenn er gefällt werde. Die Seele könne auf ihrem Weg in einen neuen Körper jede Entfernung überwinden. Warum solle sie das nicht auch zu Lebzeiten können? Sie sei immateriell, und daher gebe es auf der Welt keine Macht, die sie fesseln und einsperren könne, wenn sie sich danach sehne, zu fliegen, zu schweben oder sich mit jemandem zu vereinigen.

Ein andermal erzählte sie mir, sie habe am hellichten Tag eine goldene Kugel gesehen, die durch die Rosenbeete gerollt sei, die Blüten hätten sich in der Kugel gespiegelt, und alles sei in Bewegung gewesen, frei und schwebend. Als sie dann am Abend, vielmehr schon bei Nacht, heimgekommen sei, habe sie auf der anderen Straßenseite mich gesehen, an einen Laternenpfahl gelehnt, sie sei auf mich zugelaufen, aber ich hätte mich vor ihren Augen aufgelöst. Ob das ein Spuk gewesen sei, den ihr eine böse Macht vorgegaukelt habe, oder ein Zeichen der Liebe? Alles, was geschehen sei, müsse sich jedoch auf irgendeinen höheren Ratschluß ereignet haben, deshalb habe sie eine Erklärung dafür im Stand der Planeten gesucht und festgestellt, daß mein schicksalhafter und glückbringender Stern die Sonne sei, die bei mir im Zeichen der Jungfrau und im zehnten Haus stehe, und dank meiner Sonne hätte ich überlebt, und dank ihrer würde ich mein Geschick lenken, bis mir bestimmt sei, das Leben zu verlassen. Aus meinem Körper würde ich erst dann heraustreten, wenn ich meine Aufgabe erfüllt und das Werk geschaffen hätte, das zu schaffen mir aufgegeben sei. Welches Schicksal könne glücklicher sein?

Am Dreikönigstag gossen wir zusammen Blei. Ich goß eine Frau, die sich das Gesicht bedeckte, und etwas wie einen Raubvogel oder einen geflügelten Hermes. In der Frauengestalt erkannte sie sich selbst, in dem geflügelten Wesen mich. Ich sei zu ihr herabgestiegen, um sie zu entführen oder ihr eine Botschaft vom Himmel zu überbringen.

Aber warum bedecke sich die Frau das Gesicht?

Weil sie sich vermutlich vor mir fürchte.

Sie besorgte sich die Wahrsagekarten der berühmten Mme. Lenormand und las aus ihnen mehrmals ihre und meine Vergangenheit sowie die nahe und die ferne Zukunft; die Karten sagten mir erstaunlicherweise eine günstige, sogar brillante Zukunft voraus.

Ich hielt diese Wahrsagerei für eine Art von liebevollem Spiel und sagte, mir müsse sich doch alles zum Guten wenden, denn ich hätte nun noch ein Leben dazubekommen, wie der Mann, der als einziger den Absturz des Flugzeugs überlebte, das in München eine Kirchturmspitze gestreift hatte.

In Wirklichkeit jedoch war für sie nichts ein Spiel; für sie war alles Leben, jede Sekunde, die wir gemeinsam verbrachten, sollte mit Liebe ausgefüllt sein; wenn wir nicht zusammen waren, krochen angeblich überall Scheusale hervor wie in der Apokalypse, und vielköpfige Schlangen wanden sich um ihre Waden. Sie wehre sich und bitte mich um Hilfe, beschwöre mich, sie nicht zu verlassen, bei ihr zu bleiben, wenn ich schon behauptete, sie zu lieben, sie auch zu lieben; ich solle wenigstens noch ein Weilchen bleiben, ich aber fliehe schon, renne im Geiste schnurstracks nach Hause, laufe der davonfahrenden Straßenbahn nach, um vor meiner Frau daheim zu sein, die nichts ahne und je nach Laune lächle oder finster dreinschaue. So gingen wir auseinander, küßten uns noch an der Straßenecke, blickten uns um, winkten einander zu, ich sah noch, wie das Lächeln auf ihren Lippen erstarrte und Tränen die Zärtlichkeit aus ihren Augen schwemmten.

Ich hatte immer an meiner Arbeit gehangen, immer um jede Minute Schreibzeit gerungen, doch jetzt entzog ich der Arbeit Minute um Minute, reihte die Minuten zu Stunden und Tagen. Noch erwog ich, mich aufzulehnen, mir wenigstens eine Verschnaufpause auszubitten, denn Schreiben bedeutete für mich Leben.

Sie sagte: Wie kannst du davon auch nur reden? Was ist alle Kunst gemessen am Leben?

Wenn ich nicht mehr schreibe, sterbe ich.

Weil ich unter den Kriegserlebnissen viel zu leiden gehabt hatte, kam ich nicht von ihnen los. Als ob ich in der Schuld derer stünde, die ich überlebt hatte, und mich der gütigen Macht erkenntlich zeigen müßte, die mich vor dem Schicksal der anderen bewahrt und mir zu leben vergönnt hatte.

Mit dieser Belastung war ich ins Leben hinausgegangen. Ich war knapp achtzehn Jahre alt, als ich ein Drama über einen Aufstand im Frauenkonzentrationslager zu schreiben begann, über die verzweifelte Entscheidung, entweder für die Freiheit zu kämpfen oder zu sterben. Das Leid, mit dem ein Leben ohne Freiheit einherging, hielt ich für das wichtigste aller Themen, über die es nachzudenken und zu schreiben galt. Wie in der Festungsstadt glaubte ich jetzt, nach dem Krieg, mit meiner ganzen Person auf die Freiheit setzen zu müssen. Ich konnte die Überlegungen des gefangenen Pierre Besuchow über den Zusammenhang von Freiheit und Leiden auswendig aufsagen, die besagten, daß der Mensch auch im Leiden Freiheit finden könne.

Ich verstand Tolstoi ebensowenig wie ich merkte, daß nach dem Krieg unweit meines Elternhauses neue Lager entstanden, daß den Menschen dort wieder einmal nur diese letzte Möglichkeit blieb: Freiheit auch im Leid zu suchen. Ich kannte nur die Lager meiner Kindheit.

Wir ließen die Gasse V dolinách hinter uns – sie war bereits mustergültig gekehrt, vor uns war hier die selbstaufnehmende Straßenkehrmaschine durchgekommen, die heute von Herrn Kromholz bedient wurde, und Kromholz arbeitete offenbar so sorgfältig, als käme er aus einer anderen Zeit – und näherten uns dem monströsen Bauwerk, das man auf die Pankrazer Ebene gestellt hatte. Ursprünglich hatte es Kongreßpalast heißen sollen, da es dazu gedacht war, den Kongressen sämtlicher nützlicher und nutzloser Vereine als beeindruckend protziges Ambiente zu dienen, zumal für den alle beherrschenden und alles überragenden Oberverein, aber dann wurde es arglistig in ›Kulturpalast‹ umbenannt.

Tja, die sind dort anders mechanisiert, sagte der Kolonnenführer, als er merkte, wohin ich schaute. Da fahren in den Gängen kleine Selbstaufnehmer rum, Parkettmaschinen und Poliergeräte – alles Importware. Allein für die Bedienung haben die dort – wissen Sie, wie viele Leute?

So ein Monstrum! warf der Kapitän ein. Das frißt uns alle auf!

Vorige Woche, sagte Frau Venus, hat sich dort ein kleiner Bub verlaufen. Die haben halt gedacht, er ist ihnen auf dem Vyšehrad verlorengegangen, statt dessen ist er drin geblieben, hat sich in einem von den Salons verkrochen, und dort ist er eingeschlafen, und wie er aufwacht, rennt er durch die Gänge immer im Kreis herum, zum Schluß kommt er bis in die Maschinenhalle, und dort hat er sich total verirrt, zwischen den farbigen Röhren und Aggregaten halt. Wie sie ihn in der Früh gefunden haben, war er schon ganz blöd im Kopf.

Mit einer Gangart, in der sich flegelhafte Wurstigkeit gepaart mit dem Bewußtsein der eigenen Wichtigkeit ausdrückte, näherten sich uns zwei Polizisten. Der eine war stattlich, sein angenehmes Gesicht zierte ein Stutzerschnurrbärtchen, der andere dagegen wirkte auf mich wie ein fast ausgewachsener, aber kränklicher blonder Bengel mit himmelblauen Augen. Beim Anblick der beiden wurde mir einigermaßen mulmig. Ich hatte zwar nichts verbrochen, aber als Unschuldiger mit der Polizei mit und ohne Uniform nicht gerade gute Erfahrungen gemacht. Ich bedachte nicht, daß auch meine orangefarbene Jacke einer Uniform nahekam.

Na, ihr Kehrbuben, sprach uns der Stutzer an. Viel Mist?

Halb so schlimm, antwortete der Kolonnenführer. Heute haben wir nicht in die Siedlung müssen, dort sind die Leute Schweine.

Dafür hat's bei uns Wirbel gegeben. Der Stutzer legte ihm leutselig die Hand auf die Schulter. Und direkt da drüben. Er deutete zum Vyšehrad hinüber. Wo sich doch dieser Abartige dort rumtreibt und Weiber abmurkst, da hat so eine alte Schachtel geglaubt, er hätt's auf sie abgesehen, und hat um Hilfe geschrien. War das ein Theater! Wir haben den ganzen Park abgeriegelt, volle fünf Einheiten vom Bereitschaftsdienst sind bis aus Vršovice gekommen, und geschnappt haben wir den Falschen. Mir war gleich klar, der kann es nicht sein, der unsere ist höchstens Zwanzig und einsneunzig groß, und der da war an die Fünfzig und eine halbe Portion, hat nicht mal ne Straßenbahnfahrkarte bei sich gehabt, also wieder nichts.

Ein Redakteur soll's gewesen sein, ergänzte sein Kollege. Ist angeblich nach einem Herzinfarkt spazierengegangen.

Hat er wirklich schon sieben Weiber erwürgt? erkundigte sich Frau Venus.

Wer hat Ihnen denn so was eingeredet? brauste der Stutzer auf. Gemeldet sind zwei Morde und vier Notzuchtversuche, damit hat sich's!

Und wann schnappt ihr ihn endlich? fragte Frau Venus.

Nur keine Angst. Der Stutzer streichelte sein Pistolenhalfter. Das schaffen wir schon!

Wir müssen nur achtgeben, daß wir dir nicht die Spuren wegfegen, sagte Frau Venus hinter ihnen her, als sie gingen. Und für sowas kriegen die mehr gezahlt wie die Grubenkumpel!

Um elf Uhr zwanzig beendeten wir die Säuberung des Palastgeländes. Damit hatten wir für heute unsere Pflicht getan. Ich fuhr die Gerätschaften vor das ehemalige Sokol-Haus, und nun mußte nur noch eine letzte Aufgabe bewältigt werden: die drei Stunden bis zum Ende der Arbeitszeit herumzubringen und dann den Tagelohn abzuholen. Meine Kollegen hatten natürlich schon eine Kneipe ins Auge gefaßt, auf die sie zusteuerten. Ich hätte mitgehen können, hatte aber keine Lust dazu. Mir reichte es, einmal pro Schicht im Gasthaus zu sitzen.

Die erste Erzählung von Franz Kafka, die ich gelesen hatte, gehört zu den wenigen größeren Prosatexten, die er beendet hat. Sie erzählt von einem Reisenden, dem auf einer Insel ein Offizier liebevoll und mit Feuereifer sein bizarres Hinrichtungsgerät vorführt. Die Maschine geht bei der Vorführung jedoch kaputt, und der Offizier ist deswegen so beschämt, daß er sich selbst auf das Hinrichtungsbett legt. Der Autor zählt kühl und gründlich alle Einzelheiten der monströsen Maschine auf, als ginge es ihm darum, in dieser Beschreibung das Geheimnisvolle und unfaßbar Paradoxe des geschilderten Vorgangs aufzuheben.

Mich verblüffte und faszinierte das scheinbar nicht zu enträtselnde Geheimnisvolle der Geschichte, die mich zugleich bedrückte. Ich war jedoch nur imstande, ihre Oberfläche wahrzunehmen. Der Offizier – grausam, pedantisch, für sein Hinrichtungswerk entflammt – kam mir vor wie eine prophetische Vorwegnahme jener Offiziere, die ich gekannt hatte, wie ein Prototyp des Kommandanten Höß von Auschwitz, und ich staunte darüber, daß die Literatur nicht nur Toten Leben einhauchen kann, sondern auch noch nicht Geborene vorwegzunehmen vermag.

Plötzlich befand ich mich wieder auf dem Vyšehrad. Ich ging durch den Park bis zum Friedhof und zur Kirche, die eingerüstet war. Diese Kirche hatte ich noch nie betreten, konnte sie aber von dem Felsen hinter unserem Haus in der Ferne sehen, und daheim hatte ich sie sogar auf einem alten Stich: Sacro-Sancta, Regia, et exempta Ecclesia Wissehradensis SS Apostolorum Petri et Pauli ad modum Vaticanae Romanae a Wratislao I. Bohaemiae Rege A. 1068. aedificata, et prout ante disturbia Hussitica stetit, vere et genuine delineata, et effigiata. A. 1420. 2. Novembris ab Hussitica destructa, ruinata et devastata.

Das Bauwerk auf dem Stich sah anders aus als dasjenige, das vor mir aufragte, und zwar nicht nur, weil von den Hussiten destructa, ruinata et devastata, sondern weil die Kirche seit der Entstehungszeit des Stichs mehrmals umgebaut worden war, jedesmal ein bißchen zu ihrem Nachteil. Bei uns wird immerzu alles umgemodelt: der Glaube, Bauwerke und Straßennamen; einmal werden die Zeitläufte verheimlicht, ein andermal vorgetäuscht, Hauptsache, nichts bleibt echt und besteht als Zeugnis.

Als ich um die Kirche herumging, sah ich das Hauptportal einen Spaltbreit offenstehen. Ich warf einen Blick hinein – selbst dort lag Maurergerümpel herum, Gerüstbretter und Eimer, ein Teil der Bänke war mit einer Plane abgedeckt. Neben dem Altar erkannte ich meinen neuen Kollegen, den, der mich an den Professor erinnerte, von dem mir die Rachenmandeln herausgenommen worden waren. Die orangefarbene Jacke hatte er bereits ausgezogen und gab sich offenbar der Meditation hin.

Also blieb ich lieber draußen. Ich wollte ihn nicht stören und auch nicht mit ihm ins Gespräch kommen.

Er holte mich im Park ein. So ein Unsinn, klagte er. Mit dem Warten auf die Auszahlung vergeudet man nur die Zeit.

Ich nickte. Er sagte, er heiße Rada. Mein Name sei ihm gleich heute morgen aufgefallen. Mit einem Jungen gleichen

Namens habe er vor vierzig Jahren im Leitomischler Priesterseminar gewohnt.

Ich sagte, meine Verwandten seien im Krieg umgekommen.

Er habe zwei jüngere Brüder. Der mittlere lebe in Toronto, der jüngste sei Arzt, Röntgenologe, sogar ein guter, aber er hätte besser Globetrotter werden sollen, er lebe erst auf, wenn er eine fremde Gegend sehe. Außerdem sei er ständig unterwegs, zuletzt sei er bis Kambodscha gekommen. Halten Sie es für möglich, daß er die Khmer-Sprache erlernt hat? Für ihn ist das ein Vergnügen, eine neue Sprache lernt er in ein paar Wochen!

Wir gingen durch das Ziegeltor hinaus und näherten uns abermals der Gegend, die wir morgens gekehrt hatten – ich war froh, daß die Schicht hinter mir lag, daß ich einfach durch die Gäßchen spazieren konnte, wo aus den angrenzenden Gärten, vor den dunklen Augen der Häuser, die mich zwar müde, aber friedfertig ansahen, schon wieder gilbende Blätter gefallen waren.

Plötzlich erstarrte ich: In einem Fenster sah ich einen Erhängten, er hatte das Gesicht an die Scheibe gedrückt, die lange Zunge hing ihm aus dem Mund, und von unten war er blutrot angestrahlt.

Herr Rada folgte meinem Blick und sagte: Was hat uns der Meister denn heute ausgestellt?

Da sah ich, daß die Gestalt im Fenster eine geschickt arrangierte Stoffpuppe war. Als ich genauer hinschaute, machte ich noch einen Kopf aus – er war halb weiblich, halb hündisch und hatte sich am Schenkel des Erhängten festgebissen.

Aber, aber, sagte mein Kollege, der muß schlecht geschlafen haben. Manchmal stellt er etwas Amusanteres ins Fenster. Letzthin hat er bunte, saltoschlagende Clowns ausgestellt. Manchmal komme ich extra her, um nachzusehen, was er sich denn nun wieder ausgedacht hat. Mein Bruder, der mich einmal hierher begleitet hat, meinte, das seien Werke eines Irren. Herr Rada kam wieder auf den Bruder zu sprechen, der in seinem Leben anscheinend eine wichtige Rolle spielte. Der hält jeden für verrückt, auf den er sich keinen Reim machen kann. Eigentlich hält er den ganzen Globus für verrückt, er meint, die Welt braucht eine gewaltige Erschütterung, eine große Umwälzung, damit die Unterschiede zwischen den Satten und den Hungernden ausgeglichen werden. Wir streiten oft. Neulich, als er aus Kambodscha zurückgekommen ist, hat er schier Unglaubliches von einer Revolution erzählt. Neben dem Krankenhaus soll ein Brunnen gewesen sein, der randvoll war mit Ermordeten. Überall so viele Tote, daß er's angeblich kaum fassen konnte. Vielleicht hat er dann doch eingesehen, was eine Revolution den Menschen beschert. Herr Rada blieb stehen und blickte sich um, aber wir waren allein in der frisch gefegten Gasse. Die Apokalypse! Dieses Wort hat er gebraucht, obwohl er sich nie zum Glauben an das Jüngste Gericht durchgerungen und in der Offenbarung bestenfalls dichterische Bilder gesehen hat!

Meine Frau hatte ihre Ordination nicht weit von hier.

Das Wartezimmer war glücklicherweise leer. Ich klopfte an. Nach einer Weile schaute die Sprechstundenhilfe heraus, schluckte die bereitgehaltene Rüge hinunter und bat mich herein.

Lída saß halb verdeckt von einem Strauß Astern hinter dem Tisch und war in Tabellen mit Rorschach-Klecksen vertieft.

Du kommst mich besuchen? Wie nett von dir!

Ich bin gerade in der Gegend.

Du gehst schon heim?

Ich will vorher noch bei Vater vorbeischauen.

Nett von dir, daß du mich besuchst. Möchtest du einen Kaffee?

Nein, danke. Seit fünfundzwanzig Jahren bietet mir meine Frau Kaffee an, und ich frage mich, ob sie jemals gemerkt hat, daß ich keinen trinke.

Die Sprechstundenhilfe hatte sich zurückgezogen, ich hörte irgendwo eine Tür leise zuklappen. Ich setzte mich in den Sessel, wo sonst Menschen mit Depressionen, Schwermut, unterdrückten Leidenschaften, mit einem Ödipuskomplex oder gar mit Selbstmordneigungen sitzen. Mir taten nur die Füße weh.

Hast du gesehen, was für ein Bukett ich bekommen habe?

Ich lobte den Strauß und fragte, wer ihn gebracht habe. Die Patienten mochten sie, denn sie war freundlich und widmete ihnen mehr Zeit, als sie von Berufs wegen mußte, dafür brachten sie ihr Blumen. Wann hatte ich ihr das letztemal Blumen gebracht?

Der Anderen brachte ich Blumen und wiederholte ihr bis zum Überdruß, daß ich sie liebte – sie weckte immer wieder ein Gefühl der Zärtlichkeit in mir.

Für meine Frau empfand ich auch Zärtlichkeit, traute mich aber nicht, es ihr zu zeigen, vermutlich, weil sie es fertiggebracht hätte, über eine derartige Gefühlsregung zu sprechen oder mich dafür sogar noch zu loben.

Die Blumen habe sie von einer Patientin bekommen, die ihr Sorgen mache. Sie sei fast neunzehn Jahre alt, könne sich aber mit der Scheidung ihrer Eltern nicht abfinden. Sie habe das Studium abgebrochen, vernachlässige sich – wenn ich nur sehen könnte, wie sie in den letzten Wochen heruntergekommen sei.

Meine Frau sprach noch eine Weile von dem Mädchen, dessen Schicksal sie bedrückte. Sie nahm das Joch aller auf sich, die zu ihr kamen. Sie suchte Mittel und Wege, ihnen zu helfen, und quälte sich, wenn es ihr nicht gelang. Vielleicht erzählte sie mir von dem Mädchen auch nur deshalb, damit ich sah, wie verheerend sich eine zerrüttete Ehe auswirken konnte.

Das Mädchen habe ihr heute einen Traum erzählt: Sie ging in der Dämmerung über einen Feldweg, plötzlich bemerkte sie vor sich einen Lichtschein. Dieser Lichtschein näherte sich ihr von selbst, bis die erkannte, daß die Erde sich vor ihr öffnete und aus der Tiefe Flammen schlugen. Sie wußte, daß sie ihnen nicht entkommen konnte, fürchtete sich aber nicht und versuchte auch nicht zu fliehen, sondern schaute nur zu, wie die Erde vor ihren Augen barst.

Ich sah meine Frau an, ihr lebendiges Gesicht. Sie war immer noch hübsch, ich hatte noch keine Fältchen an ihr entdeckt, oder ich nahm sie nicht wahr und mein Blick verband unwillkürlich ihr früheres Aussehen mit dem jetzigen.

Ich fürchte, sie tut sich etwas an!

Ich stand auf und strich ihr übers Haar.

Du willst schon gehen? Sie öffnete die Tür zum Wartezimmer. Keiner da, du kannst dir Zeit lassen. Du hast mir noch gar nicht erzählt, wie es dort – bei diesem ... Sie suchte vergeblich nach einer Bezeichnung für meine Straßenkehrerei.

Erzähle ich dir am Abend.

Sie begleitete mich zum Ausgang. Sagte, es habe sie gefreut. Es freue sie immer, wenn sie mich unverhofft sehe.

Ich hätte gern etwas erwidert, etwa, daß mich ihre Gegenwart aufmuntere, daß mich ihre Nähe wärme, aber ich brachte es nicht über mich.

Sie ging zurück, nahm aus der Vase die größte Blüte und reichte sie mir, als Mitbringsel für Vater. Die Blüte war zottig, dunkelgelb und mit einem Hauch Umbra an den Spitzen der Kelchblätter.

Sie hatte keine Ahnung, hatte bestimmt noch nie gemerkt, daß mein Vater so überflüssige und nutzlose Dinge wie Blumen nicht mochte.

Ich gab ihr schnell einen Kuß, und wir verabschiedeten uns.

»Und der vierte Engel posaunte«, las ich zu Hause in der Apokalypse, »und es ward geschlagen der dritte Teil der Sonne und der dritte Teil des Mondes und der dritte Teil der Sterne, daß ihr dritter Teil verfinstert ward und der Tag den dritten Teil nicht schien und die Nacht desgleichen ... Und der fünfte Engel posaunte, und ich sah einen Stern, gefallen vom Himmel auf die Erde, und ihm ward der Schlüssel zum Brunnen des Abgrunds gegeben. Und er tat den Brunnen des Abgrunds auf; und es ging auf ein Rauch aus dem Brunnen wie ein Rauch eines großen Ofens, und es ward verfinstert die Sonne und die Luft von dem Rauch des Brunnens.« Und an anderer Stelle las ich: »Und wenn tausend Jahre vollendet sind, wird der Satanas los werden aus seinem Gefängnis. Und wird ausgehen, zu verführen die Heiden an den vier Enden der Erde... sie zu versammeln zum Streit, welcher Zahl ist wie der Sand am Meer... Und es fiel Feuer von Gott aus dem Himmel und verzehrte sie. Und der Teufel, der sie verführte, ward geworfen in den feurigen Pfuhl und Schwefel... Und ich sah einen großen weißen Stuhl und den, der darauf saß; vor des Angesicht floh die Erde und der Himmel, und ihnen ward keine Stätte gefunden.«

Seit altersher, vielleicht schon, seit sie über die Zeit und damit über die eigene Vergangenheit nachzudenken begannen, nahmen die Menschen an, daß es am Uranfang ein Paradies gegeben habe. Zugleich prophezeiten sie das kommende Verderben. Es war unabwendbar, denn es würde auf Ratschluß des Himmels über uns kommen.

Am Abend erschien bei mir völlig unerwartet eine amerikanische Journalistin. Sie war jung, duftete nach französischem Parfüm und strotzte vor Selbstbewußtsein. Sie lächelte mich mit ihren breiten, sinnlichen Lippen an, als wären wir alte Freunde. Sie wollte hörten, wie sich der Kampf um die Menschenrechte in meiner Heimat entwikkelte, welche Einstellung meine Landsleute zu ihren Landsleuten hätten, ob ich einen Krieg für wahrscheinlich, die Friedensbewegung für zweckmäßig und den Sozialismus für realisierbar hielte.

Vielleicht glaubte sie wirklich, daß sich auf ihre Fragen eine in einer Zeitungsspalte unterzubringende Antwort finden ließ. Sie befragte mich wie einen Repräsentanten irgendeiner Bewegung oder eines gemeinsamen Schicksals. Sie bedachte nicht, daß ich als Repräsentant von was auch immer kein Schriftsteller mehr wäre, sondern nur noch ein Sprecher. Daran konnte ihr freilich nicht gelegen sein, doch sie brauchte mich nicht als Schriftsteller und würde ohnehin keines meiner Bücher lesen.

Unlängst hatte ich aus einem amerikanischen Wochenblatt die tröstliche Neuigkeit erfahren, daß vierzehn komplette

Idioten ›Jerkisch‹ erlernt hatten. So nennt man die aus zweihundertfünfundzwanzig Wörtern bestehende, in Atlanta entwickelte Sprache zur gegenseitigen Verständigung von Menschen und Schimpansen – und bestimmt könnten sich, meinte der Verfasser, immer mehr Unglückliche auf Jerkisch verständigen. Endlich war also eine Sprache gefunden, in der sich der Geist unserer Zeit äußern konnte, und deshalb würde sich diese Sprache rasch von Pol zu Pol verbreiten und vom Nullmeridian nach Osten und nach Westen, die Sprache der Zukunft.

Ich verstand mich nicht mit denen, die nur eine Literatur gelten ließen, die sie selbst dirigierten, die ihretwegen auf Jerkisch geschrieben wurde, und ich befürchtete, mich nicht einmal mit der hübschen Journalistin verständigen zu können, obwohl sie mir versicherte, sie wünsche sich völlige Freiheit für mich und mein Volk genauso wie für sich und ihr Volk. Ich befürchtete, daß wir in Sprachen redeten, die sich zu weit voneinander entfernt hatten.

Zum Abschied und eher aus Höflichkeit fragte sie, woran ich gerade arbeitete. Es überraschte sie, daß ich über Kafka schreiben wollte. Immerhin fragte sie, ob ich mich mit Kafkas Werk etwa deshalb befaßte, weil er verboten sei.

Ich antwortete, ich schriebe über ihn nur, weil ich ihn möge. Der Genauigkeit halber fügte ich hinzu, das Werk sei nicht verboten, man habe lediglich versucht, es aus den öffentlichen Bibliotheken und den menschlichen Gehirnen zu verbannen.

Sie wollte wissen, warum ausgerechnet sein Werk. Sei er politisch so aufrührerisch, oder weil er Jude gewesen sei?

In unserem Jahrhundert, sagte ich, ließen sich nicht viele Autoren finden, die sich für Politik und öffentliche Belange so wenig interessiert hätten wie er; außerdem enthalte sein Werk nichts, was an sein Judentum erinnere. Warum Kafkas Œuvre bei uns unterdrückt werde, habe andere Ursachen. Ich wisse nicht, ob sie sich so einfach eingrenzen ließen, sei aber der Meinung, daß an Kafkas Persönlichkeit seine Redlichkeit als das Anstößigste gelte.

Die Journalistin lachte auf. Wer hätte über einen solchen Grund nicht gelacht?

Als sie gegen Mitternacht gegangen war, beeilte ich mich, ins Bett zu kommen, müde nach einem Tag, der für mich schon um fünf Uhr früh begonnen hatte.

Meine Frau kuschelte sich an mich. Ich vermochte meine unruhigen Gedanken nicht einzuschläfern. Früher konnte ich am Abend kaum den nächsten Morgen erwarten. Die Nacht ähnelte einem bissigen Hund, der mir den Weg versperrte. Früher ging ich, kaum aufgewacht, von einem Fenster unserer Wohnung zum anderen – die Fenster gingen auf drei Himmelsrichtungen hinaus –, um mich am Anblick entweder grüner oder vom Schnee geweißter Fernen zu erfreuen. Ich mochte meine Arbeit und meine Redaktionskollegen, ich freute mich nicht nur auf sie, sondern auch auf überraschende Bekanntschaften, die sich ergeben konnten, Briefe öffnete ich stets hoffnungsvoll – ich erwartete immer irgendeine frohe Botschaft, eine aufregende Neuigkeit oder eine Liebeserklärung. Außerdem freute ich mich auf die Bücher, die ich lesen wollte. Ich las in jeder freien Minute: in der Straßenbahn, beim Arzt im Wartezimmer, im Zug und auch beim Essen. Ich verschlang solche Mengen von Geschichten und Geschehnissen, daß sie einander zu überlagern begannen, oft wußte ich nicht, wohin welche gehörten. Ich lebte gern, und so eilte ich von einem Erlebnis zum anderen, bis ich einem leidenschaftlichen Esser glich, der aus lauter Gier auf den nächsten Gang nicht mehr genießen kann, was er gerade ißt. Und daß ich weder trank noch rauchte, geschah nicht etwa aus Puritanismus, sondern aus der Befürchtung heraus, meine Wahrnehmung könnte abstumpfen und mir irgendein Erlebnis, eine mögliche Begegnung entgehen. Ich wußte, hatte es schon seit meiner Kriegskindheit geahnt, daß wir alle am Rand eines Abgrunds lebten, am Rand eines schwarzen Lochs, in das wir einmal hineinstürzen würden, und ich spürte, daß der Abgrund vor mir zurückgewichen war, daß mich mit dem Leben unzählige Fäden verbanden, die sich zu einem festen Netz verknüpft hatten, auf dem ich einstweilen in schwindelnder Höhe schaukelte.

Aber die Fäden rissen allmählich, einige waren altersmürb, einige zerriß ich selbst durch meine eigene Ungeschicklichkeit, einige wurden von anderen zerrissen. Ich könnte auch sagen: Von der Zeit. Morgens nach dem Aufwachen wollte ich am liebsten wieder die Augen schließen und weiterschlafen.

Vor einiger Zeit kam der Mitschüler meiner Tochter zu mir, der sich schon einmal die Pulsadern aufgeschnitten hatte, und fragte mich: Wozu soll der Mensch leben?

Was konnte ich ihm antworten? Mein Vater, zum Beispiel, sagte ich, habe nur für seine Arbeit gelebt und seine Freude daran gehabt, Material auf neue Art in Bewegung zu setzen, und wegen dieses Ziels habe er auf alle anderen Freuden verzichtet, sogar auf den Schlaf. Aber vielleicht sei ihm gerade deshalb ein Schauer über den Rücken gelaufen, wenn er urplötzlich merkte, daß die Sonne aufging, oder wenn er Schuberts Streichquintett hörte. Mir fiel noch ein, daß wir auch deshalb lebten, weil uns noch einige Begegnungen bevorstanden, für die zu leben sich lohnte. Begegnungen mit Menschen, die wir kennenlernten, wenn wir es am wenigsten erwarteten, oder die uns kennenlernten, wenn sie es am wenigsten erwarteten. Oder die Begegnung mit anderen Geschöpfen, deren Leben mit dem unseren durch einen scheuen Blick in Berührung kam... Was hätte ich ihm sonst noch sagen können?

Aber er schnitt sich eines Abends dann doch noch die Pulsadern auf und brachte es sogar fertig, sich mit blutenden Handgelenken an einem Baum am nördlichsten Zipfel der Sophieninsel zu erhängen, wo sich seine Altersgenossen gerade in einem altmodischen Tanzlokal vergnügten. Meine Tochter weinte bitterlich, als sie mir davon erzählte, und zum Schluß sagte sie über ihren toten Mitschüler: Aber sonst war er ganz normal!

Als ich nachmittags bei meinem Vater war, stieg seine Temperatur plötzlich erschreckend an. Er klapperte mit den Zähnen, sein Blick ging ins Leere. Ich feuchtete ein Laken an und wollte seinen ausgemergelten Körper in den nassen Stoff einpacken, Vater sträubte sich jedoch, riß mir das Laken aus den Händen und stammelte immer wieder: Nimm's und verbrenn's!

Ja, antwortete ich, ich nehm's und verbrenn's.

Mein Vater war zweimal im Leben eingesperrt gewesen, zwei verschiedene Geheimpolizeien hatten unsere Wohnung durchsucht – er meinte jetzt wohl irgendwelche Briefe oder Dokumente. Dann fragte ich aber doch: Was soll ich nehmen und verbrennen?

Er sah mich mit dem erloschenen Blick seiner blaugrauen Augen an, die, als ich noch klein war, die Farbe von Säulchenflechten gehabt hatten, und sagte: Das Fieber natürlich!

Ich nahm also sein Fieber und machte aus Zeitungen und meinen alten Manuskripten, die seit nunmehr fast dreißig Jahren hier im Schrank lagen, auf dem Parkettboden ein Feuer. Und als es brannte, erblickte ich in den Flammen sein Gesicht, es wirkte wie das Gesicht einer bleichen Porzellanpuppe, ich wartete, wann dieses Gesicht zerlaufen oder zerplatzen würde, aber es hielt dem Feuer stand wie einst die Porzellanscherben, nur manchmal schien es sich wie vor Pein zu verzerren, und ich sah, daß die Puppe weinte, inmitten der Flammen glänzten auf ihren blassen Wangen Tränen.

Die Flämmchen verloschen. Ich erhob mich, ging zu Vater und berührte seine Stirn. Sie war schweißnaß und kühl. Er schlug die Augen auf und lächelte. Einen Moment lang erlag ich der Macht seines Lächelns und spürte eine erleichternde Hoffnung.

Und als ich mich umsah, lag das Fieber in der Asche, sein Porzellangesicht war getrocknet, es wirkte ausgedörrt und gierig.

Ich sehnte mich nach Schlaf, aber ich merkte, wie die Nacht mich lautlos umschlich – wie eine pirschende Katze, für die alles seinen Sinn verloren hat außer der Beute, die sie wittert.

Ich überprüfte die Fäden, mit denen das Leben mich noch an sich band.

Am meisten fesselte mich mein Schreiben ans Leben – alles, was ich erlebte, verwandelte sich mir in Bilder. Sie schlossen mich manchmal so vollständig ein, daß ich mich in einer anderen Welt befand, und dieser Aufenthalt machte mich glücklich oder zumindest froh. Früher, noch vor wenigen Jahren, hatte ich mir eingeredet, es gelänge mir, diese Bilder festzuhalten, es gäbe sogar Menschen, die auf sie warteten, um sich mit mir darüber zu freuen oder zu grämen. Dieses Bemühen, das frei war von Hochmut und dem Dünkel, auserwählt zu sein, entsprang dem Wunsch, jemanden an meiner Welt teilhaben zu lassen.

Dann begriff ich, daß sich in einer Zeit, in der so viele unterjocht und ergeben dem jerkischen Geist anhingen, um bloß nicht den apokalyptischen Reitern in die Augen sehen zu müssen, nur noch ganz wenige Menschen sich um irgendjemandes Bilder oder Worte kümmerten.

Noch schrieb ich, komponierte aus Wörtern und Sätzen Geschichten, meine Visionen. Oft plagte ich mich tagelang mit einem einzigen Absatz, schrieb Seiten voll und warf sie weg. Jedesmal, wenn ich ein Buch oder ein Stück beendet hatte, rebellierte mein Körper und strafte mich mit Schmerzen, dabei wußte ich, daß das Manuskript vom Verlag mit einem einzigen Begleitsatz zurückkommen würde: Wir reichen Ihnen Ihr Manuskript zurück, weil es nicht in unser Verlagsprogramm paßt. Dann gab ich es ein paar Freunden, und einer von denen, die sich dem jerkischen Geist bislang nicht ausgeliefert hatten, tippte es ab und lieh es seinen Geistesverwandten. Ich schickte es auch ins Ausland, und falls es unterwegs nicht verlorenging, wurde es dort veröffentlicht. Vielleicht fand sich also doch – an diesen Faden klammerte ich mich – auf der Welt eine Handvoll Menschen, mit denen ich trotz aller Beeinträchtigungen eine Verbindung herstellen konnte.

Ich hatte all die langen Jahre hindurch weitergeschrieben,

als bei uns keine einzige von mir verfaßte Zeile erschien, als mich einige meiner neueren Bekannten mieden, weil sie argwöhnten, ein Zusammentreffen mit mir könnte einen Schatten auf ihre Unbescholtenheit werfen. Ich schrieb unbeirrt weiter, doch manchmal erdrückte mich die Last meiner Einsamkeit. Ich saß am Tisch und lauschte in die Stille. Hörte nichts außer einem kaum wahrnehmbaren Knistern, wenn die einzelnen Fäden rissen, und schaute sehnsüchtig nach einer Hoffnung aus, an die ich mich hätte klammern können.

In dieser Zeit war sie aufgetaucht. Wären wir einander zu einer anderen Zeit begegnet, wir wären wohl aneinander vorbeigegangen, aber damals begann ich ihr nachzulaufen wie im Rausch, den ich jahrelang nicht loswerden konnte. Dabei hörte ich nie auf, im stillen mit ihr zu hadern.

Auch jetzt, als die Nacht über mir träge den Rücken durchbog, setzte ich gewohnheitsmäßig den gedachten Brief fort, in dem ich mich verteidigte und nachwies, daß ich sie nie hatte kränken wollen. Bevor ich ihn in die Kiste voller unabgesandter Briefe und Wunschzettel, voller Versprechungen, Bitten und halb geflüsterter Hoffnungen warf, versuchte ich mir noch vorzustellen, was sie gerade tat, mir wenigstens ihr Zimmer zu vergegenwärtigen, wer weiß, ob sie dort war, ich wußte nicht mehr, wie sie ihre Nächte verbrachte, vielleicht kam sie eben erst heim, ihre raschen Schritte schlossen den Kreis. Wenn ich jetzt aufstünde und zu ihr ginge, könnte ich den Kreis vielleicht durchbrechen, alles außerhalb seiner vergessen, alles, was gewesen war und was unausweichlich geschehen würde. Statt dessen stand ich erst am Morgen auf, um in die Straßen aufzubrechen, die zu kehren ich mir vorgenommen hatte. Plötzlich fiel mir ein, daß dies auch der Grund war, aus dem ich mich gestern früh mit einem Karren auf der Straße befunden hatte. Ich mußte morgens aus dem Haus gehen und wenigstens eine Zeitlang ein selbstverständliches Ziel haben: irgendwo anlangen, dort irgendeine Tätigkeit verrichten und irgendwelchen Reden lauschen, bloß um nicht in der Stille das Reißen der Fäden hören zu müssen.

2

Vier Wochen später, wieder um neun Uhr, saßen wir in derselben Zusammensetzung, was nicht immer der Fall war, in demselben Wirtshaus wie am ersten Tag.

Als ich mir damals die orangefarbene Jacke angezogen hatte, wußte ich nicht, wie oft ich mich dazu noch aufraffen würde, aber ich war neugierig, in welche Stadtteile von Prag meine Arbeit mich führen würde, und in welche Gassen, in die ich sonst keinen Fuß gesetzt hätte.

Ich liebte meine Heimatstadt, nicht nur den Teil, in dem sich die Touristen tummelten, sondern auch die Peripherie, wo, von Jugendstilhäusern umgeben, noch einige vergessene, aber in irgendwelchen Plänen schon zum Tod verurteilte Bauernhäuschen standen, wo sich überraschenderweise eine Allee hochbetagter Pappeln erhalten hatte oder ein dünn bewaldeter Hügel, wo es noch Zäune gab, die mit Aufrufen und Bekanntmachungen beklebt waren, deren bunte Farben ich wahrnahm, deren Texte ich jedoch fast nie las. Wie ich nun den Karren mit der Mülltonne vor mir her schob, entdeckte ich des öfteren hier und dort auf einer bemoosten Wand ein verblichenes Täfelchen, sah hier und da eine Büste oder sogar ein in eine Nische geducktes Denkmal. Sie sollten daran erinnern, daß hier vor Jahren ein Künstler, ein Philosoph, ein Wissenschaftler oder ein Volksaufklärer geboren worden war, gelebt hatte oder gestorben war. Noch öfter erinnerte ich mich freilich in der einen oder anderen Gasse oder zwischen blühenden Gärten daran, daß hier kürzlich noch jemand gelebt hatte, der mir bekannt gewesen war – ein Künstler, ein Philosoph, ein Wissenschaftler oder ein Volksaufklärer –, aber nun nicht mehr da war, sondern hinter den Bergen, hinter den

Flüssen lebte, geflohen oder zur Schande aller des Landes verwiesen war. Die Wände dieser Häuser trugen natürlich keine Gedenktafeln, und dort standen auch keine Büsten. Bei solchen Gelegenheiten schielte ich nach meinen Kollegen, aber sie ahnten nichts. Ein paarmal nannte ich den einen oder anderen Namen, aber er sagte ihnen nichts, nur Herr Rada, falls er sich eingefunden hatte, nickte verständnisinnig.

So zog ich also in der orangefarbenen Jacke durch die Gassen und Straßen meiner Heimatstadt, die allmählich den Geist aufgab, mit meinen Kollegen als Zeugen neben mir. Wir reinigten die Stadt, auf die unablässig Unrat, Ruß, Asche, giftiger Regen und Vergessen niedergingen. Wir schritten in unseren Jacken wie Flamingos dahin, wie Engel des sinkenden Tages, und unser Reden ähnelte unseren vorsintflutlichen Besen, es handelte von der Vergangenheit und schleppte sich auf uralten Pfaden voran. Nach uns jedoch würden andere kommen: ich sah bereits die jerkischen Straßenkehrer in ihren bewimpelten Limousinen daherkommen und so tun, als vollendeten sie das Werk der Säuberung, in Wirklichkeit aber fegten sie alle Erinnerung an Vergangenes und an vergangene Größe hinweg. Und wenn ihnen dieses Viertel gefiel, das sie für gesäubert hielten, beriefen sie einen jerkischen Künstler, der dort ein Denkmal des Vergessens errichtete, das Konterfei zweier Stiefel, eines Mantels, einer Hose und einer Aktentasche, darüber ein Gesicht, das man sich nicht merken konnte, dem man weder Geist noch Seele ansah, das aber von Amts wegen als Gesicht eines Künstlers, Philosophen, Wissenschaftlers oder Volksaufklärers zu gelten hatte.

Seit dem frühen Morgen nieselte es, doch vielleicht war es gar kein Regen, sondern nur kondensierter Nebel, der die Stadt mit Schleim überzog und mithalf, sie in jerkisches Vergessen zu tauchen.

An solchen Tagen erstickte Darja nahezu, das Leben erschien ihr unerträglich und Stein oder Holz nicht zu bearbeiten, und so wie es unermüdlich aus den Wolken rieselte, so begannen aus ihren Augen Tränen zu rinnen, ich versuchte vergeblich, sie aufzumuntern.

Auch meine Kollegen waren nicht bester Laune. Frau Venus hatte ich frühmorgens kaum wiedererkannt, das rechte Auge war geschwollen, darunter violett ein Bluterguß. Das Gesicht des Kapitäns hatte im Laufe der letzten Tage an Bräune eingebüßt und wurde zusehends grauer. Auch der Kolonnenführer im frisch gewaschenen und gebügelten Blaumann hatte während unseres Marsches durch die Gassen meist geschwiegen.

Ich bestellte mir einen heißen Tee, der Kapitän verlangte statt des üblichen Biers einen Grog. Wer hat dir denn das Monokel verpaßt? wandte er sich an Frau Venus.

Jedenfalls ein anderer Kerl, als du einer bist, fuhr sie ihn an. So einen wie dich hätt ich in der Luft zerrissen, noch bevor er ausgeholt hätt.

Frau Venus betonte gern, daß ihr die Hand leicht ausrutschte, aber ich vermutete, daß sie von Natur aus herzensgut war und deshalb ihr Leben lang draufgezahlt hatte. Es waren offenbar nicht wenige Männer, die sie geliebt oder mit denen sie zusammengelebt hatte, aber alle hatten sie verlassen, oder sie war ihnen davongelaufen. Drei Söhne hatte sie großgezogen, lebte jetzt jedoch allein. Ihre Wohnung betrat man, wie ich vermutete, von einer Pawlatsch aus; und Wohnung hieß: ein einziger Raum mit Herd. Ihr ältester Sohn, ein Hüttenarbeiter in Vítkovice, hatte ihr ein Fernsehgerät geschenkt, mit dem sie jerkische Programme in Farbe empfangen konnte, so daß sie sich an den Abenden, an denen sie lieber zu Hause als im Wirtshaus war, nicht langweilen mußte. Außerdem lebte, vielmehr vegetierte, am anderen Ende der Pawlatsch ein alter, einsamer, nach einem Schlaganfall vor Jahren invalid gewordener Witwer, dem sie von Zeit zu Zeit die Wohnung saubermachte und Buchteln buk, weil er übriggeblieben war wie ein ausgesetzter Hund.

Ja, da müßten mich aber schon zwei festhalten! gab der Kapitän zurück.

Er war kein richtiger Kapitän, aber er hatte auf einer Schiffswerft gearbeitet, bevor er seine Hand verlor. Noch mehr als die Schiffe reizte ihn das Erfinden. Gleich am zweiten Tag hatte er mir beim Straßenkehren leise anvertraut, er erfinde Apparate zur Verbesserung der Lebensbedingungen. Leider habe er bis jetzt kein Verständnis gefunden. Überall, wo er wann auch immer vorstellig geworden sei, hätten Betonköpfe gesessen mit dem Auftrag, echten Fortschritt und Wohlstand zu verhindern. Er erbot sich sogar, mir einige seiner Erfindungen vorzuführen.

Ich hatte mich tatsächlich nicht getäuscht, als er mir vom ersten Augenblick an bekannt vorgekommen war: Als ich noch bei der Zeitung arbeitete, ging in der Redaktion die Beschwerde eines Rationalisierers ein, dessen Erfindung man nicht anerkennen wollte. Die Erfindung sah die Verwendung von Abfallprodukten, vor allem von Ruß, zur Beseitigung des arktischen und des antarktischen Eises vor. Der Brief gelangte zu mir. Ich schrieb zurück, daß wir in dieser Angelegenheit nicht helfen könnten.

Nach ein paar Tagen erschien der Mann jedoch persönlich in der Redaktion, ein netter und amüsanter Mensch. Er hatte nichts Auffälliges an sich, nichts, was ihn suspekt gemacht hätte. Nur brauner war er, als es zur damaligen Jahreszeit paßte, er sei, wie er mir mitteilte, soeben von den Küsten Afrikas zurückgekehrt. Dort sei ihm nachts, wenn er vor Hitze nicht hatte einschlafen können, die merkwürdige und gefährliche Unausgewogenheit der Natur aufgefallen. Sie sorge in einigen Zonen für Wärme, in anderen für Feuchtigkeit, und wieder anderswo biete sie nichts als Sand oder Eis. In diesen Nächten habe er viel darüber nachgedacht, wie diese Unausgewogenheit zu beseitigen wäre, bis es in seinem Kopf verrückter zugegangen sei als in der Akademie. Schließlich habe er jedoch den grundlegenden Irrtum entdeckt, den sich die Natur mitsamt den Menschen leiste: Die Abneigung gegen die Farbe Schwarz! Was sei in der Natur wirklich schwarz? Und die Menschen, ausgenommen vielleicht die Chinesen, hätten Schwarz auch noch zur Farbe der Trauer erklärt. Schwarz sei jedoch eine Farbe, die sich am vollkommensten mit der elementaren Kraft des Lebens vermähle, nämlich mit der Wärme, wohingegen Weiß, angeblich die Farbe der Unschuld, die Hochzeitsfarbe, Wärme abweise, Weiß sei die Farbe des Schnees und der meisten Gifte. Die unermeßlichen weißen Flächen müßten von der Erdoberfläche verschwinden, dann werde das Leben den Platz einnehmen, den bisher die Wüsten beanspruchten, Wärme werde sich dort ausbreiten, wo jetzt noch Kälte herrsche. Er habe lange gebraucht, das richtige Mittel und den richtigen Weg zu finden. Das Mittel sei ein von ihm erfundenes Gemisch, eine durch sieben Lösungsmittel und drei Katalysatoren gewonnene Rußlösung, der Weg werde das Auftauen des Polareises sein. Sowie das Eis mit seinem Gemisch besprüht werde, verliere es sein tödliches Weiß, beginne Wärme zu speichern und zu schmelzen.

Es war offenkundig, daß ich es entweder mit einem Narren oder mit einem Spaßvogel zu tun hatte, der sich einen kolossalen Jux erlaubte. Er hätte aber auch beides sein können. Ein verrückter Erfinder, der sich selbst verulkte. Seine Überlegungen fand ich jedoch so amüsant, daß ich mir auch seine Vorstellung von einer künftigen Welt anhörte, auf der hinter dem Polarkreis Orangen und Reis wachsen würden und bei uns zwei Ernten eingebracht und Brotfruchtbaum und Dattelpalme angepflanzt werden könnten.

Ich hörte ihm zu, redete mich aber dann auf Zeitmangel heraus, der es mir nicht erlaube, mit ihm zu fahren, um mir anzusehen, wie sein Aggregat zur Zerstäubung des Gemisches funktioniere. Er ging achselzuckend, zum Abschied schenkte er mir ein paar Farbfotos, auf denen allerlei im Gras verteilte, wunderliche Geräte glänzten. Ich habe kein technisches Gedächtnis, kann mich also nach so langer Zeit nicht mehr an ihre Form erinnern, und die Fotos sind mir abhanden gekommen, als ich die Redaktion verlassen mußte.

Nach ein paar Tagen kreuzte er wieder auf. Ob ich gemerkt hätte, daß eben frischer Schnee gefallen sei. Er habe sich eigens das Auto des Nachbarn ausgeliehen, um mir sein Aggregat in der Praxis vorzuführen. Dann würde ich dessen revolutionäre Bedeutung bestimmt erkennen und eventuell doch darüber schreiben.

Der uralte Tatra brachte uns bis nach Kralupy, dort hielten wir am Ortsrand, gleich hinter der Eisenbahnschranke. Das Häuschen war winzig, die Haushaltung verriet auf den ersten Blick den eingefleischten Junggesellen. An der Wand gegenüber der Tür hing eine Fotografie von T. A. Edison, darunter stand in großen Lettern des Erfinders Wahlspruch: Mein Werk ist ein Werk des Friedens! Das Pult unter dem Fenster bedeckten bemalte Quartbögen und zusammengerollte Pläne, auf Borden standen kunstvoll gefertigte Schiffsmodelle. Ich leerte hastig ein Täßchen Tee, dann gingen wir durch die Hintertür hinaus auf den Hof.

Ich sah, daß der vormittags gefallene Schnee nicht in todbringendem Weiß funkelte, sondern schmutziggrau war. Mein Gastgeber würdigte ihn jedoch keines Blickes, sondern eilte zum Schuppen hinter dem Häuschen, öffnete das breite Tor und zeigte mir sein Aggregat, das, im Gegensatz zum Häuschen, ein prachtvolles Objekt war. Es erinnerte mich an die Feuerwehrwagen von anno dazumal: überall Messing und funkelnde Beschläge. Es hätte auch ein perfekt gestaltetes Artefakt für eine Op-art-Ausstellung sein können. An dem Gerät war ein langer Schlauch angebracht, der mit einer Sprühdüse versehen war.

Der Mann zog das Aggregat heraus in den Garten, rollte den Schlauch ab und begann, über Pedale die Pumpe zu betätigen. Die Düse versprühte tatsächlich einen beißenden Nebel. Ich schaute zu, wie der Nebel auf den Schnee niedersank, doch statt sich zu schwärzen, wurde der schmutzige Schnee immer heller, vermutlich infolge einer chemischen Reaktion zwischen dem künstlichen Nebel und dem chemischen Dreck, der vom Himmel gefallen war. Plötzlich befand ich mich inmitten eines leuchtend weißen Eilands, das ringsum von Grau umgeben war. Ich sagte nichts, und auch der Erfinder schwieg. In seinem Blick gewahrte ich weder Enttäuschung noch Freude über einen gelungenen Streich. Nach einer Weile hörte er auf, die Pedale zu treten, rollte den Schlauch wieder auf und zog sein blankpoliertes Aggregat in den Schuppen. Während er seine Erfindung verstaute, ging ich die Eisenbahnschienen entlang zum Bahnhof. Ich stapfte durch schmutziggrauen Schnee und sagte mir, daß dieser Mensch, selbst wenn er verrückt war, doch nicht verrückter war als die restliche Menschheit, die auf der Jagd nach Bequemlichkeit die Welt mit schwarzem Nebel besprühte und glaubte, sie befinde sich auf dem besten Weg zum Garten Eden.

Jetzt wäre es mir unangenehm gewesen, wenn auch er mich erkannt hätte, aber damals war er zu sehr in seine Mission versponnen gewesen, als daß er sich das Gesicht eines Mannes gemerkt hätte, in dem er allenfalls einen Vermittler sah.

Ich versprach dem erfinderischen Kollegen also, zu kommen und mir seine Erfindung anzusehen, sobald ich Zeit fände, und diesmal drängte er mich nicht.

Könnte ja dein Jindra bei mir gewesen sein, sagte Frau Venus. Ihr Gesicht wirkte noch geschwollener als am Morgen, mit dem rechten Auge sah sie uns an wie eine Eule. Der ist bestimmt nicht nach dir geraten, der interessiert sich nicht nur für Maschinen!

Aber er wär nicht ausgerechnet zu dir gekrochen, du alte Schachtel! Der Kapitän trank von seinem Grog, zog seine Pfeife heraus und stopfte sie mit der einen Hand.

Letzten Montag hatte es noch mehr geregnet als heute, wir hatten die Arbeit abbrechen müssen, und da die Wohnung des Kapitäns ganz in der Nähe war, schien mir die Gelegenheit für einen Besuch günstig zu sein.

Er führte mich zu einem Häuschen, das noch baufälliger aussah als das, in dem er mir vor Jahren sein Aggregat vorgeführt hatte. Er schloß auf und hängte seine Kapitänsmütze gleich hinter der Tür an einen rostigen Nagel. Die Wände des Flurs waren feucht und lange nicht mehr getüncht worden, überall lagen Kleidungsstücke und verstaubtes Gerümpel herum. Die Stube ähnelte in Aussehen und Ausmaß eher einer

Kajüte. Über einer Liege hingen verschiedene Zeichnungen, die meisten stellten Windmühlen dar. Nirgends sah ich etwas, das mich an unsere erste Begegnung erinnert hätte. Vielleicht war ich einer fixen Idee erlegen, und der Kapitän war mit dem damaligen Mann gar nicht identisch. Auf der Welt wächst die Zahl der erfolglosen Erfinder sicherlich proportional zu der der erfolglosen Dichter.

Er zog eine Schublade auf und entnahm ihr eine Mappe mit Plänen. Neuerdings beschäftige er sich mit dem Problem, wie die Windenergie am besten zu nutzen sei. Er entrollte den ersten Bogen, und ich erblickte ein Phantasieschiff, auf dessen Deck fünf Türme mit Windmühlenflügeln standen. Auf anderen Zeichnungen sah ich einen Schaufelbus und eine fliegende Mühle, die allesamt vom Wind angetrieben wurden. Die Zeichnungen waren mustergültig ausgeführt, die einzelnen Teile mit Buchstaben und Ziffern gekennzeichnet; ich erkannte ein Triebwerk, eine Transmissionsanlage und Propellerblätter, die denen, die ich in meiner Kindheit auf Vaters Papieren gesehen hatte, nicht unähnlich waren. Andere Zeichnungen erinnerten eher an Landschaftsbilder voller hölzerner Türme, die über malerische Baumwipfel hinausragten.

Und da ging mir auf, daß der Kapitän weniger ein Spinner oder Spaßvogel, sondern im Grunde seines Herzens ein Poet war. Was fing ein echter Poet an, wenn er erkannte, daß Scharen von jerkischen Wort- und Bildverkäufern die Welt mit ihrem Trödel bereits eingedeckt hatten? Was konnte er anderes tun angesichts der monströsen Paläste, unter denen die Welt erstickte, als Windmühlen zu errichten und Gebilde, die sich leicht und ohne Lärm oder Gestank emporschwangen?

Ich fragte, wieviel Zeit er seiner Erfinderei widme. Er antwortete, jetzt nicht mehr sehr viel. Er sei oft müde. Früher habe es in seinem Kopf so von Ideen gewimmelt, daß die Tage und Nächte nicht ausgereicht hätten, um auch nur einen Teil davon zu erhaschen. Dann habe er geheiratet und sich von seiner Frau Verständnis für sein Tun erhofft, aber welche Frau bringe es fertig, sich für etwas zu begeistern, bei dem für sie nichts herausspringe? Sie sei immer unduldsamer geworden und habe schließlich sogar seine Zeichnungen und Modelle aus der Wohnung geworfen. Zum Schluß, der Sohn sei keine drei Jahre alt gewesen, sei sie weggelaufen.

Der Kapitän spuckte in die Ecke seiner Kajüte und öffnete einen Schrank voller wundersamer Dinge. Er habe wieder auf alte Pläne zurückgreifen wollen, doch plötzlich habe er festgestellt: in seinem Kopf polterten Steine. Er sei auf den Hund gekommen. Einmal habe er mit dem Schneidbrenner so ungeschickt hantiert, daß eine überhitzte Platte ihm beim Herunterfallen die Hand zermalmt habe, man habe sie ihm am Gelenk abtrennen müssen. Dann sei er ins Magazin versetzt worden. Dort sei ihm dann doch noch so manches in den Sinn gekommen. Von seiner ehemaligen Frau habe er seit Jahren nichts mehr gehört. Aber gut gehe es ihr nicht, der Kerl, mit dem sie durchgebrannt sei, schlage sie, das wisse er vom Sohn. Vielleicht werde sie irgendwann einmal wiederkommen, er werde sie nicht hinauswerfen – ihr Bett sei allzeit für sie bereit. Er zeigte auf den oberen Teil der doppelstöckigen Pritsche, und ich sah erst jetzt, daß die karierte Bettdecke mit einer dikken Staubschicht bedeckt war.

Wie alt ist Ihr Sohn eigentlich? fragte ich ihn.

Er blickte mich überrascht an, und statt seiner antwortete Frau Venus: Der Jindra ist doch jetzt beim Militär!

In dem dämmrigen Lokal wurde es noch düsterer, und der Regen prasselte gegen die Scheiben, aber was war das schon, verglichen mit dem Getrommel aufs Dach des Mansardenateliers, in dem es an solchen Tagen derart finster wurde, daß wir einander nicht sehen, sondern uns nur mit Händen und Lippen, nur mit unseren Körpern suchen konnten. Einmal brach Darja urplötzlich in Tränen aus, und beim Abschied, als sie mich im Hausflur mit feuchtem Mund küßte, bat sie, ich möge ihr nicht böse sein, es seien die Wolken, die sie so deprimiert hätten, und sie versprach, mir einen Brief zu schreiben.

Ich hatte mir immer schon gewünscht, einen Brief zu bekommen, der bewies, daß ich geliebt wurde, und sie schickte mir diesen Brief, den sie an einem regnerischen Abend oder vielleicht auch nachts geschrieben hatte, nachdem der Wind die Wolken vertrieben hatte, tatsächlich.

Mein Liebling, mein über alles Geliebter, jetzt möchte ich alles zurücklassen, nichts mitnehmen, und wenn Du sagen würdest: komm!, dann würde ich gehen, wohin Du befiehlst. Ich weiß, daß man für dergleichen bezahlt, aber das ist gerecht, denn es muß dafür bezahlt werden. Aber selbst wenn ich sterben, wenn ich den Verstand verlieren sollte, was mir noch schlimmer vorkommt, würde ich gehen...

Ich erschrak über diese Schwüre und diese Entschlossenheit, doch zugleich durchströmte mich ein Glücksgefühl.

Weiter schrieb sie, sie liebe mich so, daß sie Angst und Schmerz verspüre, schon allein der Umstand, daß ich jetzt nicht bei ihr sei, jetzt in diesem Moment, da doch alles, was an Gutem in ihr stecke, sich nach mir verzehre, bereite ihr unerträgliche Pein, und sie fürchte, ich könnte diese Liebe womöglich abwürgen und unter irgendwelchem Gerümpel begraben.

Auf diese Weise rief sie mich zu sich, und ich wußte, daß ich mich genau nach einer solchen Frau immer gesehnt hatte. Ich freute mich so sehr darüber, daß mich ihr Schmerz und die Aufrichtigkeit ihrer Verzweiflung gar nicht erreichten. Oder war ich schon zu alt, um ihre Hoffnungen ohne Skepsis teilen zu können? Befürchtete ich etwa, daß unsere Sehnsucht schwand, sobald wir Tag für Tag nebeneinander liegen dürften? Oder befürchtete ich es gar nicht, sondern brachte es einfach nicht über mich, meine Frau, die ich immer noch lieb hatte, die doch zu mir gehören sollte bis ans Ende meiner oder ihrer Tage, aus meinem Leben zu fegen?

Hatte jemand, der sich nicht entscheiden konnte, diese Liebe überhaupt verdient?

Meine Frau ahnte nichts und vertraute mir. Aber sie hatte quälende Träume: Sie ging mit ihrer Klasse über eine verschneite Hochebene; plötzlich wurden alle schneller, sie konnte nicht mithalten, blieb allein in Wind und Kälte zurück und suchte vergeblich den Weg. Es wurde neblig. Sie wußte, daß sie von hier nie mehr hinausfinden würde. Ein andermal erkletterte sie mit Freunden einen Felsen. Sobald sie die steilste Spitze erreicht hatte, verschwanden alle. Ihr wurde schwindlig, und sie drückte sich an die Wand. Sie konnte weder hinauf noch hinunter und rief um Hilfe, aber niemand antwortete.

Sie erzählte mir ihre Träume und versuchte sie zu deuten. Sie versetzte sich bis in die Kindheit zurück, als sie meist allein war und zu niemandem eine Beziehung hatte.

Ich wußte, daß sie ihre Träume falsch deutete, aber ich schwieg und überließ sie beklemmenden Visionen.

Als der Kolonnenführer sich sein zweites Bier einverleibt hatte, wurde er gesprächig. Ich begriff, daß ihm weniger der Luftdruckwechsel zu schaffen machte, als vielmehr die Befürchtung, Prämien einzubüßen. Er bestellte sich ein drittes Bier und verkündete, er habe sich entschlossen, mit dem Franta endlich kurzen Prozeß zu machen!

Franta war der junge Debile mit dem nervösen Zucken im Gesicht, von dessen Äußerungen ich kein Wort verstand. Zu meiner Verwunderung wurde er als Kolonnenführer eingesetzt, fuhr sogar Auto und kontrollierte anscheinend auch unsere Arbeit, und zwar nicht von Amts wegen, sondern um zu denunzieren. Alle haßten ihn. Ob wegen seiner Behinderung oder seiner Zuträgerei, war nicht auszumachen.

Frau Venus hatte mir erzählt, er sei unlängst operiert worden, man habe ihm sein Gebammel entfernt. Franta hatte große Brüste, und seine unverständlichen Reden führte er stets mit Fistelstimme. Vorige Woche, erzählte nunmehr der Kolonnenführer wütend, habe ihn dieser Kretin verpfiffen, weil er, statt zum Doktor, auf ein Bier gegangen sei. Gestern seh ich dieses Schwein an der Endstation von der Neunzehn in seinem dreckigen Abfuhrwagen, da hab ich ihn mir geschnappt und rausgezerrt, und ich sag zu ihm: Du kniest dich hin und bittest um Verzeihung, du Stinker, sonst kannst du dir für dein Schandmaul eine Schmorpfanne mitbringen! Er hat in den Dreck runter müssen und mir nachsprechen: Herr Marek, ich bitte um Verzeihung, ich sag nie wieder ein Sterbenswörtchen über Sie. ›Herr‹ hat er mich nennen müssen, für den als einzigen bin ich kein Genosse!

Der Kolonnenführer war früher Unteroffizier gewesen, hatte eine Zeitlang auf dem Flugplatz gedient und glaubte nun offenbar, diese Zeit heldenhaft und glücklich verbracht zu haben, er dachte jedenfalls gern daran zurück. Auf diese Weise half er mir, mich an die Zeiten meiner Kindheit zu erinnern. Er hatte ein Gedächtnis, um das ich ihn beneidete, und er hatte nicht nur massenhaft Anekdoten und Sprüche parat, er kannte auch die Namen aller Gassen und Straßen unserer Stadt, und das sind nicht wenige. Er wußte über die Namen und Sperrstunden sämtlicher Kneipen ebenso Bescheid wie über die Straßenreinigungstechnik. Und ihn, schimpfte er, habe man mit diesem Krüppel auf eine Stufe gestellt!

Sie hätten ihm einen Schnaps abknöpfen sollen, meinte der Kapitän, das hätte er sich gemerkt, wenn er hätte blechen müssen.

Von dem tät ich nichts nehmen, sagte Frau Venus. Da bleib ich lieber denunziert.

Der ist doch ein armer Teufel, sagte Herr Rada vom Nebentisch. Was kann man von so einem schon verlangen?

Der? brauste der Kolonnenführer auf. Ein Dreckschwein ist er, ein dreckiges, der weiß ganz genau, wenn mir die Prämien gesenkt werden, dann steigen die seinen! Was glaubt ihr, wer uns vorigen Monat, wie's so gegossen hat, verpfiffen hat, weil wir die Lomnický-Gasse ausgelassen haben?

Wird schon ein armer Teufel sein, warf ich ein.

Ihr habt ihn eben nicht gekannt – Frau Venus blickte mit ihrem lädierten Auge von mir zu Herrn Rada –, bevor er diese Operation gehabt hat. Wenn's halt über ihn gekommen ist, und sei es am hellichten Tag und auf der Straße, kaum hat er eine Weibsperson gesehen, hat er halt gleich seinen – na – Schniedelwuzz herausgeholt!

Solche Typen sollte man gleich nach der Geburt in der Tür einklemmen, sagte der Kolonnenführer erbarmungslos.

Das dürfen die doch nicht, wandte ich ein.

Warum sollten die das nicht dürfen? Mit solchen Kerlen haben sie ja eh das ganze Leben lang nichts wie Ärger, und für normale Menschen bleibt ihnen keine Zeit. Stimmt doch? wandte er sich an die anderen. Ein anständiger Mensch kann sich abrackern, bis er verreckt.

Und wer soll bestimmen, wer von uns normal ist?

Das wissen die Ärzte heutzutag schon recht gut. Und eins sage ich euch, schloß er seinen Exkurs über Euthanasie, wenn dieser kastrierte Perversling noch einmal einen von uns verpfeift, dann schnapp ich ihn mir und kick ihn bis zum Botič-Bach, und dort halt ich ihm sein ungewaschenes Maul unter Wasser, bis er blau wird!

Vor zweieinhalb Jahrtausenden sollen die Griechen auf asiatischem Boden jedesmal, wenn ihrer Gemeinde die Pest oder irgendeine andere Katastrophe drohte, einen Krüppel oder sonstwie Behinderten ergriffen, auf die Opferstätte geführt, ihm getrocknete Datteln, einen Fladen aus Gerstenmehl und ein Stück Käse in die Hände gegeben, dann mit einer Rute siebenmal in die Genitalien geschlagen und ihn dann unter Flötenklängen verbrannt haben.

An einem ebenfalls traurig regnerischen Tag, jedoch zu Frühlingsanfang, drückten sich auf dem Fenstersims des Palais gegenüber zwei durchnäßte Tauben aneinander. Auch wir drückten uns aneinander, vom Lieben ermattet. Ich war gerade dabei, aufzustehen, weil ich nach Hause wollte, wo Frau und Kinder auf mich warteten, meine nichtsahnende und hintergangene Familie, und dazu meine verdrängte, vernachlässigte Arbeit. Darja kannte diese vorsichtige Bewegung, mit der ich von ihr abzurücken begann, aber sie sagte nicht, wie sonst: Bleib noch ein Weilchen! Sie brach in Tränen aus.

Ich wollte wissen, was los sei, aber sie schluchzte nur und

stieß mich von sich. Es sei eben alles zuviel für sie, sie habe keine Kraft mehr für diese ewigen Trennungen, es sei ein einziges sich nähern und wieder entfernen, sie eigne sich nicht dazu, die Frau zweier Männer zu sein, sie ertrage diese Schäbigkeiten nicht, diesen Betrug, und Verstellung finde sie widerlich, sie wolle ohne schlechtes Gewissen leben, wolle mit dem zusammen sein, den sie liebe.

Wir seien doch dauernd zusammen.

Wie könne ich so etwas sagen, wenn ich jede Nacht mit einer fremden Person schlafe!

Das sei doch wohl meine Frau!

Das wagte ich ihr zu sagen? Das Schluchzen schüttelte sie.

Ich schwieg, überrumpelt von diesem Ausbruch ihres Schmerzes und Zorns; sie schrie, ich solle etwas sagen, warum ich mich nicht verteidige, warum ich sie nicht vom Gegenteil überzeuge, warum ich nicht sage, daß ich sie liebe, daß mir an ihr gelegen sei?

Dann schliefen wir wieder miteinander, Nacht senkte sich auf das Palais gegenüber, die nassen Tauben waren verschwunden. Sie wollte immer wieder hören, daß ich sie liebe, ich wiederholte es ihr mit eigentümlicher Besessenheit, und sie flüsterte mir zu, wir seien füreinander bestimmt, wir lehnten uns vergeblich gegen unser Schicksal auf, und ich sträubte mich vergebens, da ich mich doch auch nach ihr sehne.

Ich schwieg, wir lagen einander in den Armen, ich schlief mit ihr und versuchte die Angst zu verscheuchen, die sich in mir regte.

Ich wollte nicht dauernd in der Lüge leben. Als ich nach Hause kam, erzählte ich meiner Frau von der Anderen.

Es ging auf zehn Uhr zu, auf die Stunde, zu der wir gewöhnlich die Gaststätte verließen. Der Kolonnenführer, auf Pünktlichkeit bedacht, schaute besorgt auf die Uhr. Noch ein Bier, entschied er, und dann wird gegangen, und wenn's wie aus Kübeln gießt! Uns zum Trost erzählte er, wie es vor genau dreißig Jahren den ganzen Sommer lang gegossen hatte, da sei er in Außergefild im Böhmerwald stationiert gewesen, wo sich Füchse und Hasen gute Nacht sagten. Zum Glück sei es ihm gleich am zweiten Tag gelungen, eine hübsche Schwarzhaarige aus der Rechnungsabteilung des Forstamts herumzukriegen. Jeden Morgen sei er zu ihr ins Büro gekommen, habe in einer halben Stunde ausgerechnet, woran sie den ganzen Tag getüffelt hätte, und dann seien sie direkt zur Sache gekommen.

Er war ein guter Erzähler, und das Niveau des Erzählens stieg mit dem Interesse der Zuhörer. In mir fand er einen sehr aufmerksamen Zuhörer, wofür er sich nicht nur dadurch erkenntlich zeigte, daß er sich am häufigsten an mich wandte, sondern auch dadurch, daß er mir zum Zeichen seines Wohlwollens hin und wieder eine bessere und einträglichere Beschäftigung zuschanzte. Der dankbarste Zuhörer schien jedoch der junge Mann mit dem Mädchengesicht zu sein, entweder, weil er in seinem Alter noch süchtig nach Geschichten war, oder weil ihm das Schicksal das meiste von dem, wovon der Kolonnenführer erzählte, vorenthalten hatte.

Ich wußte inzwischen, daß er nicht immer so gekränkelt hatte. Er hatte sich gleich nach Schulabschluß von den günstigen Bedingungen verleiten lassen, in einer Chemiefabrik zu arbeiten, wo man ihm innerhalb eines Jahres eine Wohnung und obendrein einen Risikozuschlag in Aussicht gestellt hatte. Dieser Risikozuschlag war keineswegs als Vergünstigung gedacht. Als er knapp fünf Monate im Betrieb war, ereignete sich eine Panne, wie die jerkische Presse eine Katastrophe nannte, bei der eine größere Anzahl von Arbeitern ihre Gesundheit oder sogar das Leben verloren. Giftiges Gas war ausgeströmt, zwei Frauen starben, der junge Mann wurde nach einem halben Jahr als Frührentner aus dem Krankenhaus entlassen. Leber und Nieren waren geschädigt, man bedeutete ihm, sich die Frauen lieber aus dem Kopf zu schlagen. Trotzdem gefiel ihm Dana, eine Straßenbahnfahrerin, geschiedene Mutter zweier Töchter und zehn Jahre älter als er, vielleicht glaubte er gerade deshalb, daß noch Hoffnung für ihn bestand. Angeblich verkehrte er schon ein Jahr lang mit ihr, genauso lange, wie er die städtischen Gassen und Straßen reinigte, um seine Rente aufzubessern und nicht mit leeren Händen bei ihr zu erscheinen.

Der Regen damals hatte die amourösen Abenteuer des Kolonnenführers lange beeinträchtigt, bis ihm einfiel, daß ein Stück hinter dem Flugplatz eine alte, im Krieg abgestürzte Messerschmitt vor sich hin rostete. Sie war natürlich ausgeschlachtet, aber wenn man das Kabinendach zuzog und eine Decke auf dem Boden ausbreitete, war es fast wie im Hotel. Beim erstenmal fing die Schwarzhaarige, kaum hatte sie den Rock ausgezogen, fürchterlich an zu kreischen, denn aus einer Öffnung des Armaturenbretts schob sich eine Schlange. Ein ganzes Nest von Schlangen war da, der Kolonnenführer mußte alle unschädlich machen und sämtliche Löcher mit Werg zustopfen, bevor er an das begehrte Loch durfte. Ich kann euch verraten, belehrte er uns zum Schluß, ich hab schon oft im Leben festgestellt: Ein Bett ist nicht alles.

Es war fast schon Viertel nach zehn, und draußen regnete es noch immer. Manchmal kam ich mir, wenn ich solchen Geschichten zuhörte, vor wie ein Schmarotzer, wie ein ewiger Gast, der selbst nie jemanden einlud, aber ich raffte mich kaum jemals auf, andere um ihre Aufmerksamkeit zu bitten.

Vor einigen Jahren zog die Schwester meiner Frau um und bat mich, ihr zu helfen, die Frau, mit der sie das Ein-Zimmer-Apartment tausche, sei verrückt und habe das ganze Zimmer mit Kram vollgestopft, den sie wahrscheinlich von der Müllkippe zusammengetragen habe, an dem sie aber dermaßen hänge, daß sie sich weigere, das Zeug den Möbelpackern anzuvertrauen und daher nicht wisse, wie sie es umquartieren solle.

Meine Schwägerin übertrieb wahrscheinlich, die Müllkippe ließ ich nur metaphorisch gelten. Ich versprach, die Sachen der Frau nach und nach abzutransportieren. Als ich zu dem Apartment kam, lag schon vor der Tür ein seltsamer Geruch in der Luft. Als die Frau öffnete, schlug mir sofort ein bestialischer Gestank von Verwesung und Moder entgegen. Die Frau selbst war jedoch peinlich sauber, reichte mir ihre weißgeschrubbte Hand und führte mich hinein. Ich balancierte auf einem schmalen Pfad zwischen Kisten, Kartons und gestapelten Paketen hindurch, bis ich das Fenster erreichte, und bat um die Erlaubnis, es zu öffnen. Herein strömte frische Luft voller Rauch und Auspuffgase, aber der Mief, der hier herrschte, ließ sich nicht vertreiben. Dann half ich der Frau beim Einpacken. Wir bündelten Schulhefte fremder Kinder und verstauten sie zusammen mit ausgebrannten Glühbirnen und einem Paar ungleicher Ballschuhe ohne Schnallen, Stükken abgetretener Korkplatten, armlosen Puppen, alten Briefumschlägen und Radiogehäusen, verrosteten Kochtöpfen, einer kaputten Deckenleuchte und einer Glasmurmel in einer Kiste. Diese Frau sammelte und hortete offenbar in jeder freien Minute Abfälle, die ihr vielleicht ein Gefühl der Hoffnung oder Sicherheit gaben. Fünf Tage fuhr ich hin und her. Sie dankte mir und verhieß mir für meine Hilfe die ewige Seligkeit, die mir bald bevorstünde, die Zeit sei nah, da sich die Menschheit zum Gericht versammeln werde an einem Ort, der Armageddon heiße. Ich wollte fragen, wozu sie dann all diese Sachen horte, doch es wäre wohl sinnlos gewesen, zumal ich diese Frage jedem anderen Menschen auch hätte stellen können, mich eingeschlossen.

Als ich ungefähr vier Dutzend Kartons hinuntergetragen hatte, konnte ich der Versuchung nicht widerstehen und löste beim nächsten die Verschnürung, schüttete den Inhalt in die Mülltonne, streute ein paar leere Plastikbecher und Küchenabfälle aus der benachbarten Tonne darüber und fuhr schließlich mit dem anderen Kram in die Wohnung meiner Schwägerin.

Nach etwa einer Stunde kam ich zurück, um die nächste Ladung zu holen, mußte aber lange warten, bevor die Frau mir öffnete. Sie stand auf der Schwelle, als zögerte sie, mich einzulassen. Sie, Sie…, sagte sie, und ich habe Ihnen vertraut!

Ach was, meinte der Kolonnenführer, eins kann ich euch verraten, das hab ich im Leben schon oft erlebt: Von Weibern kann man keine Dankbarkeit erwarten!

Draußen schien alles zu dampfen, Gehsteige, Straßenpflaster, sogar die aufgeweichten Rasenflächen. In der Telefonzelle vor dem Gasthaus lächelte ein hübsches Mädchen jemanden durch die Sprechmuschel an.

Auch ich lächelte, denn ich glaubte plötzlich, meine Vielgeliebte vor mir zu sehen, und das, was sie sah, mit den Augen berühren zu können. Sie sagte zu mir: Vor dem Fenster friert auf einem Ast die ganze Zeit ein Rabe, er spricht zu mir, aber ich höre ihn nicht.

Ich fror wie dieser Rabe, ich mußte die Scheibe anhauchen, um hinaussehen zu können. Auf einem bereiften Baum saß tatsächlich ein Rabe. Was mochte er sagen? Ich glaubte Nevermore, Nevermore zu verstehen, Nie wieder finden wir einen Menschen, den wir so lieben.

Das Mädchen trat aus der Telefonzelle, meine Kollegen schauten vor dem Gasthaus träge in die Runde. Ich ging in die Telefonzelle, hob den Hörer ab, zögerte eine Weile, aber mein Verlangen, eine vertraute Stimme zu hören, war so stark, daß ich die Nummer wählte: Lída sagte, sie freue sich, mich zu hören, und wollte wissen, von wo ich anriefe, was ich gerade machte, und ob mir nicht kalt sei, sie freue sich schon jetzt darauf, wenn ich nach Hause käme. Ich hätte meiner Frau gern ebenfalls etwas Nettes gesagt, hätte sie gern mit einem Kosenamen angeredet wie früher, sie wenigstens gefragt, was sie gerade mache, woran sie denke, aber ich brachte nichts anderes heraus als: ich würde gleich nach meinem Besuch bei Vater im Krankenhaus heimkommen.

Ich blieb noch eine Weile in der Zelle stehen. In der Glasscheibe spiegelte sich jubelnd meine schreiende Jacke. Ich suchte in der Hosentasche nach einer Münze. Die andere Rufnummer drängte sich mir so hartnäckig auf, daß ich sie vor mich hin murmelte. Aber ich hatte kein Kleingeld mehr und sah das Grüppchen meiner Kollegen zu der Grünanlage hinauftrotten, wo wir in einem Verschlag unsere Gerätschaften untergestellt hatten. Frau Venus drehte sich um und winkte mir zu.

Dann eben ein andermal, mein Schatz, aber ich schweige nicht deshalb, weil ich nicht an dich denke, ich habe nur nichts Neues zu berichten.

Und du meinst, daß dieses Schweigen, unsere jetzige Art des Lebens, gut ist?

Ich weiß nicht, ob es gut ist, ich weiß bloß nichts Besseres.

Du weißt nichts Besseres? Sieh dich doch an, wie du kostümiert bist. Tust du jetzt Buße, oder was?

Nein, das ist eine durchaus ehrliche Arbei. Man kann dabei gut nachdenken.

Du kannst gut nachdenken? Das freut mich. Aber was ist mit mir? Interessiert es dich gar nicht, was mit mir los ist? Wie es mir ergangen ist? Nach all den Jahren bin ich dir nicht mal einen einzigen Anruf wert.

Wir haben viele Gespräche miteinander geführt. Mindestens tausend.

Zähl sie nicht. Ich will keine Zahlen mehr hören. Das ist alles lange her, und dann hast du dich kein einziges Mal mehr gemeldet.

Wir haben uns alles gesagt. Diese Gespräche haben uns kaputtgemacht. Was hätten wir uns denn noch sagen sollen?

Das fragst du mich? Du hättest mir wenigstens sagen können, ob dir das Ganze irgendwas bedeutet hat.

Du weißt doch, was du mir bedeutet hast.

Ich weiß gar nichts, nach dem, wie du dich benommen hast. Ich hab mir nämlich gedacht...

Was hast du dir gedacht?

Ist egal. Ich wollte es nicht glauben. Nach allem, was du zu mir gesagt hast, wenn wir beisammen waren, war ja wohl kaum anzunehmen, daß du mich wegjagen würdest wie eine...

Nicht weinen, ich bitte dich!

Sag mir wenigstens, hast du mich überhaupt je geliebt?

Das weißt du doch.

Nichts weiß ich. Wie soll ich das wissen?

Der Telefonzelle näherte sich eine alte Frau. Vielleicht

wollte sie gar nicht telefonieren, aber ich schlug sicherheitshalber das Telefonbuch auf und tat, als suchte ich eine Nummer.

Wenn du mich lieb hättest, könntest du dich nicht so benehmen!

Ich war verrückt nach dir.

Keine Ausreden, ich habe dich gefragt, ob du mich jemals lieb gehabt hast. Ob du imstande bist, jemanden lieb zu haben.

Quäl mich nicht!

Ich quäle dich? Ich dich! Mein Liebling, sag mir, was hast du mir angetan? Erklär mir wenigstens, wozu das gut sein soll.

Es ging so nicht mehr weiter. Verzeih mir, aber ich konnte so nicht mehr weiterleben.

Und ich? Wie soll ich leben? Hast du nie daran gedacht, wie ich mich fühlen würde? Wie kannst du dazu bloß schweigen, das ist doch unmenschlich! Du mußt etwas sagen, und du mußt etwas tun. Du mußt für uns etwas tun!

Früher schrieb ich Theaterstücke. Die Personen redeten unablässig, aber sie redeten permanent aneinander vorbei, ihre Worte glitschten umeinander wie schlüpfrige Fische, sie berührten einander kein einziges Mal. Vielleicht schrieb ich so, weil ich nicht glaubte, daß wir aus unserer Einsamkeit würden ausbrechen können? Oder weil ich eine Methode zur Vermeidung von Antworten finden mußte? Dort, wo Worte einander verfehlten, wo Menschen aneinander vorbeigingen, konnte kein richtiger Konflikt entstehen. Oder ahnte ich, daß sich in den Augen anderer niemand selbst verteidigen konnte, und wenn er den Mund aufmachte, dann nur deshalb, um die Stille zu übertönen, die sich rings um ihn ausbreitete?

Ich holte meine Kollegen ein. Der junge Mann reichte mir meine Schippe, die er auf dem Karren mitgenommen hatte, und Frau Venus sagte: Da haben Sie bestimmt nicht die Frau Gemahlin angerufen.

Dicht am Bordstein sah ich eine tote Maus liegen. Ich nahm sie auf die Schaufel und warf sie zu dem anderen Müll.

Meine Frau war entsetzt über das, was ich ihr eröffnete. Sie wollte nicht wahrhaben, daß ich sie so lange belogen hatte.

Ich sagte, was wohl die meisten Männer in dieser Situation sagten, nämlich, daß ich ihr Kummer ersparen wollte, ich hätte geglaubt, daß es nur eine kurze Affäre sein würde.

Du willst aber nicht Schluß machen? fragte sie.

Ich sagte, ich hätte die Andere gern, ich hätte noch keine Frau so geliebt wie sie.

Und ich habe immer gedacht, am meisten liebst du mich! Ihre Augen schwammen in Tränen. Dann wollte sie Einzelheiten hören, jede Wahrheit sei ihr lieber als dieses Schweigen. Ich solle sagen, was sie verbrochen habe und was sie wiedergutmachen könne.

Ich sprudelte Vorwürfe und mich entlastende Erklärungen heraus, aber bald schon redeten wir nur noch darüber, wer einkaufen ging, kochte, die Wäsche wusch, Geschirr spülte und die Fußböden reinigte, bis ich über die Jämmerlichkeit meiner eigenen Argumentationsweise erschrak. Ich verstummte, aber meine Frau wollte mehr über die Andere wissen, und ich begann in der jähen Erleichterung, die mir die neugewonnene Offenheit bescherte, die Vorzüge und Talente meiner Geliebten zu preisen und die Einzigartigkeit dessen zu schildern, was wir erlebten. Indem ich all dies in Worte faßte, machte ich aus den Erlebnissen, die ich für unwiederholbar und unaustauschbar hielt, etwas Allgemeines, Einzuordnendes und durchschnittlich Melodramatisches. Ich konnte einfach nicht aufhören, und meine Frau hörte mir so gebannt zu, so bereit, mich zu verstehen oder gar zu beraten, daß ich dem törichten Irrtum verfiel, sie könne meine Gefühle einigermaßen nachempfinden. Sie überlegte jedoch nur, wie sie, indem sie mich zu einer Beichte veranlaßte und mich aufmerksam und teilnahmsvoll anhörte, meine Ausführungen über unsere Entfremdung in einen ersten Schritt gegenseitiger Annäherung verwandeln könnte. Sie würde ihre geduldige Anteilnahme der ungeduldigen Vernarrtheit der Anderen entgegenstellen.

Es war bereits früher Morgen, als wir schlafen gingen. Als ich aufwachte, konnte ich nur wenige Minuten geschlafen haben, denn draußen dämmerte es noch nicht. Neben mir hörte ich gedämpftes Schluchzen.

Sie weinte und schluchzte heftig und ausgiebig in ihr Kissen.

Ich hätte sie gern gestreichelt oder ihr etwas Zärtliches gesagt, sie getröstet wie immer, wenn sie sich über etwas grämte, aber nun war ich es, der ihr Kummer bereitete, ich war, solange ich meine Entscheidung nicht zurücknahm, der einzige Mensch, der sie nicht zu trösten vermochte. Und plötzlich wurde mir bewußt, daß mich meine gegenwärtige Lage quälte, statt mich aufatmen zu lassen.

Am Morgen weckte mich ein Klirren. Ich fand meine Frau in der Diele, vor ihren Füßen lagen Scherben, in denen ich die Überreste der einzigen Skulptur erkannte, die wir in der Wohnung hatten. Das kantige Vogelköpfchen war zersprungen, seine Menschenaugen waren irgendwohin gerollt. Es war also kein glückliches Geschenk gewesen.

Zunächst schwiegen wir beide, dann sagte sie: Verzeih, aber das, das mußte sein!

Plötzlich packte mich heftiges Mitleid, und ohne zu überlegen, daß ich noch tags zuvor gehofft hatte, eine Trennung zu provozieren, versprach ich, sie nicht zu verlassen, und immer bei ihr zu bleiben. Wegen unserer gemeinsamen Kinder und weil wir doch einmal unsere Leben vereinigt hatten, bis daß der Tod uns schied.

Bald darauf fuhren wir den Professor besuchen, der unsere Tochter unterrichtete – er stellte in einer Galerie auf dem Lande gerade seine Bilder aus. Ich ging an den Gemälden vorbei, die alle auf ihre Weise die Einsamkeit von Männern darstellten, und bemühte mich, meine Wehmut zu unterdrücken. Gegen Abend kamen Gäste, fast alles Maler, die viel von einer Kunst redeten, die mich an die Andere erinnerte. Es war ihnen sehr ernst mit ihren Äußerungen, und ich hatte den Eindruck, daß sie wirklich einen Sinn in ihrer Arbeit suchten, aber mir kamen all diese Reden vollkommen überflüssig vor, wie ein matter Ersatz für Leben, Bewegung, Leidenschaft. Ich floh ans Flußufer. Dort fand mich meine Frau und wollte wissen, ob ich traurig sei, meine Frau, die Samariterin, versprach mir, es werde gutgehen mit uns, wir würden ein neues Leben beginnen, das mich glücklich machen werde. Ich hörte ihr zu und mir war, als zersplitterte etwas in mir, als wäre jedes Wort ein Hieb, der etwas spaltete, ich wunderte mich geradezu, daß sie die Hiebe nicht hörte, aber zugleich kam es mir so vor, als würde aus ihrer Stimme die Verzweiflung verschwinden.

Die Straße war noch immer regennaß, aber der Regen hatte die Luft gereinigt. Als wir aus dem Schatten der Mietshäuser traten, trafen uns sogar die Strahlen der Herbstsonne und vertrieben die morgendlich trübe Stimmung. Der junge Mann pfiff eine Gershwin-Melodie vor sich hin, Herr Rada zeigte mir unvermittelt ein dünnes Büchlein, auf dessen Umschlag ein Straßenkehrerkarren samt Besen abgebildet war, der Titel hingegen verhieß zu meiner Überraschung eine kritische Abhandlung über den Personenkult. Kennen Sie das?

Ich sah das Büchlein zum erstenmal in meinem Leben.

Eine interessante Studie darüber, wie wir die Materie und uns selbst zu Göttern erhoben haben. Er schlug das Büchlein auf und las vor: Hier ist die Wurzel des Kults, hier ist das proton pseudon, das das armselige, sterbliche, vergängliche menschliche Ich von sich verkündet: Ich bin ich. Das Ich ist schlechthin gesetzt. Ich bin die höchste Blüte der Gott-Materie!

Er klappte das Büchlein zu, so daß ich wieder den Umschlag sah. Auf dem Straßenkehrerkarren, fiel mir erst jetzt auf, lag groß der Kopf eines Menschen.

Und was sind wir wirklich? fragte Herr Rada, und da begriff ich den Zusammenhang zwischen dem Bild und dem Zitat.

Der junge Mann pfiff immer noch dieselbe eingängige Melodie, und es ärgerte mich, daß mir der dazugehörige Text partout nicht einfallen wollte.

Das ist doch The man I love! sagte er und freute sich darüber, daß ich Interesse zeigte und den Komponisten kannte, und sang mir im Viervierteltakt vor: Some day he'll come along, the man I love. Er fragte: Sie mögen Gershwin?

Ich sagte, daß vor dreißig Jahren Porgy and Bess in Prag aufgeführt worden sei, nach langer, langer Zeit das erste Gastspiel eines Ensembles von der anderen Seite der geteilten Welt. Daß ich Karten bekommen hätte, habe an ein Wunder gegrenzt, aber es sei mir gelungen.

Die Erinnerung trug mich aus der saubergefegten Straße fort. Ich erinnerte mich nicht mehr an irgendwelche Einzelheiten der Aufführung, die mich damals begeistert hatte, nein, was mir in den Sinn kam, war das Sträßchen in einem Vorort von Detroit, wo eine Bande schwarzer Kinder auf dem Gehsteig umhertollte und vor einem niedrigen, armseligen Häuschen ein weißhaariger Neger im Rollstuhl saß. Jemand blies Trompete oder hatte eine Armstrong-Platte aufgelegt, überall lagen Abfälle, Packpapier, Reklamezettel und Coca-Cola-Dosen herum, die heiße Luft stank nach Zwiebeln, Abwässern und Ausdünstungen.

Ich bekam Heimweh nach diesem Land. Plötzlich sah ich mich wieder hier, in der orangefarbenen Jacke, den schäbigen Karren schiebend, dabei hatte ich mir, schon in der Kindheit in eine bunte Jacke gesteckt, doch stets nichts sehnlicher gewünscht, als den Stempel des Verfemtseins loszuwerden.

Den haben wir oft gespielt, sagte der junge Mann. Angesichts meiner Überraschung erklärte er: Wir haben doch eine Jazzband gehabt, bevor meine Leber draufgegangen ist.

Der Kapitän krempelte die Ärmel seines schmuddeligen Pullovers hoch und wandte sich an den Kolonnenführer: Vielleicht hätt ich da was Brauchbares für Ihren Garten.

Hoffentlich nicht wieder so was wie dieses Sprühmittel gegen Blattläuse, sagte der Kolonnenführer skeptisch. Danach sind die Blattläuse rumgeflitzt wie die Eichhörnchen, und die Rosen waren im Eimer.

Gespielt haben wir Ellington, Irving Berlin, Kern oder auch

einen Ragtime von Scott Joplin, sagte der junge Mann begeistert. Aber Gershwin war uns am liebsten, der kam auch am besten an, weil die Leute ihn schon von früher gekannt haben!

Und jetzt spielst du nicht mehr?

Woher denn, ich könnte gar nicht mehr blasen. Wissen Sie, was mir am meisten imponiert hat? Daß er nie auf einer Fachschule gewesen ist und trotzdem so komponiert hat!

Hast du auch komponiert? Ich hatte begriffen.

Wir alle. Wir haben oft so für uns gejamt, und dabei ist dann was rausgekommen.

Der Kapitän fischte aus einer seiner riesigen Taschen ein Stück schlaffes Gummi, das an einem kleinen Blasebalg befestigt war, drückte den Balg ein paarmal, und das Gummi rundete sich schnell zu einem Ballon.

Ballons gehörten zu den Dingen, die den Kolonnenführer interessierten. Was ist das denn wieder für eine Vogelscheuche? Er lehnte seine breite Schaufel an die Hauswand; er hatte keine Ahnung, daß er ins Schwarze getroffen hatte, denn das Gerät war, wie sich herausstellte, tatsächlich zum Verscheuchen von Vögeln gedacht. Zu dem Ballon mit Blasebalg gehörten noch an einer Seite ein Windrad und an der anderen eine Pfeife. Das Windrad sollte den Ballon via Balg aufblasen, und wenn der Innendruck einen bestimmten Wert überstieg, sollte sich das Ventil öffnen und kurz, aber durchdringend schrill die Pfeife ertönen lassen, deren Klang sämtliche Eindringlinge verscheuchen würde.

Mit seinem Haken zog der Kapitän einen Gegenstand aus der Tasche, der an eine kleine Orgelpfeife erinnerte, und schraubte ihn mit der gesunden Hand an ein Gewinde am Ballon.

Wir alle beobachteten gespannt, was er tat, aber der erwartete Pfiff blieb aus, man hörte nur das Zischen der entweichenden Luft.

Was für einen Vorteil hat das gegenüber einer normalen Klapper? fragte der Kolonnenführer zweifelnd.

Ist Ihnen denn nicht klar, daß eine Klapper dauernd klappert und die Viecher sich daran gewöhnen? Der Kapitän drückte wieder den Blasebalg, und wir beobachteten, auf unsere Arbeitsgeräte gestützt, wie der Ballon sich blähte.

Und wenn es windstill ist? erkundigte sich der Kolonnenführer.

Da gab es einen leisen Knall, es klang wie ein schwacher Schuß, und der Ballon war nicht mehr.

Wissen Sie, wir haben zweimal wöchentlich im Betriebsklub proben dürfen, der junge Mann hing Erinnerungen nach, wir konnten dort so lange bleiben, wie wir wollten. Manchmal haben wir bis frühmorgens rumgealbert, uns nur ein bißchen auf den Tischen ausgestreckt, bevor wir zur Arbeit sind.

Bei Windstille, antwortete der Kapitän, arbeitet alles mit Strom.

Wenn Sie Lust und Zeit hätten, fiel dem jungen Mann ein, die Jungs spielen diesen Sonntag in Radlice. Er kramte in der Geldbörse und zog zwei Eintrittskarten heraus. Vielleicht gefallen sie Ihnen.

Ich wandte ein, die Karten seien doch für ihn. Er versicherte mir, er könne so viele bekommen, wie er wolle, und seine Dana werde sowieso keine Zeit haben.

Also kaufte ich die Karten, und während wir das Laub und die Kastanien zusammenfegten, die von einem buschigen Roßkastanienbaum gefallen waren, erklärte er mir den Weg.

Franz Kafka gehört sicherlich zu den bemerkenswertesten Schriftstellern, die in Böhmen gelebt haben. Er hat Prag und sein Elternhaus oft verflucht, brachte es aber nicht fertig, sich davon loszureißen. Das Milieu seiner phantastischen Geschichten hat nur bei oberflächlicher Betrachtung mit keinem realen Ort zu tun. In Wirklichkeit war ihm seine Heimatstadt mehr als nur eine Kulisse für seine Erzählungen. Er war von ihrer Vielstimmigkeit und Melancholie, von ihrer Zwielichtigkeit, ihrer Anfälligkeit durchdrungen. Sie war der Ort, wo der Geist sich zwar aufschwingen konnte, wo aber in der Luft ein Hauch von Fäulnis lag, an dem dieser Geist kränkelte.

Kafka sprach ein perfektes, allenfalls ein wenig steifes Tschechisch, geschrieben hat er deutsch. Er, der kein Deutscher war, sondern ein Jude.

Kein einziger tschechischer Literaturhistoriker hat jemals die Großzügigkeit, den Mut oder die Toleranz aufgebracht, ihn den tschechischen Schriftstellern an die Seite zu stellen.

Das Gefühl des Ausgeschlossenseins und der Einsamkeit, das seine Prosa durchzieht, ergab sich gewiß aus seiner Veranlagung, aber auch aus seinen Lebensumständen. Er teilte es mit vielen seiner Altersgenossen. Prag hat dieses Gefühl noch potenziert. Er wollte der Stadt ebenso entfliehen wie seiner Junggeselleneinsamkeit. Es gelang ihm nicht. Er vermochte sich nicht anders zu befreien als durch sein Schreiben.

Hätte er sich anders zu befreien vermocht, so hätte er wahrscheinlich anderswo länger gelebt, aber er hätte nicht geschrieben.

Mein Zuhause war mir zum Käfig geworden. Ich wäre gern geflohen, aber jedesmal, wenn ich wegging und meine Frau daheim blieb, lag in ihrem Blick eine Besorgnis, die sie niemals äußerte. Mißtrauen war ihr fremd, sie wollte mir so vertrauen, wie sie mir vorher vertraut hatte, wie sie auch fremden Menschen vertraute, und dennoch – ihr Blick begleitete mich auf Schritt und Tritt. Wenn ich nach Hause kam, lief sie mir entgegen und freute sich, daß ich wieder da war, begrüßte mich zärtlich. Und sie, die sich nie besonders darum gekümmert hatte, wie ich meine Zeit verbrachte, worüber ich nachdachte oder was ich aß, fragte, ob ich Hunger hätte, schlug beim Abendessen schüchtern vor, wohin wir ausgehen könnten, um uns einen netten Abend zu machen, und ließ schon im voraus jeden meiner Einwände gelten. Nie war sie so gewesen, sie hatte es stets verstanden, ihre Interessen und ihren Willen durchzusetzen, doch jetzt, gedemütigt und erniedrigt, bemühte sie sich, ihrer Vorstellung von meiner Vorstellung einer braven und guten Frau gerecht zu werden, und ihre eher linkische Anstrengung beschämte und rührte mich.

Spontaneität war ihr nicht gegeben. Ich hatte immer den

Eindruck, daß sie sich in der Welt der Ideen und Lehrsätze freier bewegte als unter Menschen. Im Umgang mit ihnen mangelte es ihr an Unbefangenheit. Dabei wünschte sie sich nichts sehnlicher, sie brauchte sie für ihren Beruf, der erforderte, daß sie das Vertrauen der Patienten gewann. Ich merkte, wie sie mit allen Kräften das zu erreichen suchte, womit andere begabt waren. Ich wußte, daß sie sich wünschte, von den Menschen gemocht zu werden. Sie war glücklich, wenn ihre guten Eigenschaften oder ihre Fähigkeiten von ihnen geschätzt wurden, und zögerte nicht, sich ihnen durch eine Tat oder zumindest ein Wort erkenntlich zu zeigen, und zwar so beflissen, daß sie alle in Verlegenheit stürzte. Ich hatte ihr behilflich sein wollen, sich unter Menschen nicht verloren zu fühlen, doch jetzt stieß ich sie grob in die Ecke zurück, aus der sie hatte entkommen wollen.

Natürlich hatte sie zahlreiche Bekannte und Kollegen, die sie schätzten, aber nur wenige wirkliche Freunde. Auch die Kinder waren nun schon groß, der Tag, an dem sie uns verlassen würden, war nicht mehr fern. Wenn nun auch ich sie verließe, wer würde sich ihr zuwenden, wer sie begleiten auf dem Weg ins Alter, um an ihrer Seite zu stehen? Ich wußte nicht, ob ich das noch fertig bringen würde.

Wir lagen nebeneinander, umarmten uns. Sie wollte wissen, ob es mir mit ihr gefallen habe, und hinter dieser Frage vermutete ich noch viele andere unausgesprochene und bange Fragen und bat sie, nicht weiter in mich zu dringen. Sie sagte noch, sie habe mich sehr gern, ich würde sehen, daß wir miteinander glücklich sein würden. Dann schlief sie erschöpft ein, während ich in eine merkwürdige Leere zwischen Wachen und Traum versank. Ich wehrte mich gegen den Schlaf, den Zustand, in dem es mir nicht mehr gelang, die Stimme zum Schweigen zu bringen, die zu mir sprechen würde.

Früher einmal hatte meine Frau zu mir gesprochen, hatte mich an den Straßenecken auch der Traumstädte erwartet, war erstaunlicherweise im fahrenden Zug erschienen, hatte mich sogar in fremden Häusern und im Menschengewimmel gefunden. Wie durch ein Wunder hatten wir dann zusammen verlassene Kämmerchen entdeckt, in einem menschenleeren Korridor ein bereitgestelltes Bett, ein lauschiges Plätzchen im Garten oder im Wald, und dort flüsterten wir uns dann zärtliche Worte und Verse zu, dort umarmten wir uns, und im Traum liebten wir einander leidenschaftlicher und vollkommener als je in Wirklichkeit.

Dann war sie allmählich aus meinen Träumen geschwunden, und dort fanden sich andere Frauen ein, in deren Armen ich mich jedoch wie ein Betrüger und schmutzig fühlte, doch kaum war ich aufgewacht, stellte ich erleichtert fest, daß neben mir meine Frau lag.

Bei der letzten Villa, dort, wo schon die steil abfallenden Vyšehrader Wälle begannen, schaute unser Kolonnenführer zu den geschlossenen Fenstern hinauf und konstatierte erfreut, daß sich dahinter keine Spur von Leben regte. Sitzen alle! informierte er uns. Dann nannte er den Namen des Besitzers und eröffnete uns, der Kerl habe beim Ferntransport gearbeitet und Edelmetalle geschmuggelt. Als man ihn geschnappt habe, seien bei ihm zwei Kilo Gold und eine halbe Million Dollar Bargeld gefunden worden.

Eine halbe Million? kreischte der junge Mann. Da übertreiben Sie aber!

Das hab ich bombensicher von einem Kumpel bei der Kripo, sagte der Kolonnenführer eingeschnappt. Allein an geschmuggeltem Silber haben sie ihm dreieinhalb Tonnen nachgewiesen. Aus Polen nach Wien. Und alles gegen Dollar.

Warum haben Sie mir nicht schon früher von ihm erzählt? Der junge Mann stützte sich auf seine Harke und wurde vor Aufregung rot im Gesicht. Unser Doktor hat nämlich... In der Schweiz gibt es angeblich ein Medikament, ehrlich, kostet aber mehr als Legalon, wenn ich das kriegen könnte, sagt mein Doktor, könnte meine Leber besser werden.

Ja und? fragte Frau Venus. Die in der Poliklinik können dir das nicht besorgen?

Der Doktor sagt, dazu müßte ich mindestens Nationalpreisträger sein.

Ist doch klar, sagte der Kolonnenführer, denen, die ins Bonzensanatorium dürfen, denen besorgen sie Tabletten, und wenn sie die schlucken, können sie auf ihren Empfängen in einer Tour fressen und saufen. Aber unsereins kriegt nichts. Eins kann ich euch aus eigener Erfahrung verraten: Einem gewöhnlichen Menschen wird was gepfiffen! Wenn du verrekken sollst, dann verreck, das senkt die Kosten!

Ich hab ja nur gemeint, sagte der junge Mann, wenn ich das bloß früher gewußt hätte...

Und was wär dann gewesen? schnauzte der Kolonnenführer. So ein Schieber hätte dir aber ordentlich was geschissen!

Unerbittlich verstrichen unsere Tage, manchmal rief ich Darja an, und wir unterhielten uns so lange, bis mich die Kälte aus der Telefonzelle vertrieb, wir gingen auch manchmal im Šárka-Tal spazieren, kletterten die weiß bestäubten Hänge hinauf, und sie bedrängte mich, ihr zu sagen, was aus unserem Leben werden solle, und beklagte sich über mich, der ich sie so schmählich verlassen hätte.

Dann rief sie mich eines Tages an und sagte, ich möge sofort zu ihr ins Atelier kommen, ihre Stimme klang so dringlich, daß ich erschrak.

Komm schnell, begrüßte sie mich, ich warte schon auf dich. Und sagte noch, sie habe einen Traum gehabt, einen Traum wie eine Vision von uns beiden, und sie habe begriffen, daß wir zueinander gehörten, das sei unser Schicksal, und es sei sinnlos, dagegen aufzubegehren.

Als wir uns umarmten, uns wieder und wieder umarmten, dachte ich nicht an das, was sein, was ich tun, was ich sagen, wohin ich zurückkehren würde oder wohin wir aufbrechen würden, ich spürte nur ihre Nähe, nur das Beglückende ihrer Nähe.

Ich kehrte wieder zur Lüge zurück.

Kaum war der Winter vorbei, erkrankte ich an einem seltenen Leiden. Lippen, Zunge, Gaumen und die ganze Mundhöhle waren mit weißen Pusteln überzogen, so daß ich keinen einzigen Bissen ohne Schmerzen herunterbrachte. Ich lag im Fieber und in einer Stille, in der den ganzen Tag keine Stimme zu hören war. Am Abend kam meine Frau, war lieb zu mir, kochte mir Brei und erzählte mir von dem Seminar, an dem sie teilgenommen hatte.

Am dritten Tag stand ich auf, zog mich an und ging zur Telefonzelle. Der Morgen war klar und feucht, durch die menschenleere Straße wehte der Duft aufgeblühter Frühlingsbeete.

Du bist krank? Ich hab schon befürchtet, du hast zu Hause wieder alles ausgeplappert und darfst nicht zu mir.

Sie wollte wissen, wie sehr mir der Mund wehtue, was ich den ganzen Tag mache, da ich doch nichts machen könne, ob ich an sie dächte. Sie habe einen Auftrag bekommen, den sie nun in Ruhe ausführen könne. Sie habe einen Steinblock, der sich nicht bewegen lasse, und mit diesem Stein verhalte es sich fast so wie mit mir. Bei dem Verrücken des Steins könne ihr aber eine Freundin helfen. Sie redete eine ganze Weile von der Steinlast, also von mir, dann befürchtete sie, ich könnte mich in der Telefonzelle erkälten, versprach, mir einen Brief zu schicken und scheuchte mich ins Bett.

Zärtlich drang ihre Stimme zu mir, ihre Lippen legten sich leicht auf meinen wunden Mund, mit der Zunge berührte sie meine kranke Zunge, mich befiel Schüttelfrost. Ich wünschte mir, bei ihr zu sein, zu beobachten, wie sie den Stein prüfend abklopfte, wie sie ihn nach dem Riffeln abmeißelte, wie sie auf die schwere Substanz einschlug, wünschte mir, von diesen Geräuschen in den Schlaf begleitet zu werden, aufzuwachen und sie in meiner Nähe zu erblicken.

Nach zwei Tagen bekam ich ein Päckchen zugestellt, in dem obenauf ein Brief lag und ein Säckchen mit Kräutern, die sie selbst getrocknet hatte. Kamille, Sanddorn und Fingerkraut – dürres Gras unter dem Kopf, liegen wir auf der Wiese und lieben uns –, ich solle alles aufbrühen und damit gurgeln, aber noch wichtiger sei, daß ich innerlich Frieden fände, daß meine

Seele mit dem Leib in Harmonie lebe. Krankheiten könnten sich zwar im Körper festsetzen, würden aber von der Seele verursacht, die sich in Krämpfen winde, wenn der Mensch nicht auf sie höre und sie mit seinem Tun würge und ersticke.

Ich las den Brief zu Ende und wickelte erst dann aus den Lappen, die sie schützen sollten, eine kleine Plastik, die sie für mich gemacht hatte, zwei nackte Körper, die sich an einen Baum lehnten. Mann und Weib, Adam und Eva, Eva schämt sich ihrer Nacktheit nicht und bietet Adam keine Frucht vom Baum der Erkenntnis an, auch die Schlange fehlt, nein, das sind nicht Adam und Eva, es sind wir beide im Paradies, das unsere Liebe uns aufgetan hat.

Ich betrachtete die Plastik, die ihre Finger berührt, aus dem Dunkel formloser Masse befreit hatten, betrachtete die Formen, die ohne sie nicht entstanden wären. Welche Formen hätten mir vollendeter erscheinen können? Das wilde Gesicht dieser Frau zeigte ein mir wohlbekanntes Lächeln, sie sah mich mit großen, starren Augen an, und ihre Haltung im Vorgefühl der Wollust erinnerte an sich öffnende Arme.

Als ich wieder gesund war, erklärte sie mir: Ich habe sieben Körper, wer einmal bis zum innersten vordringt, der hat mich gefangen, dem gehöre ich für immer und ewig.

Ich fragte: Wie sieht dieser innerste Körper aus?

Du hast recht, das ist kein Körper mehr, das ist nur die letzte Hülle der Seele. Sie ist dünn und durchsichtig.

Und die Seele darin?

Als ich vierzehn Jahre alt war, wurde die erste Atombombe abgeworfen. Später las ich das Buch eines Arztes aus Hiroshima, der die Explosion überlebt hatte, der sachlich und detailliert das Verderben schilderte, das über die Stadt und die Menschen hereingebrochen war, aber von Seelen erwähnte er begreiflicherweise nichts. Ich hatte damals jedoch gedacht: Was geschieht wohl mit der Menschenseele im Epizentrum einer Atomexplosion? Selbst wenn die Seele immateriell wäre, wenn sie nur ein von Materie umgebener Hohlraum oder auch ganz anders beschaffen wäre, könnte sie diese Glut wohl kaum überstehen. Eine Seele im Inneren der Sonne oder anderer Sterne war nur schwer vorstellbar.

Immerzu zermarterst du dir den Kopf mit überflüssigen Fragen. Warum?

Sag mir doch wenigstens, was meinst du, was mit der Seele geschieht, die dem Ansturm der Umwelt nicht standhält und zerbirst, in Partikel zerspringt, die niemand mehr auflesen kann?

Mach dir keine Sorgen, sie wird nicht zugrunde gehen. Vielleicht sprießt aus jedem Partikel eine neue – wie ein Baum aus dem Samen. Oder vielleicht fügen sich alle Fragmente in einer anderen Zeit, in einem anderen Leben wieder zusammen, vereinigen sich wie die Tropfen in der Wolke. Frag lieber, was du tun kannst, damit die Seelen um dich herum nicht zugrunde gehen.

Danach frage ich ja.

Frag lieber nach gar nichts mehr. Laß ein bißchen mehr los in deinem Kopf. Sei jetzt bei mir und denk an gar nichts!

Sie erzählte mir von den Kambodschanern, die tanzten, sangen und sich nicht um die Zukunft sorgten. Sie wußten um Gottes Nähe, forschten ihm aber nicht nach. Und was sie dabei schon vor Urzeiten geschaffen hatten! Sie bemühte sich, mir die Hunderte von Skulpturen zu vergegenwärtigen, die den Weg zum Siegestor in Angkor Thom säumen, nahm sogar einen Bleistift zu Hilfe und skizzierte aus dem Kopf einen aussätzigen König mit demütigem Gesicht.

Schade, daß du nicht dabeigewesen bist. Aber eines Tages sehen wir uns das dort gemeinsam an.

Ich weiß nicht, wie wir das bewerkstelligen sollen, es ist zehn Jahre her, daß man mir den Paß abgenommen hat.

Sei nicht so schrecklich nüchtern!

Auch wenn ich es nicht wäre, die an der Grenze werden es bestimmt sein.

Dann beantragst du eben einen neuen Paß. Einmal müssen wir doch zusammen irgendwohin fahren! Wo es ein Meer gibt und Wärme, wo wir allein zusammensein können.

Nebel umgab mich, die verbliebene Welt verlor ihre Umrisse. Wir zündeten das Gasöfchen an, der Raum war zum Frösteln kalt. Wir stellten das Bett neben den heißen Ofen, in den kurzen Pausen sprachen wir von den Tagen, als wir einander noch nicht kannten, vom Gestern, von der Ausstellung ihrer Freundin, von unseren Treffen und Träumen, wir redeten über die Fotografien von Diane Arbus und deren häßliche Welt, über die Häßlichkeit in der Kunst, über den ›Steppenwolf‹ und unsere verborgenen Möglichkeiten, über die mexikanische Kunst und deren Einfluß auf Moore, freilich auch über Zadkin und Camus, über die Zwetajewa, über das Buch mit meinen Erzählungen und über die Bücher meiner Freunde, die ich mir als Manuskript geliehen hatte, auf der einzigen Pfanne rösteten wir Fleischstückchen, aßen zusammen an dem niedrigen Tisch, tranken Rotwein, während draußen Schneeflocken wirbelten. Im Raum mischte sich der Geruch von Lehm und Farben mit ihrem Atem. Gegen Abend spazierten wir durch den Park auf der Insel Kampa, wir konnten uns noch nicht voneinander losreißen, wir küßten uns auf dem sauber gefegten Weg unter kahlen Bäumen. Ein altes Weiblein mit dem Kopf eines Raben und wie von ihren Fingern modelliert, blickte uns mit scheelen Augen an, zunächst konnte sie es partout nicht fassen, dann krächzte sie: Ach, was muß die Liebe schön sein! Und fügte etwas über unser Alter hinzu, das sich was schämen sollte!

Ich hatte meine Arbeit, auf der Welt liefen Leute herum, die ich noch vor kurzem hatte sehen wollen, meine Tochter Běta wollte mich zeichnen, Sohn Peter lud mich ins Konzert ein, aber ich hatte keine Zeit, meine Frau hatte endlich eine angemessene Stelle und wollte mit mir feiern.

Běta hatte eine erste Liebe und dann als zweite einen Süchtigen, der die Gruppe Pink Floyd vergötterte und Kleister schnüffelte, meine Frau war darüber entsetzt und verlangte von mir, einzuschreiten. Ich redete bis in die Nacht hinein mit der Tochter, sie verstand alles, stimmte mir zu, fand bald eine neue Liebe, während ich immer noch dieselbe hatte, vielleicht war auch ich süchtig?

Ich war außerstande, ganz wegzugehen oder ganz zu bleiben, es gelang mir nicht mehr, in der Wahrheit zu leben. Ich hatte mich hinter Ausflüchten verschanzt, jeden meiner Sätze ließ ich von einem Wachhund umkreisen, ich hatte ein ganzes Rudel in meinem Inneren einquartiert und schlängelte mich zwischen ihnen hindurch, ihr Bellen war manchmal ohrenbetäubend, und ihr lautloser Schritt ängstigte mich im Traum. Einer würde sich eines Nachts von hinten an mich heranschleichen und mir die Zähne in die Kehle schlagen, und ich würde nicht einmal aufschreien, sondern verdientermaßen und für immer stumm bleiben.

Wie lange halte ich das aus, wie lange kann das dauern?

Bis ans Lebensende, mein Liebling!

Glaubst du das wirklich?

Oder so lange, bis ich dich verlasse, denn du wirst dich niemals für etwas entscheiden. Sie brach in Tränen aus. Sie weine, weil ich mich nicht entscheiden könne, weil ich zu vorsichtig sei, weil ich Prinzipien über die Liebe stelle, ich sei dem Leben verschlossen wie Stein, nein, noch verschlossener, Stein lasse sich bearbeiten, aus Stein lasse sich eine Form herausschlagen, sie weine, weil ich noch härter sei als Stein, ich spiele ein grausames Spiel mit ihr und quäle sie, wie niemand sie bisher gequält habe, sie weine, weil ich brav sei und es zugleich fertigbringe, mich ihr so zu widmen, wie es bisher niemand fertiggebracht habe, sie weine, weil sich ihr zeit ihres Lebens alles in Qual verwandle.

Ich wisse, daß sie sich mir ausgeliefert habe, und mir graue vor dem Gedanken, ich könnte sie enttäuschen.

Auf die kleine Terrasse unter der Holzstiege fiel Frühlingssonne, auf einer Leine flatterten Windeln, über der Wand des Hauses gegenüber war das Klosterdach zu sehen, das eine Ahorngloriole bekränzte.

Sie wartete auf ein Zeichen, daß ich mich endlich entschied, aber das Zeichen blieb aus. Sie fragte: Fährst du mit mir weg, im Sommer?

Wie sollte ich es einrichten, daß ich mit ihr wegfahren

konnte? Was für eine Lüge müßte ich mir ausdenken? Kalte Angst überkam mich.

Bist du überhaupt fähig, etwas für mich zu tun?

Ich würde einen Paß beantragen, aber jetzt war ich müde. Entkräftet vom Lieben, von der Liebe und den Vorwürfen, von der Sehnsucht und der eigenen Unentschlossenheit, entkräftet von der ständigen Flucht, der Leidenschaft meiner Geliebten und vom demütigen Vertrauen meiner Frau.

Ich konnte es kaum fassen, ich bekam tatsächlich einen Paß, gerade als der Schlehdorn blühte. Bald würde sich niemand mehr darunter legen, auf unsere nackten Körper schwebten leicht und lautlos Blütenblätter herab, über uns summten Bienen. Sie fragte: Fühlst du dich auch so gut, Liebling?

Ich fühlte mich gut mit ihr, und sie flüsterte: Fährst du im Sommer mit mir ans Meer?

Man hatte errechnet, daß ein Scheiterhaufen mit einer Grundfläche von hundert Quadratmetern, auf den man alle in Kambodscha Ermordeten häufen würde, den höchsten Berg dieser Erde überragen würde. –

In seiner Redlichkeit konnte Kafka nur das aufschreiben, was er selbst durchgemacht hatte. Er protokollierte seinen einsamen Weg in die Tiefe. Er stieg so tief hinab, wie er nur konnte, und dort begann das Ende, das Ende seines Wegs und seines Schreibens. Er vermochte sich weder von seinem Vater loszureißen, noch sich für eine unbedingte und erwachsene Liebe zu entscheiden – das war seine Tiefe. Auf deren Grund sah er einen geliebten Menschen, und wenn er zu ihm hinabstieg, näherte sich das Bild dieses Menschen und verlor sich zugleich im Dunkel, und wenn er ihm so nah zu sein schien, daß er nur noch die Hände auszustrecken brauchte, bekam er keine Luft mehr, und es wurde ihm schwarz vor Augen.

Kafkas Tiefe nicht unähnlich sind jedoch die Tiefen, in die wir alle hinabtauchten, in die wir zumindest neugierig oder ängstlich hinunterschauen. Wir können dort die Spiegelung des eigenen Schicksals sehen, uns selbst zuschauen bei dem vergeblichen Bemühen, reifer zu werden, einander oder dem, der über uns ist, die Hände entgegenzustrecken. Ich weiß nur nicht, ob wir nicht zu verzärtelt oder zu verdorben sind, etwas wie Redlichkeit zu erkennen und sie bewundernd gelten zu lassen, ob wir nicht eher versuchen, sie zu verkleinern, anzuzweifeln und unseren Vorstellungen anzupassen. Sie verwandelt sich uns unter der Hand in Lebensunfähigkeit oder ins Symptom einer seelischen Krankheit, aus Wagemut wird bedauerliche Schwäche.

Der mit 1744 Metern höchste Berg Kambodschas liegt im Kardamom-Gebirge unweit von Phnom-Penh, heißt Ka-kup und ist von Urwald überwuchert. Unser Flugzeug streifte die Baumwipfel und stürzte in den Dschungel. Es gelang uns, aus dem geborstenen Rumpf zu springen, bevor er in Flammen aufging. Wir kämpften uns durchs Dickicht, sie suchte einen Platz, wo wir uns, vor Schlangen und Skorpionen sicher, hinlegen konnten. Doch auf jeder Lichtung, die sie fand, lagen Leichen herum.

Ich sagte: Wir müssen uns ein anderes Land suchen, wo wir allein zusammensein können.

Und da tauchten aus dem Dschungel zwei Soldaten mit roten Kragenspiegeln an den verdreckten Uniformen auf, und einer sagte in einer Sprache, die ich erstaunlicherweise gut verstand: Lieber eine andere Welt. Beide Soldaten brachen in gellendes khmerisches Gelächter aus, sie lachten, bis sie sich krümmten, dann fingen sie an, auf uns zu schießen. Im letzten Moment dachte ich mir, daß es auf einer Welt, wo fünf Milliarden Menschen leben, von denen der Großteil hungerte, auf zwei Leichen mehr oder weniger nicht ankomme, wen kümmerte das schon außer uns, die es unmittelbar betraf?

Gegen Mittag hatten wir unser Pensum absolviert. Heut hat sich's aber hingezogen! Der Kolonnenführer warf einen Blick zum Himmel, den abermals Wolken aus Wasserdämpfen und Schwefeldioxid bedeckten. Aber laßt euch gesagt sein: Es gibt Zeiten, da kommen und gehen bei mir die Leute wie im Wirtshaus, jeder ist nur drauf aus, seine Moneten einzustreichen, und dabei sind die Straßen ein einziger Sauhaufen. Alles braucht eben seine... Aber ihr... Alle Achtung! Das ist auch denen im Betrieb aufgefallen. Sind unlängst durch mein Revier gefahren, ganz ohne Beanstandung. Bloß dieser stinkige Scheißkerl, der kastrierte, hängt uns hin, wo er kann.

Wir trotteten die Straße hinauf – auf der einen Seite graue Mietshäuser, auf der anderen eine Grünanlage mit gewaltigen Ahornbäumen und Linden, aus deren Kronen bei jedem Windstoß ein Regen müder Blätter herabfiel. Der junge Mann blieb stehen und starrte auf die Grünanlage, entweder, weil ihn der Gang die sanfte Steigung hinauf ermüdet hatte, oder weil er auf einem der Pfade einen Bekannten sah, vielleicht verspürte er auch das Bedürfnis, den Blick ein wenig zu heben:

> Und es passiert dem Straßenkehrer
> der trostlos seinen Besen schwingt
> inmitten der verstaubten Trümmer
> der verjubelten Kolonialausstellung
> daß er verblüfft verharrt
> vor wundersamen Statuen
> aus Laub und Blüten...

Moneten lassen sich halt auch anders auftreiben, meinte Frau Venus. Ich kenn einen Kerl, den haben sie bei einem Trupp aufgenommen, der Müllkippen durchwühlt. Die fahren den Plunder tatsächlich mit Lastern weg!

Was wissen denn Sie schon davon! Der Kolonnenführer regte sich auf. Dort funktioniert das nicht, dort haben sich die Demeter-Leute eingekauft, gegen die richtet selbst der Staatsanwalt nichts aus!

Am Ende der Straße, in einem überfüllten Wirtshaus, fanden wir glücklicherweise Platz an einem Tisch, den eben ein Maurertrupp von einer nahen Baustelle freimachte. Unser Kolonnenführer schickte den Davongehenden hinterdrein: Meine Tochter wartet schon das siebente Jahr auf eine Wohnung, und bei der Genossenschaft haben sie ihr gesagt, daß sie mindestens noch sieben Jahre warten muß. Wenn ich die versoffenen Tagediebe da seh, möcht ich denen am liebsten eins in die Fresse hauen. Und wer hat Sie so zugerichtet? wandte er sich an Frau Venus. Erzählen Sie mir bloß nicht, Sie sind auf der Stiege gestolpert!

Ja freilich, sagte die Venus mit einer Stimme, die ich jedesmal wieder bewunderte. Kommt halt schon mal vor, daß einem die Füße wegrutschen.

Wenn ich Sie wäre, Zoulová, ich tät mir das nicht gefallen lassen. Gehn Sie in die Poliklinik, riet er ihr, die sollen Ihnen das bestätigen, dann melden Sie's als Körperverletzung. Die werden ihn nach einem Paragraphen verdonnern, daß er sich krumm und bucklig zahlt.

Der ist doch fast ein halber Schwager! wandte Frau Venus ein.

Welcher denn, bitteschön?

Der aus Ostrau halt, der Bruder vom Pepo, der mir voriges Jahr gestorben ist. Er taucht immer einfach so bei mir auf, einmal im Jahr.

Und fährt noch ein? wollte der Kolonnenführer wissen.

Darum ist es ja gegangen, erklärte die Venus. Er ist genau so blöd wie der Pepo. Die Lunge im Arsch, lauter Ruß. Und derselbe Doktor, der Mörder, der den Pepo ins Grab gebracht hat, sagt zu ihm, er kann ihn nicht arbeitsunfähig schreiben, das wird nicht genehmigt, und wenn er aufschreibt, was ihm fehlt, dann versetzen sie ihn hinauf, und dort wird er Lampen putzen für einen Scheißdreck, und die Rente ist im Arsch. So hat dieser Mörder den Pepo bequatscht. In einem Jahr, hat er ihm versprochen, versetzen wir dich direkt in den Invalidenstand, das hat ihm dieses Schwein versprochen, wie der arme Kerl kaum noch die Stiege hochgekommen ist. Nach einem halben Jahr hat ihm sowieso alles einen Dreck genützt, arbeitsfähig, arbeitsunfähig. Ich sag zum Schwager: Véna, schau dir halt den Pepo an, wie er jetzt dasteht. Bist blöd oder was? Was nützt dir die ganze Kohle, wenn du kalt bist? Und da hat er halt eine Wut gekriegt. Und ich sag ihm noch: Typisch

Mann, einer Frau eins in die Fresse hauen, das traut ihr euch, aber wenn du gegen den Steiger aufmucken sollst, scheißt du dir halt doch lieber in die Hose!

Es gibt eben solche und sone, verwahrte sich der Kolonnenführer.

Reden Sie doch kein Blech! Wie lange waren Sie beim Militär?

Fünfundzwanzig Jahre. In der Antwort klang Stolz mit.

Und wie oft haben Sie gegen den Feind gekämpft?

War keiner da, sagte der Kolonnenführer trocken.

Und wer hat Ihnen das erzählt?

Ein Soldat kämpft, wenn er den Befehl dazu bekommt, belehrte er sie. Bekommt er keinen, kann er einen Dreck tun.

Frauen würden auch ohne Befehl kämpfen, gab die Venus zurück. Was glauben Sie, warum man Frauen keine Waffen gibt? Und was gibt es für Sie in einer Tour zu grinsen? fuhr sie mich an. Sie sind wahrscheinlich auch mindestens so ein Hotschimin gewesen!

Jetzt hören Sie aber auf, ermahnte sie der Kolonnenführer. Sie wissen, ich hab's mit Ihnen immer gut gemeint. Bei nächster Gelegenheit werden Sie's merken. Wir alle wußten, daß der Posten des Einsatzleiters frei werden sollte, und mit diesem Posten rechnete der Kolonnenführer felsenfest. Sie werden Ihren Besen auch mal satt haben.

Ach was, ereiferte sich Frau Venus, dann lassen Sie mich statt dessen eine Kutsche mit goldenen Rädern fahren!

Ich merkte, wie vergnügt der Kapitän dem Streit zuhörte.

Der verrückte Erfinder hatte mich damals noch einmal in der Redaktion besucht. Es war zu der Zeit, als fremde Soldaten in Prag herumtrampelten. Als er Platz genommen hatte, sagte er: Die Ereignisse hätten ihn bewogen, sich noch einmal mit seiner chemischen Lösung zu beschäftigen. Er habe das Verhältnis zwischen den sieben Lösungsmitteln verändert und zwei Katalysatoren hinzugenommen – jetzt sei er sich des Erfolgs sicher. Die Eisdecken würden sich auf diese Weise in Wasser verwandeln, das Wasser reiche für ein ganzes Meer.

Ob ich die Folgen ermessen könne? Ob mir klar sei, welche Länder überschwemmt würden, wenn die Ozeane stiegen?

Mir fielen zunächst nur die Niederlande ein, er zog jedoch eine Karte von Europa aus der Tasche, auf der er sorgfältig das Gebiet schraffiert hatte, das im Meer versinken würde. Ja, betroffen seien Teile der Niederlande und der Halbinsel Jütland, vor allem aber die Ebenen im Osten mitsamt den riesigen Städten.

Ich stellte mir vor, wie vom Ehernen Reiter nur noch der Kopf herausschaute, bis auch er langsam in den Wellen unterging:

> Es gilt, mit rasch entschloßner Hand
> Ein Fenster nach dem Abendland
> An dieser Stelle auszuhauen,
> Am Golf ein Bollwerk zu erbauen...
> Die Flaggen alle, Mast an Mast –
> Wenn wir am Meere Fuß gefaßt!

Verstehen Sie jetzt? fragte er und faltete die Hände wie zum Gebet.

> Belag'rung! Sturmlauf!! Plündernd dringen
> Durch Fenster Wellen ein; es springen,
> Zerklirrend von der Boote Stoß,
> Die Scheiben; Kissen, Berge Strohs...
> Laternen, Balken, Dächer, Brücken
> und armer Leute Krug und Hemd...
> Ja Särge auch, die fortgeschwemmt
> Vom aufgewühlten Gottesacker...

Ich hatte verstanden. In seinem Gemüt, ob nun verwirrt oder nicht, brannte eine Flamme, die wir anderen in uns wohlweislich oder vielleicht auch vorsätzlich erstickt hatten.

Immer wieder hatte ich mir gewünscht, das Leben möge mit reiner Flamme in mir brennen, denn zu leben und gleichzeitig der Schwärze in sich Raum zu geben, zu leben und Tod auszuatmen, was hätte das für einen Sinn?

Doch was für eine Flamme hatte die letzten Jahre in mir gebrannt? Ich wußte keine Antwort darauf, ich hatte das Urteilsvermögen verloren. Alles, was mich bislang umgeben hatte, was von Bedeutung war und mir Freude oder Schmerz bereitet hatte, war schal geworden und lag jetzt wie ein Stück verschossenes Gewebe unter meinen Füßen.

Meine Frau ging regelmäßig zu ihrem Psychoanalytiker, auch sie stieg in ihre Tiefen hinab, schaute sich dort um im Vertrauen, vom Licht ihres weisen Führers geleitet zu werden, und gelangte zu erstaunlichen Schlußfolgerungen über sich und über mich, über ihre Mutterbeziehung und meine Mutterbeziehung, sie freute sich, daß sie jetzt endlich lernte, sich selbst zu verstehen und davon zu profitieren. Sie bedauerte, daß ich dergleichen nicht auf mich nehmen wollte, ich strebte nicht nach Selbsterkenntnis, sondern versteifte mich statt dessen auf falsche Vorstellungen von mir selbst.

Sie begann, Bücher über Sitten und Gebräuche von Naturvölkern zu lesen, deren Heimat sie nie gesehen hatte und wohl nie sehen würde, und wollte mir einreden, daß es den heutigen Menschen, also auch uns beiden, an Ritualen fehle. Jahrelang hätten wir uns zu wenig einer um den anderen bemüht, dadurch sei unsere Beziehung banal geworden. Sie fragte, ob sie mir einen Abschnitt ihrer Studie über Opfer und Selbstopfer vorlesen dürfe, und ich sagte, ich würde ihr gern zuhören. Ich legte mich auf die Couch, den Kopf dicht neben dem Sessel, in dem sie saß, und bemühte mich, aufmerksam zuzuhören, aber bald übermannte mich die Müdigkeit, und der Sinn der Worte entging mir. Hin und wieder sah ich sie an, meine Frau, fast fünfundzwanzig Jahre hatten wir miteinander verbracht und zugleich nicht verbracht. Ich spürte ihre Intensität und strengte mich an, den Sinn zumindest einiger Sätze zu erfassen. Einmal schaute sie vom Papier auf und fragte besorgt, ob sie mich nicht langweile, und ich antwortete hastig, nein, keineswegs, mich interessiere das Problem des Opferlamms –

schon wegen meines eigenen Kindheitsschicksals –, mich interessiere, was ich von den Opferriten bei den Ndembs und den indischen Khonds gehört habe, obwohl es mich erschüttere, wieviel Roheit oder Sadismus sich in der menschlichen Natur verberge. Sie war's zufrieden und las weiter und berührte dabei auch noch mit den Fingern zärtlich meinen Kopf. Plötzlich spürte ich ihre Nähe, und es bedrückte mich, daß ich mich nicht wirklich konzentrieren konnte, ich bekam Gewissensbisse wegen meiner Unaufmerksamkeit, kindliche Gewissensbisse: Mutter beugt sich liebevoll über mich, während ich, nur um meine Gefühle zu verbergen, vortäusche, daß ich davon nichts merke, daß ich schlafe. Ich verspürte Zärtlichkeit, aber auch Reue darüber, daß ich sie so lange sprechen ließ, mich so lange ansprechen ließ, ohne zuzuhören. Gern hätte ich sie umarmt und ihr alles gesagt, was mich belastete: Verzeih mir und bleib immer so bei mir! Und mich selbst gebeten: Bleib bei ihr, sie ist doch deine Frau. Und meine Seele gebeten: Gib dich zufrieden! Und die Andere gebeten: Entlaß mich ohne Groll und ohne Gekränktsein. Doch laut sagte ich: Das ist dir wirklich gelungen. Und sie lächelte mich mit ihrem nach wie vor mädchenhaften Lächeln an.

Einmal bin ich auf einem Schiff gewesen, das eine Frau kommandiert hat, erinnerte sich der Kapitän. In der Ostsee war das.

Wie war der Name? fragte der Kolonnenführer.

Von der Frau? Keine Ahnung. Das Schiff hat ›Delfin‹ geheißen und einem Fischkombinat gehört. Wir haben den Motor nach der Generalüberholung ausprobiert, und deshalb sind wir leer gefahren, nur mit etwa fünf Mann, der Frau und mir.

Ein einziges Weib mit sechs Kerlen? meinte der Kolonnenführer, und zweifelte an der erotischen Dimension der Geschichte. Aber der Kapitän zielte auf etwas ganz anderes ab. Sie waren aus Warnemünde Richtung Norden ausgelaufen und schwenkten dann um dreißig Grad nach Osten, um nicht binnen kurzem im dänischen Gedner zu landen. Ein Nordwestwind wehte und es regnete, die Sichtweite betrug ungefähr dreihundert Meter. Etwa nach einer Stunde sahen sie etwas im Meer treiben. Unglaublich, aber wahr: fünfzehn Seemeilen von der Küste entfernt trieben zwei Personen im Wasser, ein Kerl und eine Frau auf Gummimatratzen, beide nur im Badeanzug.

Hat sie der Wind hinausgetrieben? fragte der junge Mann.

Ich bitt dich, ich sag doch, es hat landeinwärts geweht. Die wollten nach Dänemark abhauen. Sind in der Nacht durch den Kordon, das miese Wetter war ihnen gerade recht. Der Kapitän war außerhalb des Reichs seiner Phantastereien logisch und sachlich.

Kaum hatten die beiden Schiffbrüchigen sie erblickt, begannen sie wie verrückt von ihnen wegzupaddeln, aber die Kapitänin befahl, ein Boot zu Wasser zu lassen und die beiden an Bord zu schaffen. Die armen Teufel waren steif vor Kälte und bettelten trotzdem, sie weiterpaddeln zu lassen, sie bräuchten kaum noch einen halben Tag, aber die Frau Kapitän war fest entschlossen, die beiden auszuliefern.

Und was ist mit ihnen passiert? frage ich.

Was weiß ich, sagte der Kapitän. Ich an deren Stelle hätt mir ein Boot gebaut, da hätt mich keiner erwischt. Aber solche Leute haben eben keinen Schimmer von Technik. Versuchen, einfach so rüberzuschwimmen, Rücken, Brust. Und waren nicht mehr gesehen, höchstens, wenn das Wasser sie ersoffen ans Ufer zurückschmeißt. Der Kapitän schob sich die Mütze tiefer ins Genick und nahm einen Schluck aus seinem Glas. Bestimmt befand sich unter seinen Plänen auch einer für ein Mini-U-Boot, das von komprimierter Luft oder einer Propanbutanbombe angetrieben wurde.

Na ja, keiner von uns hat das Leben abonniert, meinte der Kolonnenführer, um sich in Erinnerung zu bringen.

Aber daß die das wirklich probieren, wunderte sich der junge Mann, wenn sie doch wissen, daß es schiefgeht.

Weil sie blöd sind, mischte sich der Kolonnenführer wieder ein. Jeder glaubt, daß er's schafft. So was Blödes!

Vielleicht liegt es nicht nur an deren Blödheit!

Von wem denn sonst? wunderte er sich über meinen Einwurf.

Wenn sie auf ein Schiff dürften, müßten sie es nicht anderweitig versuchen.

Es kann doch wohl nicht jeder einfach in ein Schiff einsteigen und fahren, wohin er will, hab ich recht? wandte der Kolonnenführer sich an die anderen. Wenn ich seh, daß man mich nicht läßt, bleib ich auf dem Hintern sitzen und warte.

Wie durch ein Wunder hatten wir in einem Ziegelhäuschen an der Stelle, wo die Halbinsel Darß am schmalsten ist, ein kleines Zimmer mit einem zweistöckigen Bett bekommen. Vom Garten aus, wo schwarze Johannisbeeren reiften, konnte man den Wasserspiegel des Haffs sehen, und über dem Wasserspiegel farbige Mastbäume und Segel, darüber Möwen und über diesen den Himmel, der fast jeden Tag, den wir in dieser eher regnerischen Gegend verbrachten, wolkenlos blau war; auf der anderen Seite der Straße stieg sanft ein Weizenfeld an. Wenn man den nahen Dünenkamm erklomm, sah man das offene Meer. Mit einem bunten Bus fuhren wir zur Haltestelle ›Drei Eichen‹, dann gingen wir über einen Sandpfad zum Strand, der blitzsauber war wie alles hier. Dort rammten wir ein paar aufgelesene, vom Meer ausgelaugte und gebleichte Treibholzstöcke in den Boden, spannten einen gelben Stoff darüber, der sogleich von kleinen, schwarzglänzenden Käfern übersät war, vergruben die Limonadeflasche im Sand, und breiteten über den Sand eine Decke, auf der wir uns ausstreckten. So lagen wir stundenlang unbeweglich da und waren einander nah. Nie zuvor hatte ich es am Wasser auch nur wenige Stunden ausgehalten, die Leere des Faulenzens schreckte mich ab. Ich verstand mich aufs pure Faulenzen genausowenig wie auf eine alles andere ausschließende Liebe, am ehesten noch gelang mir das ausschließliche Arbeiten. Ich hatte das Bedürfnis, aus dem Bereich des schwarzen Lochs zu fliehen, in das ich wiederholt schaute, sobald ich irgendwo Ruhe hatte, aber hier sah ich nur das Meer, nur den Himmel, nur ihr liebevolles Gesicht. Die Zeit verlangsamte sich, manchmal las ich Kierkegaard oder in der Geschichte des Adrian Leverkühn, die vom alternden Thomas Mann ebenso verlangsamt erzählt wird. Manchmal las ich ihr auch vor, sie hörte diesen Texten mit der Konzentration eines Menschen zu, der alles, was er tut, ausschließlich tut; wenn ich dann in der aufgeheizten Sandwüste, wo zahllose Nackte sich totalem Nichtstun hingaben, vorlas, daß Tat und Entscheidung in unserer – also in Kierkegaards – Zeit genauso selten waren wie der Rausch der Gefahr beim Schwimmen im Tiefen für den, der in seichtem Wasser schwimmt, und daß nicht mehr galt, daß der Mann mit seiner Tat stand oder fiel, bemerkte ich in ihrer Konzentration eine geradezu heftige und begeisterte Zustimmung und begriff, daß ich diese Sätze gegen mich selbst las, daß ich lediglich ihre stumme, unablässige und kaum zu unterdrückende Anklagerede fortsetzte. Wir stritten über die Aussprüche des Philosophen und taten so, als sprächen wir nicht über uns und unseren Konflikt. Wir stritten bis zu dem Moment, da ich die Sandkörner aus dem Buch schüttelte und es in der Tasche verstaute. Dann lagen wir nur da, unsere nackten Körper berührten sich, und wir schauten den schneeweißen Wellenkämmen zu, die einander ohne Lust oder Schmerz berührten. Erst gegen Abend standen wir auf und erkletterten, vorbei an einer Reihe von Mülltonnen, die hier inmitten blühender Heckenrosen standen, die Düne und kehrten zur Straße zurück.

Die Abende waren nordländisch lang. Nach dem Essen gingen wir wieder zum Strand, der um diese Zeit verlassen war. Sie setzte sich mit gekreuzten Beinen auf die Klippe und starrte in die auskühlende Sonne, während ich auf den dunkelnden Wasserspiegel schaute und beobachtete, wie sich am Horizont ein Kordon von Schiffen abzeichnete, der die freie, ungebändigte Weite des Wassers auf unangenehme Weise abzusperren schien. Sie saß da wie eine Skulptur, ich betrachtete sie und spürte, wie sie mir in der Küstenstille, in der Wassereinsamkeit entglitt, sich in ein unbekanntes, in einer unzugänglichen Gegend wohnendes Wesen verwandelte, und ich vermochte nicht zu sagen, ob ich Trauer empfand oder Erleichterung.

Wir liehen uns Räder und fuhren frühmorgens los, nicht auf der Straße, sondern auf Sandwegen und auf Pfaden, die sich auf dem schmalen Grat, der sich am Meer entlangzog, dahinschlängelten.

Die Wellen schäumten im brausenden Wind, wir hielten an, um uns zu umarmen, um uns zu setzen und den Horizont zu betrachten. Dann fuhren wir in westlicher Richtung weiter, die Räder sanken bald so tief in den Sand ein, daß wir sie tragen mußten. Vor uns dehnte sich eine dunkelgrüne Heidefläche mit schwarzem Boden, den Weg kreuzte ein immer dichter werdendes Wurzelgeflecht, in der Luft sirrten Mücken, der Pfad verschwand fast, wir wußten bald nicht mehr, wo wir uns befanden, ob wir umkehren oder im Unwegsamen weiterfahren sollten. Die Räder waren nur noch hinderlich, wir schoben sie neben uns her, ich suchte ein Durchkommen, sie hingegen sah in krummen Ästen Gesichter und Geister und hörte im Jammern des Windes das Raunen Verstorbener, die letzten Atemzüge von Selbstmördern und die vergeblichen Hilferufe Ertrinkender, und im Gebüsch wand sich ein Zauberer, dessen Leib die Seele fehlte. Über die Wipfel strichen lautlos und dunkel die Krähen. Wir wichen morastigen Stellen aus, denen blubbernd Gas entströmte, und erreichten schließlich die Straße. Nun radelte sie vor mir her, ihr Haar, das fast schon grau gewesen wäre, wenn sie es nicht blond getönt hätte, umflatterte ihren Kopf. Wir näherten uns Bad Müritz, wo sich vor einem halben Jahrhundert unser Landsmann, der verhinderte Liebhaber Franz Kafka, zu seinem Sturz ins schwarze Loch bereitmachte, hier hatte sich seine fragile Seele bereits mit seiner kranken Lunge geeinigt, den kräftezehrenden Kampf aufzugeben.

Wir fuhren durch Straßen, in denen sich noch die Stimmung des Fin de siècle erhalten hatte, durstig tranken wir Bier an einem Straßenausschank, und hungrig setzten wir uns an ein verschrammtes Tischchen in einem uralten Café. Wir saßen einander gegenüber – weit weg von unseren Angehörigen, saßen im fremden Café einer fremden Stadt, aßen Kuchen, schwiegen, sahen einander an, und ich bemerkte in ihren Augen eine Hingabe, die ich nie für möglich gehalten hätte, ich spürte, wie tief sie mich traf, mich durchdrang, wie sie sich in jede Zelle meines Körpers einbettete. Ich wußte nicht, wie und wann ich meinen Kampf beenden würde, aber wenn meine Seele dann noch fähig sein würde, die Orte ihrer Sehnsucht aufzusuchen, würde sie hierherschweben zu diesem verschrammten Tischchen, zum letztenmal jäh erleichtert lächeln und sich in ihr Schicksal fügen.

Im Dom zu Güstrow standen wir vor Barlachs schwebendem Engel, ich sah, wie Darja sich von mir in Höhen entfernte, die mein Blick nicht erreichte, wo sich die Engel niederließen und vielleicht die Seelen großer Meister wohnten. Ich zog mich unauffällig zurück, setzte mich auf eine Bank hinten im Dom und wartete, bis sie zu mir zurückkehrte.

»Nach der Rede des Führers am Tag der Deutschen Kunst in München haben die zuständigen Stellen nunmehr beschlossen, das von dem Bildhauer Ernst Barlach im Jahre 1926 geschaffene Ehrenmal für die Gefallenen des Weltkrieges aus dem Dom in Güstrow entfernen zu lassen. Die Abnahme wird in den nächsten Tagen erfolgen. Das Ehrenmal soll einen schwebenden Engel darstellen und war schon seit langem ein Gegenstand heftigster Angriffe.«

Als sie schließlich zurückkehrte, hatte sie Tränen in den Augen.

Meinst du, du brächtest auch so einen Engel zustande?

Ich weiß nicht, ich bin wohl nicht besessen genug – weder vom Stein noch vom Holz.

Am nächsten Tag stieg sie hinunter ans Ufer, wo der Sand noch schwer von Meerwasser ist, und schuf dort mit Fingern, die es gewöhnt waren, aus formloser Masse Form zu schöpfen, das Sandrelief eines Wesens, das eher an einen geflügelten Kentauren erinnerte als an einen Engel, es ähnelte mir im Gesicht, lächelte jedoch, anders als ich, in die Welt. Rundum standen Grüppchen von Nackten und beobachteten voller Bewunderung die Entstehung des Werkes, aber sie tat, als ginge sie das nichts an, sie interessierte nur, ob mir ihr Sandwerk gefiel.

Sieht mir irgendwie ähnlich, antwortete ich, um ihr eine Freude zu machen, bedauerte aber, daß das sonderbare Gebilde mit meinem Gesicht die nächste Flut nicht überstehen würde.

Na und? Wir können uns morgen ein neues machen, wenn wir Lust haben. Wenigstens belasten wir die Welt nicht mit noch einem Produkt.

Wir spürten beide, daß die Welt ächzte, nach Atem rang, von viel zu vielen Produkten überschwemmt, von Dingen überhäuft, von Ideen gewürgt wurde, die angeblich notwendig, nützlich oder schön waren und folglich ewige Gültigkeit beanspruchten.

Wir brauchen das alles nicht, sagte sie voller Liebe, uns genügt es, daß wir uns haben.

Wir waren zusammen, als der Tag heraufstieg, und wir waren zusammen, als die Nacht sank, wir waren so ganz und gar zusammen, daß es uns aufrieb, ein Feuer verzehrte uns, und eine Glut verzehrte sie so, daß ich erschrak: Und wenn uns eine Asche begräbt, aus der wir nicht mehr auferstehen?

Noch nie hatte ich einen Menschen gekannt, der fähig gewesen wäre, mir so nahe zu sein, fähig zu solcher Leidenschaft, solcher Intensität.

Vielleicht hatten wir beide unser Leben lang für diese Zeit Kräfte gesammelt, für diese Begegnung, vielleicht war hier das Ziel unserer Träume, in diesem Kämmerchen, an dieser Küste, wo Wasser, Sand und Himmel ineinander übergingen, wo die Zeit lautlos und rein durch die Sanduhr rieselte, hierher hatten wir uns in Momenten der Einsamkeit unbewußt gesehnt.

Und als unsere Körper ganz ermattet waren, als der nordländischen Sommernacht nur noch ein paar letzte Atemzüge blieben, schickte ich mich an, auf mein Bett hinunterzuklettern, doch sie bat mich, nicht wegzugehen, wenigstens hier nicht, ich solle bei ihr bleiben, also wartete ich unbeweglich, obwohl mir nach Alleinsein war, die vielen Tage absoluter Nähe hatten mich ausgepumpt, und ich sehnte mich nach einer Weile der Abgeschiedenheit; inmitten einer fremden Welt, in die ich hineingerissen worden war, sehnte ich mich nach dem unaufdringlichen Rhythmus meines Zuhauses. Aber hatte ich denn noch ein Zuhause? Die Tochter war gegangen, war selber Mutter, der Sohn würde demnächst gehen. Und meine Frau, wo war sie, wenn sie mich anlächelte?

Die Andere lag neben mir. Schlief. Ihr Atem ging leiser, sie schien ruhiger. Ich versuchte ihre Züge auszumachen, ich beugte mich sogar über sie, ich küßte sie nicht, sah sie nur an, sah das ferne Wesen an, es war mir letztlich nicht gelungen, sie in mich aufzunehmen, sie zu einem Bestandteil meiner selbst zu machen. Leise stieg ich hinunter, legte mich auf das untere Bett und starrte in die Schwärze. Draußen jammerte lautstark ein Kater, der Wind trieb ein Gewitter heran. Ich stand auf und öffnete das Fenster sperrangelweit, über den dunklen Himmel zuckte ab und zu stumm ein Blitz und erhellte die mächtige Platane im Garten.

Und plötzlich sah ich sie: meine Frau. Vom Blitz beleuchtet saß sie auf einer Bank, wartete auf mich. Aber sie sah mich nicht. Plötzlich wurde ich mir der Distanz bewußt. Zwischen uns lagen Berge und Flüsse, Leben und Tod, Betrug und Lüge, Jahre unerfüllter Sehnsucht und vergeblicher Hoffnungen. Ich sah, daß meine Frau zu zittern begann wie eine Spiegelung auf der Wasserfläche, auf die der erste Tropfen fällt, in jähem Heimweh streckte ich die Hände aus dem Fenster, um sie zurückzuhalten, um sie zu retten, um sie aus dieser Ferne an mich zu ziehen, doch der Regen fiel immer dichter, und ich spürte, daß mich die Andere von hinten ansah.

Was machst du, warum schläfst du nicht?

Ich wollte das Fenster schließen, es fängt an zu regnen!

Herr Rada und ich standen zusammen vom Tisch auf. Kaum waren wir auf der Straße, konnte er sich nicht mehr zurückhalten und teilte mir mit, was er vor den anderen offenbar verheimlichen wollte. Gestern bin ich vom Kloster Heiliger Berg zurückgekommen, haben Sie schon davon gehört?

Daß es dorthin eine große, feierliche Wallfahrt gegeben hatte, war sogar von unseren jerkischen Zeitungen gemeldet worden, wahrscheinlich, um das zahlreiche Erscheinen der Gläubigen als Friedensfeier auszugeben.

Es war phantastisch! Offensichtlich hatte er von dort das Büchlein mitgebracht, aus dem er mir am Vormittag ein kleines Stück vorgelesen hatte, oder zumindest die Lust und den Elan zum Vorlesen – notfalls auf der Straße.

Für gewöhnlich gingen wir unseren Lohn gemeinsam abholen. Ich erzählte ihm, in welcher Redaktion ich früher gearbeitet hatte. Meine Bücher erwähnte ich nicht. Er vertraute mir seinerseits an, er habe sein Leben lang immer etwas anderes tun müssen, als er gewollt habe. Nach dem Theologiestudium sei er zwar Priester geworden, habe dann aber als Bergmann, Heizer, Lagerist, als Kulissenschieber und zuletzt als Lastwagenfahrer gearbeitet. Jetzt verdiene er sich, um seine Mutter unterstützen zu können, mit dem Straßenkehren etwas dazu. An dieser Arbeit schätze er, daß sie unter freiem Himmel verrichtet werde, oft sogar zwischen Gärten, er sei ein Mensch vom Lande. Außerdem halte er die Arbeit für nützlich. In einer von Abfällen versauten Stadt könnten die Menschen höchstens einen Platz zum Übernachten und zum Einlagern von Sachen finden, niemals aber ein Heim gründen und das erhebende Gefühl der Zugehörigkeit zu einem Ort, zu Menschen, zu Gott erleben. Die heutigen Menschen seien wie Nomaden, beschwerte er sich, sie zögen von einer Behausung zur anderen, und ihre Götzen und Penaten quartierten sie mit um. Sie würden nirgendwo heimisch und schlössen sich keinem Menschen an, oft wüßten sie auch mit Kindern nichts anzufangen, entweder töteten sie sie noch im Mutterleib, oder sie jagten dem Genuß nach und ließen sie deswegen im Stich. Und die Kinder, die nie ein Zuhause kennenlernten, wie würden die leben? Sie wüchsen sich zu echten Hunnen aus, würden durch die Welt ziehen und sie zerstören.

Sein eigenes Schicksal jedoch beklagte er nicht. Über das, was ihm widerfahren war, sprach er ohne Groll.

Mindestens dreißigtausend von uns sind dort zusammengekommen, in der Mehrzahl junge Leute. Er freute sich, als habe er seine eigene traurige Prophezeiung vergessen.

Sie hätten in der Nacht vor der Kirche und in der Umgebung auf den Wiesen gesessen und die Zeit mit Gebeten und Gesängen zugebracht. Allein »Heiliger Wenzel, Herzog des Böhmerlandes« sei dreimal gesungen worden. Wenn ich gehört hätte, wie der Choral unter freiem Himmel geklungen habe, würde ich vielleicht auch hoffen, daß doch noch bessere Zeiten kämen.

Wir gingen gerade durch das Gäßchen, das um die Grünanlage unter den Wällen herumführte. Herr Rada stand ganz im Banne dessen, was er mir mitteilte, aber ich konnte nicht widerstehen und blickte neugierig zu dem Fenster auf, das der bildende Künstler zum Schaukasten umfunktioniert hatte. Der Erhängte war längst verschwunden, von einem dreibeinigen Schwan abgelöst worden und später von einem Springbrunnen, der statt Wasser schmutzigen Sand oder auch Asche versprühte und einen Frauenkopf berieselte, über dessen liebliches gipsernes Gesicht schwarze Tränen zu rinnen schienen. Jetzt waren weder der Kopf noch ein Ascherieseln zu sehen, auf einem Pferdchen saß ein Reitersmann, der wie sein Pferdchen aus Kunststoffteilen zusammengesetzt war, die offenbar von der Müllkippe stammten: alte Verpackungen, Ölkanister und Spraydosen, scheußliches Babyspielzeug und farbige Bruchstücke von Waschbecken und Bottichen. Als Mund öffnete sich eine rote Butterdose, aus einer Augenhöhle starrte ein giftgrüner Klebstofftiegel der Marke Koh-i-noor, aus der anderen ein dunkelhaariger Puppenkopf. Auf den ersten Blick wirkte der Reiter lustig, wie eine Spielerei, ein neuzeitlicher Don Quijote, der gewappnet in die Welt zog, doch als ich genauer hinschaute, sah ich, daß der Reiter Styroporzähne fletschte, ich erkannte auch blanke Knochen. Das war kein edler und verschrobener Ritter, eher der vierte Reiter der Apokalypse, wie er schon Dürer erschienen war. »Und siehe, ein fahles Pferd; und der darauf saß, des Name hieß Tod, und die Hölle folgte ihm nach.« Der Reiter mit dem Höllenschlund auf Breughels Dulle Griet.

Was mochte wohl im Kopf dieses unbekannten Künstlers vorgehen? Warum und für wen stellte er aus in einer Gasse, in die sich nur selten jemand verirrte? Und warum beschäftigte ihn immer wieder der Tod?

Die jungen Leute, sagte Herr Rada enthusiastisch, haben schon erkannt, daß man ihnen verkehrte Werte aufzwingt. Von Kindheit an wird ihnen eingeimpft, daß Haß und Kampf die Geschichte bestimmen. Über dem Menschen gibt es angeblich nichts Höheres! Aber sie sind gekommen, um zu beten und die Botschaft von Ihm zu vernehmen, der über uns herrscht und sich doch in Liebe zu uns niedergebeugt hat. Es sei möglich, schloß er, daß von Gottes Gnaden eine Zeit der Erneuerung anbreche, ein neues christliches Zeitalter.

Er teilte mir seine Freude mit und nahm an, daß ich sie mit ihm teilte. Es war fast tröstlich zu hören, daß sich die Menschen nicht mit den jerkischen Vorstellungen von Glück zufriedengaben. Aber schon, als er mir vorgelesen hatte, wie der Mensch sich selbst vergötterte und dadurch vom rechten Weg abkam, war mir eingefallen, daß der Mensch nicht nur dann vermessen handelte, wenn er sein Ich vergötterte und sich für die Krone des Seins und des Lebens hielt, sondern auch dann, wenn er selbstbewußt glaubte, er habe das Unbegreifliche begriffen und das Unaussprechliche ausgesprochen, wenn er sich unfehlbare Dogmen ausdachte und mit einem Verstand, der des Glaubens bedurfte, gegen Räume anstürmte, vor denen er lieber den Blick senken und stumm verharren sollte.

Und Ihr Bruder? entsann ich mich, als er geendet hatte. War er mit Ihnen dort?

Der? Er winkte ab. Das könnte seiner Karriere schaden! Und als ob ihm seine Worte allzu hart schienen, fügte er hinzu: Der würde wahrscheinlich eher eine buddhistische Prozession mitmachen.

Mein Vater lag schon seit einer Woche im Krankenhaus. In letzter Zeit, noch vor den zermürbenden Fieberanfällen, hatte er über Schlaflosigkeit geklagt. Ich wollte wissen, warum er nicht schlafen konnte, aber er gab keine Antwort, redete sich auf ein unbestimmtes Brennen, auf einen wandernden Schmerz heraus, ich vermutete jedoch, daß ihn irgendeine Angst peinigte. Sein Verstand, der sich ein Leben lang mit berechenbaren Substanzen beschäftigt hatte, wußte zwar, daß von dieser Welt nichts ganz verschwand, er wußte aber auch, daß nichts bis in alle Ewigkeit seine Form und sein Aussehen behielt, daß in der ewigen und unablässigen Bewegung der Materie jedes Lebewesen ebenso zugrunde gehen mußte wie die perfekteste Maschine, wie die Welten und Weltensysteme. Der Verstand meines Vaters wußte, daß diesem Gesetz alles unterworfen war, warum also sollte ausgerechnet die Menschenseele davon ausgenommen sein? Weil ihr der Schöpfer selbst das Leben eingehaucht hatte? Wenn es ihn denn gab, wäre er wohl demselben Gesetz unterworfen. Aber welchen Sinn hätte ein Gott, dessen Sein und Gestalt denselben Gesetzen unterworfen war wie alles andere, welchen Sinn hätte ein Gott, der der Zeit unterworfen war?

Vater stand an der Grenze, die sein Verstand sich vorzustellen vermochte, und die eisige nächtliche Angst vor dem schwarzen Loch drückte ihn nieder – und ich konnte ihn nicht trösten. Mein lieber Vater, wie kann ich dir helfen, wie dir die Angst vor dem Sturz nehmen, es ist mir nicht einmal gelungen, dein Fieber zu senken. Ich bin nur dein Sohn, mir ist keine Macht gegeben, dich oder wen auch immer aus dem Dunkel zu befreien.

Er war in einem weißen Zimmer untergebracht, wo es nach Medizin und dem Schweiß Sterbender roch. Sein Fieber hatten vorübergehend Antibiotika gedämpft und Antidepressiva seine Angst betäubt. Man hatte ihm das mittlere von drei Betten zugewiesen. Zu seiner Linken plapperte ein Dickwanst, den nachts unbekannte Eindringlinge mit vermummten Gesichtern anleuchteten; zu seiner Rechten lag ein verschrumpelter, von Injektionsnadeln zerstochener Greis im Sterben.

Mein Vater saß auf dem Bett und begrüßte mich mit einem Lächeln. Ich fütterte ihn, dann holte ich den Rasierapparat aus seinem Nachttischchen und fragte ihn, ob ich ihn rasieren solle. Er nickte. Neuerdings sprach er kaum noch. Vielleicht hatte er keine Kraft mehr, oder er wußte einfach nicht, was er mir sagen sollte. Er hatte nie über Persönliches mit mir gesprochen, auch über allgemeine Fragen hatte er nie geredet, in seiner konkreten Welt blieb kein Platz für Überlegungen, die sich zu weit von der Erde entfernten. Wovon sollte er also jetzt reden, da die Erde sich ihrerseits von ihm entfernte? Und worüber sollte ich mit ihm sprechen?

Der Sterbende auf der rechten Seite tauchte kurz aus seiner Bewußtlosigkeit auf und krächzte ein paar Worte.

Armer Kerl, sagte Vater. Er ist schon fast hinüber.

Ich half ihm beim Aufstehen und faßte ihn unter, er trippelte mit kurzen, schlurfenden Schritten auf den Gang hinaus. Ich hätte ihm gern etwas Nettes und Aufmunterndes gesagt, etwas Wesentliches.

Ich habe so sonderbare Träume, vertraute er mir an. Sie haben eine Rübenerntebrigade eingesetzt, unter der Leitung von Stalin persönlich. Ich mußte hin und hatte Angst, daß er merkt, wie schlecht ich arbeite.

In der Stalin-Zeit hatte man Vater mit der Absicht, ihn an seiner empfindlichsten Stelle zu treffen, wegen schlechter Arbeit verurteilt.

Ich hätte ihm sagen können, daß ich immer seine Fähigkeit bewundert hatte, sich auf die Arbeit zu konzentrieren, daß ich wußte, was für außerordentliche Ergebnisse er erzielt hatte, aber das hätte nur wie eine Phrase aus einer zu früh gehaltenen Grabrede geklungen. Er wußte selbst am besten, was er geleistet hatte, und er wußte auch, was ich von seiner Arbeit hielt.

Wir näherten uns dem Ende des Ganges – alles war hier sauber geschrubbt und poliert, fast wie früher bei uns zu Hause. Nichts bewegte sich, außer uns beiden war niemand zu sehen, nur in der Ferne lief eine Schwester aus einer Tür in eine andere. Noch vor wenigen Tagen hatte Vater sich über die Schwestern geärgert, die ihm wenig hilfsbereit vorgekommen waren, jetzt beschwerte er sich nicht mehr. Er setzte sich auf den Stuhl unter einem offenen Fenster, seine grauen Härchen waren schweißverklebt. Er schaute zum Fenster hinaus, wo die Birken im Wind gelbe Blätter verstreuten, aber er nahm es wohl kaum wahr, denn plötzlich sah er in der Höhe, wohin er so oft interessiert geschaut hatte, eine Explosion und erschrak. Es ist unsinnig, sagte er leise, damit so zu spielen. Jede Technik versagt einmal. Wenn sie damit nicht aufhören, ist es bald aus. Du solltest es ihnen sagen!

Ich?

Solltest es ihnen sagen. Er schaute immer noch zum Fenster hinaus und verstummte wieder. Ein Flugzeug dröhnte, flog vorüber, stürzte nicht ab, hinterließ nur einen weißen Streifen giftiger Abgase.

Hatte er mir etwa das Wichtigste gesagt, was er zu sagen hatte? Oder wollte er nur seine Enttäuschung loswerden? Seine großartigen Motoren, die er sein Leben lang erfunden und konstruiert hatte, hoben den Menschen zwar in die Höhe, aber bis in den Garten der Seligkeit trugen sie ihn nicht, sie trugen eher dazu bei, ihn vorzeitig in Asche zu verwandeln.

Ich half ihm beim Aufstehen, und wir kehrten ins Zimmer zurück. Ich setzte ihn ins Bett, zog ihm die Decke glatt und lobte, wie gut er gegangen sei. Ich hätte ihn, solange noch Zeit war, fragen sollen, ob es nicht etwas gebe, was er mir hätte sagen wollen und noch nicht gesagt hatte, ob er mir irgendeine Weisung, einen Rat oder eine Botschaft mitgeben wollte. Ob er nicht irgendwo ein Grab hinterlassen hatte, das ich an seiner Statt pflegen, oder einen bangenden Menschen, den ich aufsuchen sollte. Aber mein Vater dachte gewiß nicht an Gräber, es wäre ihm unvernünftig vorgekommen, an Tote Zeit zu verschwenden, und einen Rat wagte er mir nicht zu geben, er war in allzu vielen seiner Erwartungen enttäuscht worden, und falls irgendwo eine Frau lebte, die er vielleicht liebte, mir gegenüber aber nie erwähnt hatte, so war er offenbar entschlossen, mir nicht die Last ihres Namens aufzubürden, es war wohl nichts geblieben, was er mir hätte auftragen wollen.

Vielleicht hätte ich ihm sagen sollen, daß seine Enttäuschungen für mich auch Hoffnung bargen, denn getrogen hatte ihn nur der selbstherrliche Verstand, der sich einbildete, alles zu wissen, und sich weigerte, Raum für das Unerklärliche zu lassen, also für Gott, die Ewigkeit oder die Erlösung. Hätte er mich überhaupt verstanden, hätte er mich noch gehört?

Ich sah, daß ihm das Kinn auf die Brust gesunken war, er war ganz zur Seite gerutscht. Ich löste die Schraube hinten am Bett und brachte den Kopfteil in eine horizontale Lage. Vater wachte dabei nicht auf, und er öffnete die Augen auch nicht, als ich ihm über die Stirn strich.

Zu Hause erwartete mich ein junger Mann, der zufällig gerade aus der Stadt in der Nähe des Heiligen Berges gekommen war. In seiner Wohnung hatte ich ihm und einigen seiner Freunde vor etwa zwei Jahren meine Erzählungen vorgelesen. Seitdem kam er gelegentlich vorbei, um sich mit mir über Literatur zu unterhalten. Er war immer tadellos gekleidet, hatte das helle Haar vermutlich frisch onduliert, und in seinen grauen Augen lag etwas schmerzlich Sorgenvolles, als ob er mehr Lebenslast und Verantwortung auf sich genommen hätte, als er tragen konnte. Er interessierte sich für Kierkegaard, Kafka und Joyce, aber auch für den Film und die bildenden Künste. In einer der Erzählungen, die ich an jenem Abend vorgelesen hatte, wurde Hegedušić erwähnt; als ich geendet hatte, wies er mich darauf hin, daß es bei uns einen Kurzfilm über ihn gab. Es überraschte mich, daß sich dieser junge Mann, der als Techniker im Bergwerk am Heiligen Berg arbeitete, für den jugoslawischen Maler interessierte. Er war, das hätte verdächtig sein können, am Tag nach der berühmten Wallfahrt wiedergekommen, aber er verlor kein Wort über dieses Ereignis, das beruhigte mich. Er war gekommen, um sich mit mir über seine Zukunft zu beraten. Er hatte beschlossen, bei der Zeche zu kündigen. Er wollte sich nach einer unqualifizierten Arbeit umsehen und versuchen, in Fernkursen Ästhetik, Kunstgeschichte oder Literatur zu studieren. Die

Arbeit, die er verrichte, versuchte er mir zu erklären, sei sinnlos. Die Leute, mit denen er umgehen müsse, widerten ihn an. Wenn er nur eine Ahnung hätte, sagte er, mit welchen Leuten er es zu tun haben werde, falls es ihm gelingen sollte, dorthin zu gehen, wohin es ihn ziehe! Ich blätterte in der neuesten Abhandlung eines typisch jerkischen Beamten, den man in der Universität installiert hatte, um dort das Vergessen lesbarer Literatur zu verbreiten.

Aus der Abhandlung las ich einige einführende Sätze über den Kommunismus vor, der zur höchsten Freiheit des Menschen und des Menschengeschlechts geworden sei und dem Schriftsteller folglich ein nie dagewesenes Feld eröffne, wohingegen aus den USA, der Hochburg der Unfreiheit, die größten Künstler, wie etwa Charlie Chaplin, hätten fliehen müssen.

Mein Besucher lächelte. Er finde es annehmbarer, sich gratis und freiwillig jerkisches Gefasel anzuhören, als für guten Lohn die Landschaft zu zerstören und zu verseuchen und Erz zu fördern, aus dem andere für ebensolchen Lohn Sprengstoff fabrizierten, der alles in Schutt und Asche legen könne.

Was war am Anfang, was am Ende? Das Wort oder das Feuer, das Gefasel oder eine Explosion?

Beim Stichwort Sprengstoff erzählte mein Besucher, daß unbekannte Täter in der Erzgruben-Stadt unlängst das Denkmal des Arbeiterpräsidenten in die Luft gesprengt hätten. Dieser Präsident war vor über dreißig Jahren gestorben, mein Gast hatte keine Erinnerung an ihn, er wußte nur, daß er uns »die höchste Freiheit des Menschen und des Menschengeschlechts« aufgebürdet hatte und in ihrem Namen viele Unschuldige hatte beseitigen lassen, sogar eigene Freunde und Genossen. Er wollte gern hören, was ich über die Zerstörung des Denkmals dachte. Ich hätte den Eindruck, sagte ich, daß die Leute Denkmäler, zumal die neuen, kaum bemerkten, und falls sie es dennoch taten, an ihnen nichts Beeindruckendes fänden. Wen sollten die überdimensionalen Stiefel, Mäntel, Hosen und Aktentaschen denn auch ansprechen, über denen, mit kaum einem Sechstel der Gesamtmasse, ein Gesicht saß, dem man weder Geist noch Seele ansah. An den Denkmälern amtlich dekretierter Größen störe, daß sie scheußlich und erbärmlich seien, also die Umwelt verschandelten. Wenn man dann auch noch die Dargestellten sowie das Können der Künstler in Betracht ziehe, die solche Statuen gegen horrende Honorare zusammengeschustert hatten, gebe es wenig Hoffnung auf eine Veränderung. Die Welt werde ja von so vielem verschandelt! Wenn wir das alles vernichten wollten, wo sollten wir anfangen, und wo aufhören? Zerstören sei einfacher als erschaffen, und deshalb seien so viele Menschen darauf aus, deutlich zu machen, was sie ablehnten. Bleibe die Frage, was sie statt dessen erstrebten!

Der junge Mann nickte. Er hoffte, die Schule werde ihm bei der Suche nach dem Erstrebenswerten helfen. Er entschuldigte sich für die späte Störung und verschwand in der Nacht.

Auch die Buddhisten hatten eine eigene Vorstellung von der Apokalypse: Wenn alle unsere guten Taten, Liebe oder Verzicht, unsere Verbrechen nicht mehr aufwogen, würde das Gleichgewicht zwischen Gut und Böse im All zerstört. Dann würden aus allen Höhlen und Gewässern Schlangen, Krokodile, vielköpfige, drachenähnliche Ungeheuer und Echsen auftauchen, Feuer speien und nach und nach die Menschheit verschlingen. Dadurch würde die gestörte Harmonie der Welt und der Gleichklang von Stille und Nichts aufs neue wiederhergestellt.

Nacht und Stille und Nichts. In der schlafenden Stadt verloren sich Fernes und Nahes, Vertrautes und Fremdes in Finsternis. Wo, in welcher Finsternis, verlor sich uns Gott?

Kafka war mit seinem Fragen gleich beim ersten Schritt stehengeblieben, bei sich selbst, denn schon hier befand er sich in undurchdringlichen Tiefen. In einer Zeit, da zunehmend ein Intellekt regierte, der sich einbildete, von der Welt und insbesondere von sich selbst alles zu wissen, hatte Kafka das Mysterium entdeckt, als das ihm alles Gelebte galt.

Das Telefon klingelte. Ich lief in die Diele, hob den Hörer

ab und meldete mich, am anderen Ende herrschte jedoch Stille. Sie hörte mir zu und schwieg. Ich legte den Hörer auf und hob ihn wieder ab, das Schweigen war weg, das Freizeichen tutete.

Bist du das gewesen?

Du bist doch nicht böse, Liebling? Hast du schon geschlafen? Ich bin allein. Ich liege da und lese, und plötzlich fällt mir ein, daß es unsinnig ist: dazuliegen und von einem fremden Leben zu lesen. Ich bin traurig. Du nicht?

Jetzt?

Jetzt... Und überhaupt. Ich mache etwas und denke: wozu und für wen? Jetzt liege ich da, überall ist es still, aber warum soll ich so daliegen? Ich brauche mich nicht auszuruhen, wenn ich morgen sowieso nicht mehr lebe. Du hast behauptet, du fühltest dich herrlich mit mir, du hättest nie etwas so Vollkommenes erlebt. War das gelogen?

Du hättest es doch gemerkt, wenn ich dich in einem solchen Moment belogen hätte.

Warum kommst du dann nicht? Sag mir, was hat sich geändert, inwiefern habe ich mich verändert, daß du dich gar nicht mehr meldest? Was habe ich dir getan?

Nichts hast du mir getan, aber so konnte es nicht weitergehen. Weder für dich, noch für mich. So hin- und hergerissen konnten wir nicht weitermachen.

Und so wie jetzt geht es? Ja lebst du denn? Sag, hast du den Eindruck, daß du wirklich lebst?

Leben bedeutet doch nicht nur, miteinander zu schlafen.

Nicht? Und was hältst du für sinnvoll? Irgendeine wichtige Arbeit zusammenstoppeln, irgendein großes Kunstwerk?

Ich wollte nur sagen, daß es nicht geht, sich um jeden Preis zu lieben. Zum Beispiel auf Kosten anderer.

Und du bist der Meinung, wir hätten das getan?

Du nicht?

Das fragst du mich? Du, der du immer bereit gewesen bist, mich aufzugeben? Warum schweigst du, ärgerst du dich? Du mußt doch zugeben, daß du dich immer gegen mich entschieden hast.

Ich habe mich nie gegen dich entschieden, ich war nur nicht so ungebunden, daß ich mich hätte für dich entscheiden können.

Das hat dich aber nicht immer unbedingt gestört.

Es hat mich bei genau dem gestört, wovon du sprichst.

Ausreden, wie immer nur Ausreden, du weißt sehr gut, daß du mir nie eine Chance gegeben hast.

Eine Chance wozu? Waren wir denn nicht immer wieder zusammen?

Du bist nie nur mit mir zusammengewesen. Keine Woche. Keinen Tag! Nie bist du anders mit mir zusammengewesen als heimlich. Auch am Meer...

Hör auf zu weinen!

Und ich habe dir vertraut. Ich habe geglaubt, daß du mich gern hast und irgendeine Möglichkeit finden wirst, damit wir zusammenbleiben können. Wenigstens für einige Zeit.

Ich hatte dich gern. Aber mit irgendeiner Möglichkeit war das Problem nicht zu lösen. Menschen sind doch keine Gegenstände, die man abstößt, wenn sie ausgedient zu haben scheinen. Ich konnte entweder hier bleiben oder zu dir kommen.

Und du bedauerst nichts? Warum schweigst du? Wenn du mich schon nicht bedauerst, bedauerst du dann wenigstens dich?

Du meinst, ich sollte mich bedauern?

Es ist doch traurig, wenn man jemanden liebt und dann verliert.

Ich weiß, aber man kann auch noch mehr verlieren.

Was für ein Mehr könnte man noch verlieren?

Etwa die Seele.

Was weißt denn du von der Seele! Du redest dich nur heraus!

3

Der Morgen stieg aus den Herbstnebeln und färbte sich allmählich blau, am anderen Flußufer rasten seit Tagesanbruch die Autos derjenigen, die aus der verpesteten Stadt ins Wochenende flohen. Beim Frühstück las ich in der Zeitung das Gedicht eines Autors, der auf jerkisch schrieb:

Händekette

wer weiß wer weiß
wo schönheit entsteht
wo glück uns sucht
warum liebe uns glaubt

menschen menschen
dämmert etwa schon der tag
kinder können spielen
überall weiß der frieden

menschen menschen
immer wachsam geblieben!
sturm ernten müssen
die wind säen

menschen menschen
wir sind nur eine händekette
sind nur musik des träumens
sind nur schönheit der taten

Für das Gedicht aus 58 Wörtern einschließlich des Titels benötigte der Autor lediglich 40 jerkische Ausdrücke und null originelle Gedanken, Gefühle oder Bilder. Die allgemeinen

Bezeichnungen: Schönheit, Glück, Liebe, Friede, Menschen, Kinder waren vollkommen austauschbar, Sinn oder Unsinn des Gefasels blieb unverändert. Ein jerkischer Poet wäre wohl auch mit 225 Wörtern überfordert.

Auf der anderen Flußseite, man brauchte nur über die Brücke zu gehen, gab es Felsen und Wälder. Früher waren wir oft mit den Kindern dort, jetzt hatte man in dem Areal angeblich eine riesige Mülldeponie angelegt. Meine Frau war nach langer Zeit wieder einmal einverstanden, auf die andere Seite zu gehen, sie freute sich, daß wir zusammen einen Ausflug machten.

Unter der Brücke spielten Zigeuner Fußball, die Beete einer Gärtnerei wirkten wie ein ausgerollter orientalischer Teppich. Meine Frau ging mit energischem Schritt vor mir, die Angst schien von ihr gewichen zu sein, sie schien neue Hoffnung gefaßt zu haben: Hoffnung auf ein Leben, das man in Eintracht und Liebe leben konnte. Ich spürte erleichtert eine Nähe, die unbelastet war von Verstellung oder Lüge, und ich empfand die Leichtigkeit des beginnenden Tages, in den ich voller Erwartung hinaustrat.

Das Wandern in der freien Natur begeisterte mich wohl auch deshalb, weil ich es in der Kindheit hatte entbehren müssen. Das erste, was ich im Leben schrieb – ich war damals elf Jahre alt und seit über einem Jahr in der Festung Theresienstadt –, handelte nicht von Liebe und Leid oder von meinem Schicksal, sondern von der Landschaft:

Wenn man den steilen Hang des Laurenzibergs hinaufsteigt, fühlt man sich wie ein schwebender Vogel. Und da sieht man sich dann um. Man erblickt so viele Kleinseitner Dächer, daß man zu atmen vergißt und bedauert, daß man nicht wirklich ein Vogel ist und sich also niemals auf ihnen niederlassen und ihr Geheimnis aus der Nähe sehen wird.

Damals wußte ich noch nicht, was ich tat, ich hatte keine Ahnung, wie viele Bücher schon geschrieben worden waren, welche großen Geister darin sprachen. Ich schrieb, weil mich die Sehnsucht nach Freiheit verzehrte, und Freiheit für mich den Umständen entsprechend bedeutete, dem Lager zu entkommen und durch die Straßen und Gassen meiner Heimatstadt zu spazieren.

Meine Frau blieb stehen und wartete auf mich. Ich holte sie ein und schloß sie in die Arme. Sie erstarrte in meiner Umarmung, ich spürte, wie sie zitterte.

Als ich sie vor Jahren kennenlernte, verstand sie wenig von dem, was ich empfand, wie ungeduldig ich sie immer erwartete, zu unseren Rendezvous kam sie regelmäßig zu spät. Ich stand am Rande des kleinen Parks unweit ihres Hauses im Schatten einer herrlichen Platane (im Winter unter deren kahlen Ästen) und beobachtete die Zeiger einer Straßenuhr. Immer wieder fürchtete ich, sie würde nicht kommen, ihr sei etwas zugestoßen, wir hätten einander verfehlt oder einer von uns hätte sich in der Zeit geirrt. Wenn sie endlich kam, konnte ich ihr vor lauter Freude darüber, daß sie doch noch erschienen war, nicht böse sein.

Wohin wir auch gingen, wir waren guter Dinge, ich hatte das Gefühl, daß wir nach denselben Zeichen suchten. Ihr verwandelte sich alles in Bilder, und ich fühlte mich leicht und wohl an ihrer Seite. Auch jetzt noch bemerkte ich, wie sehr sie sich freute, sie freute sich über alles, was wir antrafen oder entdeckten: über eine Blume, deren Namen sie nicht kannte, über das Dach eines fernen Gehöfts oder über eine Flaumfeder, die ein Raubvogel verloren hatte, am meisten über unser Zusammensein.

Darja hingegen war überzeugt, daß sie und ich zusammengehörten, wir hätten früher bloß nichts voneinander gewußt, oder es wäre noch nicht die richtige Zeit gewesen, einander so zu begegnen, wie wir uns jetzt begegnet waren. Die Bestätigung dafür fand sie in den Sternen, in den Karten, in der Prophezeiung einer alten Wahrsagerin, zu der sie sich einmal, als ihre Zweifel überwogen, auf den Weg gemacht hatte.

Sie bestürmte mich: Warum lügst du zu Hause? Das ist beleidigend für mich, für deine Frau und für dich selbst. Sie entsann sich der Worte Buddhas, der da gesagt haben sollte: Niemandes Tat geht verloren, zu dir kehrt sie wieder zurück! Ich verstand diese Worte, ich verstand auch sie. Sie fragte mich: Warum gehst du nicht weg und kommst zu mir, warum wehrst du dich so gegen mich? Niemand liebt dich so wie ich!

Und wenn wir uns gerade deshalb lieben, weil wir uns immer aufs neue trennen und wiederfinden müssen?

Sie fuhr mit ihrem Mann nach Griechenland. Sie war so weit weg, daß mich ihre Stimme nicht mehr erreichte, oder nur als Lichtjahre entferntes nächtliches Raunen, auch ihre Zärtlichkeit verlor sich in der Ferne, ich atmete auf, als wäre ich aus einem schönen Exil heimgekehrt, von einem Berg herabgestiegen, wo ich mich zwar wohl, aber auch beklommen gefühlt hatte. Als wäre ich heimgekehrt in ein Zuhause, das ich unnötigerweise und leichtfertig verlassen hatte.

Ich fuhr mit meiner Frau in Urlaub, unterwegs machten wir halt in dem Ferienlager, das unser Sohn leitete.

Wir aßen aus Schälchen einen Brei, der nach verbranntem Holz schmeckte, und abends sangen wir am Feuer. Lída übertönte mit ihrer Stimme alle anderen Stimmen, als wollte sie meiner Seele alles Fremde und Schlechte austreiben. Es fing an zu regnen, das Feuer qualmte, wir duckten uns gemeinsam unter einen Gummimantel, hielten einander wie bei einer Umarmung, und mir kam es so vor, als hätten sich meine Lügen spurlos verflüchtigt, ich würde nie wieder auf diese Weise lügen müssen. Ich wünschte mir, daß die Zeit stehenblieb und die Rückkehr meiner Geliebten nicht näherrückte, denn auch sie konnte ich nicht betrügen, nicht verstoßen. Und plötzlich regte sich etwas in mir, zwischen den Regentropfen hörte ich ihren raschen Schritt, sah sie aus dem Dunkel auftauchen und auf dem Steinpfad zwischen Olivenbäumen dahinhasten, ich sah sie allein, obwohl ich wußte, daß sie nicht allein war. Sie lebte in mir jedoch abgesondert von allen anderen Menschen, bis auf einen braungebrannten Dörfler vielleicht, der ihr Wein einschenkte. Und ganz von fern drang gedämpft das Gebrüll des Minotaurus zu mir herüber. Ich krümmte mich unter dem Ansturm der Sehnsucht.

Die Tage gingen dahin, bald trennten uns nur noch zwei Stunden Fahrt und keine Grenze, ich hätte sie umarmt, wenn sie in diesem Moment zu mir zurückgekehrt wäre.

Und da kommt sie mir entgegen, wirklich und leibhaftig, gebräunt von der Sonne des Südens, ich erkenne sie schon von weitem an ihrem beschwingten Gang. Auch sie erkennt mich, hebt die Hand zu Gruß, wir rennen einander jedoch nicht entgegen, wir gehen aufeinander zu, und sie sagt: Ich habe dir einen Stein vom Olymp mitgebracht. Und schlägt die Augen zu mir auf und umfängt mich mit ihrem Blick, daß ich voller vorausahnender Wollust aufstöhne.

Wir gingen jetzt durch ein Vorstadtwäldchen, am Wegesrand wuchsen Täublinge und Champignons, zwischen den Fichtenzweigen blaute der Himmel. Meine Frau wollte wissen, ob mich die Straßenreinigung nicht frustriere.

Sicher würde sie mich frustrieren, wenn ich diese Arbeit mein Leben lang machen müßte.

Und die Menschen, die sie wirklich jahrelang verrichten müssen?

Ich wußte nicht, was ich ihr über diese Menschen erzählen sollte. Straßenkehren unterschied sich kaum von vielen anderen Arbeiten, die ebensowenig beflügelnd waren, und die Straßenkehrer verkürzten sich die Zeit genauso wie andere Leute auch, indem sie miteinander sprachen und an bessere Tage zurückdachten. Vielleicht wollten sie sich auf diese Weise über ihr gegenwärtiges Dasein hinwegtrösten, wahrscheinlich aber redeten sie nur, damit die Zeit verstrich.

Ob ich nicht den Eindruck hätte, sie seien irgendwie stigmatisiert, zurückgesetzt oder erniedrigt?

Ich überlegte mir eine Antwort, aber meine Frau fragte nur, um mir von ihren Erfahrungen mit den Patienten berichten zu können, deren Umwelt sie zu Opferlämmern ausersehen und dadurch zeitlebens stigmatisiert habe, weshalb dann auch ihr Selbstbewußtsein und die seelische Gesundheit litten.

Ich fragte, ob das unumgänglich sei, und meine Frau bejahte. Die Menschen stillten auf diese Weise das natürliche Bedürfnis, jemanden zu finden, auf den sie ihre Sünden abladen könnten. Seit Urzeiten sei höheren Mächten geopfert worden, zumal bei festlichen Anlässen, und als Opfer seien diejenigen auserkoren worden, die als die Besten oder Reinsten der Gemeinschaft galten. Doch heute gebe es kein Ritual mehr, bei dem irgendwelche Opfer dargebracht würden – wenn man vom symbolischen Opfer des Leibes Christi einmal absehe. Doch die Notwendigkeit des Opfers gebe es immer noch. Heute wählten die Menschen meist die Schwächsten und Verwundbarsten aus. Sie vergössen zwar nicht mehr deren Blut, aber sie zerstörten ihre Seele. Die häufigsten Opfer seien Kinder.

In einer Straße der Wohnsiedlung, durch die wir mit unserem Trupp kamen, waren sämtliche Mülltonnen überfüllt, Gehsteige und Fahrbahn mit Abfällen übersät. Vor einer der Tonnen breitete sich eine rote Lache aus, es hätte Blut sein können. Die Lache war mit einer Staub- und Schmutzschicht überzogen, auf der ein paar fettige Papiere klebten. Frau Venus wandte sich ab. Ihr indianisches Gesicht hatte sich gelblich verfärbt: Pfui Teufel, das kann ich nicht sehen. So hab ich sie gefunden – meine Anča.

Sie erzählte mir, daß sie vor ihren drei Söhnen eine Tochter gehabt hatte. Die hatte sie im Kinderwagen vor dem Laden gelassen, in dem sie einkaufte. Sie hatte schon bezahlt, als draußen ein gellender Schrei ertönte, dann prallte etwas krachend gegen die Hauswand, und die Schaufensterscheibe fiel in Scherben. Sie rannte hinaus, auf dem Gehsteig lag ein umgestürzter Laster, am Boden zwei Erwachsene, überall Blut, und vom Kinderwagen war nichts mehr übrig.

Ich hab mich wie toll aufgeführt, das besoffene Schwein hinterm Steuer hätt ich glatt erschlagen, wenn man mich gelassen hätt. Aber die sind angerannt gekommen und haben mich festgehalten, dann hat mir der Notarzt eine Spritze gegeben.

Damals hatte sie noch in Topolčianky auf dem Gestüt gearbeitet. Und ein paar Tage, nachdem man ihr die Kleine umgebracht hatte, stürzte ihr Lieblingspferd Edita, eine Fuchsstute mit weißen Fesseln, an einem Hindernis und brach sich die rechte Vorhand gleich unterhalb der Kastanie. Der Veterinär behauptete, die Stute würde nie mehr gehen können, geschweige denn laufen, und wollte die Stute töten. Frau Venus rannte zum Verwalter und bat, ihr die Stute anzuvertrauen. Der Verwalter wußte, was ihr widerfahren war, und hatte Mitleid mit ihr. Sie verbrachte mit Edita jede Minute, die ihr blieb. Sie verfertigte ihr eine Schiene, mischte Salpeter mit den Blättern von Sichelkraut und Kresse und wechselte diese Umschläge mit einer Salbe ab, die ihr der Tierarzt schließlich doch gegeben hatte. Mit der Stute konnte sie so sprechen, wie sie mit ihrer Kleinen gesprochen hatte, das Tier verstand sie. Wenn Frau Venus in der Nacht aufwachte und ihre Kleine verstümmelt und in ihrem Blut auf dem Gehsteig liegen sah, lief sie in den Stall; die Stute schlief nie, schaute nach ihr aus, als wüßte sie, daß sie kommen würde. Nach einem halben Jahr ritt sie Edita bereits, man erlaubte ihr sogar, sie bei sich daheim fürs Hindernisrennen anzumelden und selbst zu reiten. Als sie dann am Start wartete, vergaß sie zum erstenmal, was ihr widerfahren war.

Und haben Sie gewonnen? fragte ich.

Ach wo! Bis zum dritten Hindernis haben wir mitgehalten. Ich war halt so aufgeregt, daß ich Bauchweh gekriegt hab, dann hab ich die Edita gar nicht mehr geführt, die ist von selbst gelaufen, wie sie gewollt hat. Wir sind mit zehn Längen Abstand als letzte ins Ziel, aber durchgekommen sind wir!

Als wir auf der anderen Uferseite tiefer in das Wäldchen kamen, nahmen die Abfälle auf der Erde zu, und nicht nur auf der Erde – auch die Zweige der Bäume waren mit durchsichtigen Plastikfetzen behängt. Bei jedem Windstoß berührten sie einander, verflochten und umschlangen sich wie besessen Liebende und raschelten dabei. Zugleich wehte uns der Gestank von Fäulnis, Schimmel und Verwesung entgegen.

Auch der Weg auf den Olymp, hatte Darja mir einmal erzählt, führe zwischen Abfällen hindurch, und der Weg auf den Fudschijama, den sie erstiegen hatte, sei ebenfalls von Unrat gesäumt. Auf dem Mount Everest lägen fast bis zum Gipfel leere Benzinfässer, zurückgelassene Zelte und Plastikgeschirr herum. Sogar ein abgestürzter Hubschrauber roste dort vor sich hin.

Meine liebe Lída irrte, wenn sie annahm, Straßenkehrer müßten sich zurückgesetzt und erniedrigt fühlen. Sie konnten sich im Gegenteil, falls ihnen daran gelegen war, für das Salz der Erde halten, für die Hygieniker einer Welt, die zu erstikken drohte.

Ich fragte, ob denen, die das Stigma des Ausgestoßenseins trugen, geholfen werden könne. Meine Frau, die dankbar war für jede Frage und immer nach einem Hoffnungsschimmer Ausschau hielt, erwiderte, am besten sei wohl eine Psychotherapie, die helfe, die Gründe aufzudecken, aus denen heraus jemand von andern abgelehnt werde, und außerdem das Gefühl erlittenen Unrechts oder der Minderwertigkeit aus dem Unterbewußtsein ins Bewußtsein hebe.

Meine Frau hatte es sich zur Lebensaufgabe gemacht, anderen Menschen neue Hoffnung zu geben. Sie litt unter der Not der Leute, sie litt mit jedem Ausgestoßenen, bemühte sich, sein Schicksal zu lindern, ihm zu helfen, seine Seele zu erforschen und zu erkennen, was er allein nie erkennen würde. Wenn sie glaubte, damit Erfolg zu haben, freute sie sich, daß sie nicht vergebens lebte.

Mir ist, sagte ich, am meisten am Thema Freiheit gelegen.

Wie kannst du über Freiheit schreiben, wenn du selbst unfähig bist, frei zu handeln, wandte Darja ein. Damit meinte sie, daß ich es nicht fertigbrachte, meine Frau zu verlassen.

Ich weiß nicht, sagte ich, warum jemanden zu verlassen mehr Freiheit bedeuten soll, als bei ihm zu bleiben.

Wenn es so sei, solle ich doch bei ihr bleiben, bei diesem monströsen Weib, das sich an fremdem Unglück weide, und sie in Ruhe lassen.

Vor einigen Tagen war nahe der irischen Küste ein Flugzeug mit 325 Passagieren abgestürzt. Weder die Triebwerke noch die Instrumente hatten versagt, die Maschine hatte keinen Kirchturm gestreift und war auf keinen im Nebel verborgenen Berg geprallt – an Bord war eine Zeitbombe explodiert. Unter den Opfern befanden sich auch achtzig Kinder. Auf dem Meer, schrieben die Journalisten, die wußten, daß die Menschen in ihren sicheren vier Wänden rührende oder sensationelle Einzelheiten liebten, seien Puppen und andere Spielsachen geschwommen.

Die Helden dieser Geschichte hatten im Flugzeug einen Sprengsatz angebracht und waren nicht nur entschlossen und ohne Mitleid gewesen, sondern hatten wahrscheinlich auch für irgend jemandes Freiheit gekämpft. Von Freiheit sprachen immer die am lautesten, die sie anderen vorenthielten. Die Konzentrationslager zur Zeit meiner Kindheit trugen das Motto ›Freiheit‹ direkt über dem Eingangstor.

Ich kam immer mehr zu der Überzeugung, daß eine Tat nur dann freiheitlich sein konnte, wenn sie Ausdruck der Humanität war, wenn sie vom Richter über sich wußte. Eine solche Tat ließ sich ebensowenig mit Akten der Willkür, des Hasses oder der Gewalt vereinbaren wie mit dem eigenen selbstsüchtigen Interesse. Und: die Freiheit nahm nicht zu, auch wenn es manchmal so schien; was zunahm, waren allenfalls überflüssige Staatsaktionen, Dinge, Wörter, Unrat und Gewalt. Und weil nichts von der Oberfläche des Planeten verschwand, würden uns die Früchte unserer Taten eines Tages unter sich begraben.

Zwischen Kreta und Rhodos liegt die Insel Karpathos mit dem Ort Olimbos, bestehend aus einer kleinen Kirche und einigen Dutzend Häusern, die sich in Terrassen an der Flanke eines fast kahlen Berges eingenistet hatten. Die steinernen Häuser hatten flache Dächer und drängten sich an die schmalen Gäßchen. Hier traf man noch Frauen in Trachten, die so schwarz waren wie ihr Haar, und die gebräunten Gesichter der Männer hatten etwas Archaisches. Auch die Stille und die

Geräusche, sagte sie, waren uralt. Dorthin sollten wir zusammen fahren, es sei eine Eingebung gewesen, sie hätte, als sie durch die steilen Gassen zur Kirche gegangen sei, mit absoluter Sicherheit gewußt, daß sie noch einmal hierher zurückkommen würde, und zwar mit mir. Dort würden wir vielleicht bleiben und alt werden. Sie führte mich zwischen Trümmern und in Kirchenruinen und durch kleine Dörfer, deren Namen ich sofort vergaß und die zu Füßen von Bergen lagen, deren Namen auch sie nicht kannte. Ich roch den Duft von Rosmarin, Tamarisken und Lavendel, ich roch die Ausdünstungen des heißen, ausgebrannten Bodens, ich hörte das Zirpen der Zikaden und das Geschrei der Esel, ich hörte Glocken, Hochzeitsglocken über mir, und gemeinsam spürten wir, was andere nicht spürten: den Geist des Atems und den Atem der Geister.

Sie stellte sich ihr künftiges Leben vor und bezog mich unbeirrbar darin ein, sie stellte sich Reisen vor, die wir gemeinsam unternehmen würden, und sie stellte sich das Alter an meiner Seite vor, als gehörten wir tatsächlich für immer zusammen, als gäbe es diejenigen gar nicht mehr, die neben und mit uns lebten.

Ich versuchte, meine Beklommenheit abzuschütteln und mein Bedürfnis, aus dem Bannkreis ihrer Vorstellungen auszubrechen, und zugleich wünschte ich mir, bei ihr zu sein. Wenigstens einen Tag, wenigstens eine, und sei es noch so kurze, Spanne Zeit.

Und so liebten wir uns mit aller Kraft und Leidenschaft, aus Furcht und aus Einsamkeit, aus Verlangen und aus Hoffnungslosigkeit. Die Zeitspannen häuften sich und verbanden sich zu Wochen, zu Monaten. Die Winde wehten, die Gewitter zogen vorüber, es schneite, mein Sohn begann Informatik zu studieren, er interessierte sich zunehmend für Programme zur Verbesserung der Welt, in der er leben mußte, ihre Tochter wuchs heran und wollte Agronomin werden, uns trieb ein Regenguß in den verlassenen Keller, wo wir uns aneinanderdrückten, als hätten wir uns nach langer Trennung wiedergefunden, wir wateten durch das bunte Laub im Park, wo uns die Raben aus der Krone des Tulpenbaums ihr »Nimmermehr« zuriefen. Ihr Mann wurde krank, so daß ihr für mich kaum Zeit blieb, doch sie schrieb mir lange Briefe, in denen sie mich umarmte, liebkoste und verwünschte: Ohne Dich ist das Leben fast wie der Tod! Mein Sohn feierte seinen zwanzigsten Geburtstag, er sollte sich ein nützliches und zugleich erfreuliches Geschenk aussuchen, nach langem Überlegen wünschte er sich einen Geigerzähler. Meiner Frau entging nicht, daß ich oft wortkarg war, sie fand mich abgemagert und fragte deshalb, ob ich mich manchmal nach der Anderen sehnte, sie schlug sogar vor, sie gelegentlich zu uns einzuladen, dann fuhr sie selbst zu einem einwöchigen Kolloquium, und ich konnte mich Tag und Nacht meiner Geliebten widmen.

Im nächsten Frühling, sagte Darja zu mir, geschieht endlich etwas Entscheidendes.

Wieso gerade im Frühling?

Jupiter werde ihr nach zwanzig Jahren wieder ins Haus des Lebens treten.

Und tatsächlich, zu Frühlingsbeginn bekundete ein Genfer Galerist Interesse an ihren Objekten und schlug vor, für sie eine Ausstellung zu arrangieren.

Ich kam wie immer zu ihr ins Mansardenatelier, und schon an der Tür sah ich, das etwas Ungewöhnliches vor sich ging, Schränke und Kisten, auf die seit Jahren der Ruß aus einem nahen Schornstein niedergegangen war, standen offen; wohin ich auch schaute, häuften sich ihre Kreationen und Kreaturen, Sukkuben, Hexen, Teufelchen, schamlose Exhibitionisten, Engelsgeschöpfe, Schakalmänner und gewöhnliche Trunkenbolde aus Kleinseitner Kneipen, das meiste sah ich zum erstenmal.

Sie gab mir einen Kuß, machte einen Stuhl frei, teilte mir die Neuigkeit mit, breitete die Arme aus und klagte, sie wisse sich keinen Rat mehr. Eine Zeitlang packten wir ihre alten Skulpturen aus den Kisten aus, sie stellte eine nach der andern auf den Modellierbock, betrachtete das Werk aufmerksam wie ein

Archäologe, der einen ungewöhnlich großen Scherben ausgegraben hat, und stellte es dann erst zu den anderen.

Sie wisse nicht, ob sie diese Ausgrabungen überhaupt ausstellen dürfe. Sie zeigte auf den Kopf einer Greisin, den habe sie noch auf der Schule gemacht, ihre Großmutter väterlicherseits. Sie sei neunzig Jahre alt geworden und habe mit dem linken Auge geblinzelt und mit dem rechten gelächelt. In der hohen Stirn erkannte ich die Stirn von Darja wieder, und auch das Lächeln der Alten kannte ich.

Dieser bronzene Jüngling mit dem gesenkten Kopf, in dem sich eine Öffnung befand, in der wiederum eine langstielige Blume mit gesenktem Kopf steckte, sei der selbstmörderische Student, sie habe mir doch von ihm erzählt. Sie habe damals die Angehörigen ihrer Familie darstellen wollen, von denen sie etwas gewußt habe, vieles läge noch in der Kellerwerkstatt. Dann sagte sie: Der Galerist wird mich zur Vernissage einladen, und du fährst mit mir.

Wie, fragte ich, soll ich denn in die Schweiz kommen?

Ich weiß nicht wie, aber ich weiß, du wirst meine Ausstellung sehen.

Ich konnte mir nicht vorstellen, was alles hätte geschehen müssen, damit die Behörden mich in die Schweiz und wieder zurück reisen ließen, aber ich schwieg, um sie mit meinem Kleinmut und mit meinem Zweifel an ihren Vorahnungen nicht zu erbosen.

Als ich aufstand, um zu gehen, hielt sie mich nicht zurück und begleitete mich auch nicht hinaus, sie wollte noch arbeiten.

Ich besuchte sie jeden zweiten Tag, sie wünschte es sich so, und traf sie jedesmal bei der Arbeit an. Eine neue Skulptur blickte mich aus steinernen oder tönernen Augen an, in deren Blick ich eine bekannte Leidenschaft entdeckte. Ihre Schöpferin arbeitete weiter, während ich zum Mittagessen ein einfaches Pfannengericht bereitete, dann legte sie das Werkzeug weg, zog den verschmierten Kittel aus und wusch sich die Hände. Von da ab wollte sie nichts mehr von Arbeit wissen, doch bevor wir einander umarmten, mußte sie mir noch sagen, worüber sie nachgedacht, mit wem sie gestern getrunken, was man ihr auf dem Amt gesagt hatte, das die Ausstellung vermitteln sollte, und außerdem mußte sie mir einen Traum erzählen. Ihr Tag war so reich, daß sie nie ins Himmelreich gelangen konnte.

Ich bewunderte sie. Ich an ihrer Stelle hätte vor dem Modellierbock wahrscheinlich Wochen zugebracht und kaum eine oder zwei Plastiken vollendet.

Woher willst du das wissen?

Ich weiß doch, wieviel Zeit ich brauche, um mir einen Satz auszudenken, mit dem ich wenigstens halbwegs zufrieden bin.

Das kommt von deiner Sturheit, erklärte sie. Du willst alles mit Verstand und Kraft bewältigen. Du bist außerstande, dich dem Leben hinzugeben.

Wenn ihr die Arbeit keinen Spaß mache, gehe sie sich mit einer Freundin betrinken, ein andermal komme sie her ins Atelier, setze sich, wolle nichts, zwinge weder ihre Gedanken noch ihre Vorstellung in irgendeine Richtung, starre nur vor sich hin, als starre sie in den blanken Himmel, in klares Wasser, ins Leere. Wenn sich nichts einstellen wolle – auch gut. Aber plötzlich erscheine ihr eine Form, ein Gesicht, ein Bildnis, vielleicht auch nur ein Farbfleck, der sich manchmal verdichte, manchmal aber auch verblasse. Sie könne nicht sagen, woher diese Gebilde kämen, sie fühle sich als bloße Vermittlerin, Vollzieherin eines höheren Willens. Dann tue sie rasch, was sie tun müsse, und das falle ihr leicht. Sie überlege nicht, was dabei herauskommen werde, denn das sei nicht ihre Sorge, sondern die Sorge dessen, der ihr die Idee eingegeben habe. Wenn ich auf diese Weise schriebe, würde es mir auch leichter fallen.

Aber ich kann nicht so arbeiten wie du, ich bin anders.

Du weißt nicht, wie du bist, sagte sie mit Überzeugung.

Und wer weiß das?

Ich, weil ich dich liebe.

Wie bin ich also?

Du bist mehr leidenschaftlich als vernünftig.

Ich wußte nicht, ob ich leidenschaftlich war, wußte aber, daß sie es war. Ihre Leidenschaft würde uns eines Tages beide vernichten.

Das nächstemal traf ich sie in Tränen aufgelöst an, um sie herum lagen Scherben, der Modellierbock war leer.

Was ist passiert?

Nichts. Was soll passiert sein? Geh lieber, ich bin heute nicht in Stimmung.

Hat dich jemand gekränkt?

Alle kränkten sie, aber davon spreche sie jetzt nicht.

Wovon sie dann spreche?

Wie ich so fragen könne? Ob ich denn nicht kapiere, nicht sehe, was los sei? All unser Arbeiten tauge nichts, sei nur überhebliches und müßiges Kunstgetue. Nur ein verzweifelter Abklatsch und ein endloses Wiederholen dessen, was schon unzählige Male wiederholt worden sei. Und wenn es ihr mitunter gelänge, etwas Neues einzufangen, eine Eingebung zu realisieren, wer würde das schon erkennen, wer würde das schon sehen? Sie wisse nicht, warum sie ausgerechnet diesen Beruf gewählt habe, es sei eine nutzlose, unerfreuliche, aufreibende Schinderei. Sie hasse die Kunst! Sie wolle nirgendwo ausstellen, und schon gar nicht jemandem ihre Stümpereien vorführen! Es sei sinnlos!

Und was sei mit Barlachs Engel?

Ja, Barlachs Engel – der sei entfernt worden. Er habe nur deshalb überlebt, weil Engel unsterblich seien. Sie lächelte unter ihren Tränen. Wenn du mir Modell stehen würdest, wenn ich dir Flügel machen würde, wärst du vielleicht auch unsterblich.

Ich werde dir Modell stehen.

Komm lieber her und leg dich zu mir!

Wir umarmten uns, und sie vergaß allen Kummer, freute sich schon darauf, daß wir uns am Ufer des Genfer Sees lieben würden.

Drei Tage später erfuhr sie von der Institution, vielmehr von der Agentur, die als einzige berechtigt war, Auslands-Ausstellungen zu veranstalten, also zu vermitteln, daß sie ihre Ausstellung nicht vermitteln würde.

Ich erkundigte mich nach dem Grund der Ablehnung. Sie zuckte die Achseln.

Ich vermutete, daß es meinetwegen war.

Schon möglich, Liebster, sie beneiden mich um dich, sie wissen, daß sie von niemandem so geliebt werden.

Wir verfaßten einen Brief an die Behörden. Kaum hatte sie ihn abgeschickt, besuchte sie eine befreundete Kartenlegerin, um etwas über die Chancen des eingelegten Widerspruchs zu erfahren. Als sie hörte, daß sie nicht günstig standen, beschloß sie, die Ausstellung nicht in Genf, sondern in Kuttenberg zu veranstalten.

Wir gingen weiter in die Richtung, in der ich die Mülldeponie vermutete. Die Bäume ringsum waren immer dichter mit Plastikfetzen behängt. Am Fuße kümmerlicher Stämmchen lagen verdreckte, zusammengeknüllte Säcke, vergilbte Seiten jerkischer Zeitungen flatterten mitunter vom Boden auf wie scheußliche, ausgezehrte Vögel, die kraftlos mit dem verstümmelten Flügeln schlugen.

Franz Kafka wurde zu einem Lamm, das sich selbst zum Opfer bestimmt hatte. Es sieht nicht danach aus, als hätte seine Umgebung nach seinem Opfer so gelechzt, wie er danach gelechzt hatte, selbst Opfer zu werden. Wiederholt schildert er die Phasen, die ein Opfer durchleidet. Bis auf einige Ausnahmen wehrt sich das Opfer, ersinnt sogar komplizierte Methoden der Selbstverteidigung – doch sein tragisches Ende bleibt unveränderlich. Damit hatte Kafka das jüdische Schicksal in einer Zeit der Umwälzungen vorweggenommen. Seine jüngste Schwester endete in der Gaskammer. Das wäre höchstwahrscheinlich auch sein Schicksal geworden, wenn er nicht das Glück gehabt hätte, jung zu sterben.

Jüdische Autoren wie etwa Kafkas Zeitgenosse Werfel, später dann Bellow oder Heller, kommen auf das Thema des

Opferlamms mit einer Besessenheit zurück, die vielleicht unbewußt, vielleicht prophetisch ist. Das Thema des Opfers und des Opferpriesters, der bereit ist, eine unabsehbare Zahl von Menschen, wenn nicht gar die gesamte Menschheit, auf den Altar seines Gottes zu zerren, wird immer mehr zum Thema in einer Welt, in der die Menschen an das irdische Paradies ebenso glauben wie an die Wohltat der Umwälzungen, die in dieses Paradies hineinführen.

Endlich lag der Wald hinter uns. Vor uns erhob sich hinter einem hohen Maschenzaun ein Berg voller Risse, Klüfte und Buckel. Seine Hänge funkelten, wo die Sonnenstrahlen sich in Plastikfetzen brachen. Auf dem langgezogenen Kamm fuhr ein gelber Bulldozer, der mit seiner Pflugschar eine bunte Masse vor sich herschob. Nicht weit von uns führte eine Straße auf den Berg, den Zugang versperrte jedoch eine weißrot gestreifte Schranke. Als aus dem Wald ein orangefarbener Müllwagen herausratterte, hob ein unsichtbarer Wächter die Schranke, und der Wagen fuhr in das Sperrgebiet. Als er dann langsam den Hang aus Kunststoff hinaufkroch, flatterten zu beiden Seiten mit mächtigem Flügelschlag dickgemästete Krähen empor. Auf dem Kamm blieb der Müllwagen stehen und leuchtete im Sonnenlicht. Dann begann er sich zu entleeren. Kaum war er wieder angefahren, liefen aus einem unsichtbaren Versteck kleine Gestalten hervor. Sie hielten Rechen, Heugabeln und mit Haken versehene Stangen in den Händen oder schoben Karren und ausgediente Kinderwagen vor sich her. Alle stürzten sich auf den frischen Unrat und begannen fieberhaft darin zu wühlen, warfen Zeug von einem Haufen auf den anderen, legten Gegenstände beiseite, oder warfen andere, wohl noch verwendbare oder zum Verkauf taugliche, auf die Karren und in die Kinderwagen.

Bald merkten wir, daß da vor uns nichts planlos vonstatten ging, das geschäftige Treiben und Gewühle wurde von einem robusten, kahlköpfigen Dickwanst im schwarzen Anzug dirigiert. Im Gegensatz zu den anderen bückte er sich kein einzigesmal, um etwas aufzuheben, sondern bewegte sich gemächlich wie ein Aufseher hin und her. Da fiel mir auch sein Name ein, ich überraschte Lída mit der Mitteilung, dieser Kerl heiße meines Wissens Demeter, er habe das Recht, in diesem Berg nach Schätzen zu graben, teuer bezahlen müssen, ich wisse aber nicht, wem. Von Zeit zu Zeit gelinge es den Schatzgräbern sogar, eine Zinnschüssel herauszuholen, eine altertümliche Kaffeemühle, ein ausgedientes Fernsehgerät oder eine irrtümlich weggeworfene Banknote.

Als die kambodschanischen Opferpriester, die sich Rote Khmer nannten, Phnom-Penh besetzt hatten, waren sie auch in verlassene Banken eingedrungen, hatten die Tresore geöffnet, ganze Arme voll gebündelter Geldscheine weggetragen und sie zum Fenster hinausgeworfen – Rial, amerikanische Dollar, Schweizer Franken und japanische Yen: die Banknoten aller Währungen der Welt flogen zu den Fenstern hinaus, und keiner von denen, die in der Stadt noch am Leben waren, wagte eine davon aufzuheben. Die buntbedruckten Papiere zerstoben allmählich im Wind. Sie flogen mit Papierschnitzeln, Plakatfetzen und Ansichtskarten durch die Luft, trudelten auf die Gehsteige und mitten auf die Straßen herunter, die niemand fegen kam. Der Unrat verfaulte langsam, bis die Monsunregen ihn wegschwemmten und das Wasser des Mekong ihn ins Meer trug.

Kafka sehnte sich nach einer Begegnung. Sie war für ihn jedoch mit der Vorstellung einer Tiefe verbunden, deren Grund ihm unerreichbar zu sein schien. Er lebte jedoch in einer Zeit, die Umwälzungen über alles zu stellen begann. Was in Kunst und Gesellschaftsordnung umwälzend war, galt als bewundernswert oder wenigstens interessant.

Auch deshalb wird in seinen Sätzen und Bildern so hartnäkkig nach umwälzenden Botschaften gefahndet. Als ich jedoch seine Briefe an die zwei Frauen las, die er geliebt oder zu lieben sich bemüht hatte, nach denen er sich gesehnt und die er gefürchtet hatte, wurde mir klar, daß ich, sollte ich mich ebenso verhalten, dennoch nicht hoffen durfte, ihn zu verstehen.

Seine erste Liebe dauerte über fünf Jahre. Er lud die Geliebte zu sich, vertrieb sie wieder, beschwor sie, ihn nicht zu verlassen, falls sie ihn nicht zugrunde richten wolle, und beschwor sie zugleich, ihn zu verlassen, sonst würden sie einander zugrunde richten. Er verlobte sich mit ihr und floh vor ihr. Als sie schwieg und seine Briefe nicht beantwortete, beklagte er sein Schicksal und bettelte um ein einziges Wort ihrer Zuneigung. In der Begegnung mit der geliebten Frau, der Annäherung an sie, sah er eine Möglichkeit, sein Leben zu erfüllen, doch die Gelegenheit dazu verpaßte er immer wieder. Der Kampf, den er mit sich selbst führte, nahm ihn ganz und gar gefangen und erschöpfte seine Kräfte.

Konnte ein so redlicher Mensch über etwas anderes schreiben als über das, was sein Innerstes so heftig bewegte, womit er sich Tag und Nacht beschäftigte, als über den Kampf, den er führte, mochte dieser Kampf im Vergleich zu den umwälzenden Vorgängen auf der Welt noch so unbedeutend erscheinen? Hinzu kam, daß er, der meist von sich und für sich sprach, sich auch unter den Namen seiner Helden zu Wort meldete, die wahre Natur seiner Konflikte jedoch verbarg. Er war nicht nur scheu, sondern Künstler so durch und durch, daß er alles, was er erlebte, in Bildern ausdrückte. Die Martermaschine, die den Verurteilten langsam umbringt, erfand er genau zu der Zeit, als er sich nach anhaltendem Innenkampf entschlossen hatte, sich doch noch zu verloben. Einige Wochen später, als er die Verlobung, treubrüchig, wie er es empfand, wieder löste, ersann er den Prozeß, in dem ein Tribunal über einen Beschuldigten zu Gericht sitzt wegen eines Verbrechens, das dem Leser verborgen bleibt und oft als metaphysische Schuld oder als ein Gleichnis von der Erbsünde gedeutet wurde.

Darjas Ausstellung sollte in drei kleineren Räumen des gotischen Doms stattfinden. Der Katalog enthielt – zwanzig Zeichnungen eingeschlossen – nur dreiundsiebzig Nummern. Sie hätte einige Arbeiten mehr oder auch weniger ausstellen können, aber diese Zahl der Exponate erschien ihr als die günstigste, sie entsprach dem Geburtsjahr ihrer Tochter.

Fast zwei Wochen lang packten und transportierten wir Kisten mit Plastiken und Bildern, und Gesicht und Haare waren ständig von einem hellen Holzwollestaub bedeckt.

Du bist so lieb zu mir – sie klopfte sich den Staub von den Jeans und umarmte mich – und ich habe überhaupt keine Zeit für dich. Trink doch wenigstens einen Schluck Wein!

Sie versprach, mich später für alles zu entschädigen. Wir würden irgendwohin fahren, wo es mir gefallen würde, es müsse kein Wasser dort sein, weil ich Wasser ja nicht möge. Sie werde mit mir ins Gebirge fahren.

Ich sehnte mich weder ans Wasser noch ins Gebirge, ich brauchte auch keine Erholung, ich wollte in Ruhe arbeiten. Aber ich war lieb, erhob keine Einwände, packte die mitgebrachten Skulpturen aus, half beim Zusammennageln der Podeste und beim Einhängen der Schnüre, stellte die Beleuchtung ein und fuhr sie am Abend auf dem schnellsten Weg nach Hause.

Meine Frau ahnte, wie mir schien, noch immer nicht, womit ich den Großteil meiner Zeit verbrachte. Oder wollte sie es nicht wissen? Am Tag vor der Ausstellung fuhr sie zu einer Ethnologenkonferenz und erkundigte sich, ob es mir nichts ausmache, so lange allein daheim zu bleiben.

Ich ließ mir meine Erleichterung über ihre Abwesenheit gerade während dieser Tage nicht anmerken und sagte, ich könne ganz gut für mich selber sorgen.

Doch wenn ich wolle, sagte sie einlenkend, könne ich mit ihr fahren, die Leute, die dort zusammenkämen, würden mich bestimmt interessieren. Eine Zeitlang erzählte sie mir begeistert von Schlangenzüchtern, exotischen Schmetterlingen und von Sachverständigen für Eulen, Murmeltiere und weiße Hirsche. Sie wolle mir Ablenkung verschaffen, Erlebnisse, die mir in meiner Einsamkeit nicht widerführen. Als ich ablehnte, hatte ich ein schlechtes Gewissen. Ich war im Begriff, die angebotene Hilfe mit einem Betrug zu vergelten.

Zur Vernissage wurde meine Liebste von ihrem Mann gefahren. Endlich war er aus dem Dunkel aufgetaucht! Ich hatte mich erboten, an diesem Tag daheim zu bleiben, schließlich kannte ich ihre Arbeiten. Sie wünschte sich jedoch, daß ich sie gerade in dieser Situation nicht allein ließ. Ich mußte mich überwinden, mich vor dem unangenehmen Zusammentreffen nicht zu drücken, und hätte lieber eine Erkrankung oder einen Defekt am Wagen vorgeschützt, Ausreden hätten sich viele erfinden lassen, aber wenigstens ihr wollte ich nichts vorlügen, also fuhr ich hin.

Ihren Mann kannte ich lediglich von Fotografien, aber seine lange Basketballerstatur fiel mir sofort auf. Der Raum war voller Menschen, ich weiß nicht, ob auch er mich gleich bemerkte. Er unterhielt sich mit einem kahlköpfigen dürren Männchen, es war höchstwahrscheinlich ihr Vater, auch ihn hatte ich noch nie in natura gesehen, ich kannte niemanden von all den Leuten, ich gehörte einzig und allein zu ihr, es deprimierte mich geradezu, wie wenig ich hierher gehörte.

Sie kam fast augenblicklich auf mich zu. Ungewohnt, beinahe fremd, in einem langen, mohnvioletten Kleid. Auch ihr Gesicht wirkte fremd, die Fältchen, die ich so oft mit den Lippen berührt hatte, waren geschickt mit einer Schicht Creme und Puder kaschiert. Sie küßte mich, wie sie wohl auch andere Gäste geküßt hatte, und flüsterte mir dabei zu, sie liebe mich. Dann fragte sie, ob sie mir ihren Mann vorstellen solle. Sie bekenne sich vor allen zu mir –, und mit einemmal wußte ich nicht, ob ich mich darüber freute.

Eigentlich – warum soll ich Ihnen nicht die Hand geben? Ihr Mann beugte sich zu mir nieder und bedachte mich mit einem leicht gekränkten Lächeln. Obwohl ich nicht klein bin, überragte er mich um Haupteslänge, außerdem war er zehn Jahre jünger. Auf den ersten Blick gehörte er zu den Männern, denen die Frauen nachlaufen. Er sagte, Darja habe die letzten Wochen arg geschuftet und sich zu Hause kaum blicken lassen, und zuckte die Achseln, als wollte er anfügen, zu alledem komme ja auch noch ich hinzu, das sei wirklich kaum noch tragbar, doch statt dessen sagte er, er habe meine neuen Erzählungen gelesen; erst jetzt wäre ein Achselzucken angebracht gewesen, aber er lächelte wieder nur gekränkt und ließ mich stehen. Ich blieb nicht weit vom Eingang stehen, durch den ich nicht zu fliehen wagte. Mir war, als ob mich alle verstohlen beobachteten und ich vorübergehend zu einem der Exponate wurde. Zu meinen Füßen hätte ein Schildchen angebracht sein können: Berufsverbot, aber auf anderem Gebiet tätig. Oder: Der gelackmeierte Geliebte. Oder nur: Das ist er!

Im hintersten Raum war Darjas Schwester, die ich auch noch nie gesehen hatte, damit beschäftigt, belegte Brötchen anzubieten und in Pappbecher Wein einzuschenken. Ich nahm mir ein Brötchen, den Wein lehnte ich ab, weil ich mit dem Wagen heimfahren mußte.

Ein älterer Mann, ich kannte ihn von irgendwo her, sagte, etwas so Freies und Befreiendes wie hier habe er seit Jahren nicht mehr gesehen. Dabei sah er ihre Schwester an, ich war jedoch überzeugt, daß er mit mir sprach.

So ist sie eben, stimmte die Schwester zu. Als sie klein war, ist sie öfter ausgerissen und hat die Schule geschwänzt.

Ihr Mann näherte sich uns, ich entfernte mich hastig. Ich war außerstande, ihn zu ignorieren, doch regte sich in mir – zu meiner eigenen Überraschung – keine Eifersucht, als ginge es mich nichts an, daß er Nacht für Nacht mit ihr im Bett lag. Ich empfand allenfalls Verlegenheit, Scham, oder auch Gewissensbisse. Dieser Mann hatte mir nie etwas getan, ich hingegen drängte mich schon seit Jahren heimlich und heimtückisch in sein Leben.

Darja ahnte etwas von meiner Stimmung und kam, um mich zu trösten. Ihr Mann fahre gleich wieder zurück und nehme die ganze Familie mit, bald werde der Zirkus hier vorbei sein, bleiben würden nur einige Bekannte, manche habe sie jahrelang nicht gesehen, sie wolle sie und den Repräsentanten der Galerie auf ein Gläschen einladen. Man habe versprochen, zwei, drei Sachen zu kaufen, aber auch das werde bald vorbei sein, dann würden wir allein bleiben.

Ich fragte, ob ich mich um etwas kümmern solle, doch ihre Schwester hatte bereits zwei Tische reservieren lassen. Gern hätte ich ihr gesagt, wie sehr es mich freute, daß die Ausstellung gelungen sei, aber ich war wie gelähmt, und sie ging zum nächsten Gast, bevor ich mich fassen konnte.

Ihr Mann ging noch immer nicht, ich hörte sein lautes, herzhaftes, sportliches Lachen. Jeden Moment konnte er zu mir kommen, mir auf den Rücken klopfen und sagen, ich sähe trotz meiner Tolpatschigkeit recht amüsant aus, er habe sich den Liebhaber seiner Frau schlimmer vorgestellt. Eigentlich fühle er sogar mit mir. Zu allen Widrigkeiten, die ich hätte, auch noch das, was ich mir mit seiner Frau eingebrockt hätte! Vielleicht sollten wir wenigstens das endlich bereinigen.

Mir war, als müßte ich in der dicken Luft des engen Raumes ersticken.

Auf der Straße überraschte mich das grelle Licht. Ich kannte diese Stadt nicht. Obwohl wir uns in den letzten Wochen oft hier aufgehalten hatten, waren wir nie dazugekommen, einen Spaziergang zu machen. Ich bog in eine Gasse ein, die steil bergab führte. In der Nähe fand offensichtlich eine Kirmes statt, der Wind trug mir Fetzen von Karussellmelodien zu, und ich begegnete Kindern mit bunten Luftballons, Windrädern und flaumigen Zuckerwattebäuschen.

Früher war ich gern auf die Kirmes gegangen, um den Kunststückchen der Magier, Zauberer, Feuerschlucker oder Seiltänzer zuzuschauen, aber ich konnte mich nicht erinnern, wann ich so etwas zuletzt gesehen hatte. In jüngster Zeit hatte ich alle möglichen Vergnügungen – außer einer einzigen – ebenso vernachlässigt wie meine Freunde und Verwandten, wie alle Menschen. Am meisten jedoch hatte ich meine Arbeit vernachlässigt.

Es befriedigte mich nicht, wie ich meine Zeit verbrachte, aber ich konnte niemandem die Schuld daran geben außer mir selbst. Ich erreichte das Ende der Gasse und sah unter mir einen weiten Platz. Über dem Karussell strahlten verlockend die Lichtergirlanden, das Zirkuszelt war mit roten und blauen Wimpeln bekränzt. Riesige weiße Schwäne täuschten einen majestätischen Flug vor.

Ich blieb eine Weile stehen, beobachtete die wimmelnde Menge und verspürte bald den heftigen Wunsch, mich unter die Leute zu mischen, Gesprächsfetzen aufzuschnappen, Gesichter zu beobachten, mir Geschichten auszudenken, die ich ganz nach meinem Willen gestalten würde, etwas anderes zu tun als unablässig davonzulaufen und schuldbewußt nach Hause zu kommen.

Meine Frau behauptete, ich könne mein Kriegserlebnis nicht vergessen. Es hindere mich daran, mein Herz an irgendeinen Menschen zu hängen – weil ich wisse, daß ich litte, falls ich ihn verlöre, und nicht glauben könne, daß ich ihn behalte. Ich bliebe allein, auch wenn ich scheinbar neben ihr sei. Wahrscheinlich würde ich neben wem auch immer allein bleiben.

Ich hätte umkehren sollen, um meiner Liebsten die Feier nicht mit meinen Launen zu verderben, ging jedoch noch zum Schießstand und erbat mir von der Kirmesschönen ein Luftgewehr. Ich schoß einen Teddybär am Gummiband und einen Papagei aus bunten Flicken und Federn. Als ich die Trophäen entgegennahm, fand ich, daß sie besser zu mir paßten als die skurrilen Gebilde, denen ich für kurze Zeit entflohen war.

Einer der Schatzgräber spießte gerade einen roten Fetzen auf, zerrte ihn mit aller Kraft unter einem Haufen Asche und anderem Dreck hervor und wickelte ihn auf den Stecken. Als er damit endlich fertig war, winkte er eine Frau heran, mit der zusammen er den Stoff wieder abwickelte, und als sie ihn in der Luft auseinanderspannten, sahen wir, daß es sich um eine rote Fahne handelte, die nun auf dem Gipfel der Müllhalde im Wind flatterte.

Die Roten Khmer füllten die Leere ihrer Seelen weder mit Dingen noch mit Geld auf. Sie hatten erkannt, daß die Leere der Seele auch mit sämtlichen Dingen dieser Welt nicht zu vertreiben war, und versuchten deshalb, ihre eigene Leere mit Menschenopfern aufzufüllen. Doch die leere Seele ließ sich mit nichts füllen, selbst wenn es gelänge, die gesamte Menschheit zum Opferaltar zu schleppen, würde die Leere bleiben: entsetzlich und unersättlich.

Alles auf dieser Welt verwandelte sich nach und nach in Unrat, in Müll, der irgendwie aus der Welt geschafft werden mußte, aus der sich nichts wegschaffen läßt. Vor einiger Zeit verkündete eine jerkische Zeitung die frohe Botschaft, ein tschechischer Erfinder habe eine Maschine zur Vernichtung alter, wertloser Geldscheine, Wertpapiere und Geheimdokumente konstruiert. Im Ausland, so stand in dem Artikel, würden Geldscheine in Hammermühlen von der Größe zweistökkiger Häuser vernichtet. Dabei entstehe eine Masse, die so kompakt sei, daß jedes Kilogramm Geldscheine mit einem halben Liter Benzin übergossen werden müsse, wohingegen die tschechische Erfindung die Ausmaße einer mittelgroßen Drehbank nicht überschreite. Aus dieser phantastischen Maschine – möglicherweise von keinem geringeren als unserem Kapitän erfunden – falle ein ziehharmonikaartiges Häcksel heraus, das durch eine Rohrleitung direkt in den Kessel eines Heizwerks gejagt werde. Auf diese Weise werde nicht nur Benzin, sondern auch kostbare Steinkohle gespart.

Mittel und Wege zur wirksamen und wirtschaftlichen Beseitigung unbequemer Menschen waren schon seit langem erfunden.

Ich beobachtete, wie der Plunder auf den Karren zunahm. Einzelheiten waren auf die Entfernung zwar nicht auszumachen, aber es handelte sich zweifellos um Schuhe und Töpfe, Flaschen und Spielzeugpuppen, Säcke und alte Decken. Die Zeiten, in denen die Armen aus den vorstädtischen Bruchbuden nicht einmal einen Sack besaßen, um ihre Blöße zu bedekken, lagen hinter uns *und* vor uns.

Wieder wehte ein Windfetzen in unsere Richtung, doch diesmal trug er nicht nur den Gestank der Abfälle zu uns herüber, sondern auch Bruchstücke krächzender Stimmen und übermütiges Kindergejohle. Wenn Breughel oder Bosch noch lebten, hätten sie höchstwahrscheinlich hier gesessen und die Szene gezeichnet. Vielleicht hätten sie an verschiedenen Stellen des künstlichen Berges noch einige Figürchen plaziert und den Berg selbst noch etwas höher geschichtet, so daß sein

Gipfel den Himmel berührte, und vielleicht hätten sie an seinem Fuß eine glückstrahlende Schatzsucherin dargestellt, die nimmersatte verrückte Grete. Ich weiß nicht, wie sie das Bild genannt hätten. Vielleicht Totentanz oder Irdisches Paradies. Oder Armageddon oder einfach Dulle Griet.

Mir war, als müßte wirklich jeden Moment ein neuer orangefarbener Wagen ankommen und Schädel und Gebeine auf den Haufen auskippen. Die Schatzsucher dort oben zerrten gerade an einem alten Kissen, und wie sie sich mühten, es aus dem anderen Krempel zu reißen, platzte es auf, und da der Wind gerade stärker blies, begannen die Federn emporzuschweben und zusammen mit leichten Papierschnitzeln, Plastikfetzen und Ascheflöckchen in der Luft zu kreisen, und die Tänzer darunter verschwanden fast in dem Gewirbel. Beklommen blickte ich auf zum Himmel, ob nicht tatsächlich eine megatonnenschwere Wolke heranjagte, aber der Himmel wirkte noch hell und klar, nur die Kälte, die er auszustrahlen schien, ließ mich frösteln.

Die Apokalypse konnte sich auf verschiedene Weise vollziehen. Die undramatischste dürfte auf den ersten Blick diejenige sein, bei der der Mensch unter einer Lawine von überflüssigem Zeug, sinnentleerten Wörtern und hektischer Betriebsamkeit begraben wurde. Die Menschheit würde zu einem Vulkan werden, der unbemerkt Glut aus dem Innern saugte, bis er plötzlich zum Leben erwachte und sich selbst verschüttete.

Die Straßenkehrer in den orangefarbenen Jacken fegten, fegten still und interesselos, und ihre Brüder, die Tonnenmänner, transportierten das Zusammengefegte und Weggeworfene ab, kippten den nutzlosen Müll auf Halden, die aufquollen, sich ausbreiteten und zersetzten, zum Himmel stanken und ihre Umgebung und menschlichen Behausungen wie ein Krebsgeschwür durchwucherten, bis wir kaum mehr unterscheiden konnten, was noch die Dinge unseres Lebens waren und was die unseres Todes.

Das Gefährlichste von all dem Unrat, der uns überschüttete

und uns mit dem Hauch seiner Verwesung in Gefahr brachte, waren die Unmengen von verrotteten Ideen. Sie brodelten um uns herum, und die Seelen, die von ihnen angerührt wurden, welkten schnell und starben bald ab.

Doch auch die Seelenlosen zogen in Massen durch die Welt und wollten sie nach ihrem Bilde formen. Sie füllten Straßen, Arenen, Stadions und Kaufhäuser, und wenn sie in Jubel über das siegbringende Tor, über einen Schlager oder über eine Revolution ausbrachen, war es, als würde dieses Tosen ewig dauern, obwohl sich unmittelbar dahinter die Totenstille der Leere und des Vergessens ausbreitete.

Sie flohen vor dieser Stille und suchten etwas Erlösendes, ein Opfer, das sie auf dem Altar des Dämons, dem sie gerade huldigten, darbringen konnten. Gelegentlich schossen sie aufs Geratewohl in die Menge, legten eine Zeitbombe, spritzten sich Drogen in die Venen oder frönten dem Sex, sie taten alles, um die tote Zeit zu überstehen, bis der Vulkan zu beben begann und Lava die Leere ausfüllte.

Die Bilder, die Kafka gebraucht, sind oft dunkel und stellen gleichsam eine Vielzahl fremdartiger und nicht einzuordnender Elemente aus. Man liest seine logischen Erzählungen, die oft an eine genaue amtliche Bestandsaufnahme erinnern, und stößt plötzlich auf eine Einzelheit oder Mitteilung, die sich so offensichtlich aus einer anderen Welt, aus einer anderen Geschichte hierher verirrt hat, daß man stutzt. Warum tauchen in der Geschichte von der Hinrichtungsmaschine Damentaschentücher auf, die ohne erkennbaren Grund vom Verurteilten zum Folterer und zurück wandern? Warum hat der Richter im ›Prozeß‹ statt der Akte ein Schuldbuch in Händen? Warum empfängt der Beamte im ›Schloß‹ den Landvermesser K. im Bett liegend? Und welchen Sinn hat der Lobgesang des Beamten auf die eigene Arbeit?

Ein so logischer, genauer und redlicher Autor muß mit seinen Paradoxa etwas meinen, er muß beabsichtigt haben, etwas verdeckt mitzuteilen, einen Mythos zu erschaffen, eine Sage von der Welt, eine große, revolutionäre Botschaft, die er vielleicht nur geahnt hat und deshalb nicht in Begriffe fassen konnte, er hat sie also nur angedeutet, und nun ist es an uns, sie zu enträtseln und ihr eine exakte Form zu geben.

Ich weiß nicht, wie viele kluge Köpfe so gedacht haben und dieser rätselhaften Täuschung erlagen, es waren jedoch viele. Ich bin überzeugt, daß ein Schriftsteller, der diese Bezeichnung verdient, nichts absichtlich verbirgt und keine umwälzenden Botschaften konstruiert oder ersinnt, er hat anderes zu tun. Die meisten Autoren haben, ebenso wie die meisten Menschen, ihre Obsession, ihre Marter – beides drängt sich allem auf, was sie tun, worüber sie nachdenken und schreiben.

Der scheue Kafka suchte eine Möglichkeit, seine Marter zu schildern und gleichzeitig zu verbergen. Sie war jedoch so persönlich, so quälend, daß es ihm nicht genügte, sie nur in Andeutungen, in Parabeln zu schildern, es drängte ihn immer wieder, Erlebnisse, die das Innerste seines Seins betrafen, unverhohlen zu beichten. Als ob er eine Geschichte zweimal erzählen müßte. Einmal zeichnet er sein phantastisches Bild: den bizarren und rätselhaften Prozeß, die Hinrichtungsmaschine oder den verzweifelt entschlossenen Landvermesser vor den Toren des unzugänglichen Schlosses, ein andermal stellt er Fragmente wirklicher Erlebnisse und Begebenheiten nebeneinander. Er schreibt alles auf durchsichtiges Papier oder auf Glas und legt es übereinander. Einiges ergänzt sich, anderes überschneidet sich, wieder anderes gerät in so verblüffende Nachbarschaft, die auch ihn selbst staunen läßt. Und siehe da, schon teilt er nicht mehr sterbensmüde und matt das Lager mit seiner Geliebten, die ihm ihre erlösende Nähe bietet, sondern er teilt das Lager als todwunder Landvermesser mit dem Schloßbeamten, der ihm seine rettende Beamtengunst gewährt.

Wir fuhren nicht in die Schweiz, und auch nach Kuttenberg fuhren wir nicht mehr. Die Ausstellung war zu Ende, wieder blieb uns nur das Mansardenatelier, wo noch immer die Statue des heiligen Stephan den Ausblick auf das gegenüberliegende Palais behinderte. Wir trafen uns, setzten uns an das niedrige

Tischchen, tranken Wein und unterhielten uns in jenem Zustand eigenartiger Verzauberung, der mit dem Bewußtsein einherging, daß alles, was wir taten und erlebten, dereinst, in dem Augenblick, in dem wir es einem geliebten Menschen erzählten, noch Wert und Sinn erlangen würde. Bisher hatten wir uns voller Verlangen und mit einer Unersättlichkeit geliebt, die mir unverändert vorkam, obwohl Darja von Zeit zu Zeit ungeduldig wurde. Etwas müsse geschehen, wir könnten unser Leben doch nicht in solcher Stagnation verbringen, im aussichtslosen Wiederholen derselben Verrichtungen, wir wollten doch nicht wie zwei Narren enden, die sich darüber freuten, daß sie im Alter bei einer dilettantischen Zirkusnummer als Statisten mitwirken dürften. In ihre Reden schlich sich Bitterkeit ein. Sie ärgerte sich über Leute, die nicht zu leben verstanden, regte sich über Künstler auf, die ihre Mission verrieten, und verwünschte die Männer, die so perfide und feige waren, daß sie zeit ihres Lebens nichts zu Ende brachten. Am häufigsten jedoch feindete sie meine Frau an.

Wir lagen nebeneinander, es ging auf den Abend zu, wurde dunkel, war herbstlich und regnerisch, wir mochten uns nicht voneinander lösen und ins Unwetter hinausgehen. Ich küßte und umarmte sie noch einmal. Sie schmiegte sich an mich: Und wenn wir bis morgen früh dableiben?

Sie stellte mich auf die Probe, und ich, ich schwieg.

Sie begreife ohnehin nicht, wie ich mit dieser Person leben könne. Sie habe so allerhand gehört, was diese Frau mit ihren Patienten mache, davon sei ihr ganz übel geworden.

Ich wollte den Tag nicht mit einem Streit beenden, fragte aber dennoch, von wem sie das habe.

Sie habe mit jemandem gesprochen, der meine Frau gut kenne. Der habe gesagt, es sei ein Verbrechen, so mit Menschen umzugehen.

Ich versuchte herauszubekommen, ob sich diese Bemerkung auf irgendwelche Medikamente beziehe, die meine Frau verschrieben habe.

Wir lagen immer noch nebeneinander, sie redete jedoch mit

mir, als stünden wir uns feindselig gegenüber. Warum sie von Medikamenten reden solle? Davon verstehe sie nichts. Bestimmt verschreibe eine verkommene Ärztin irgendwelche verkommenen Medikamente, sie frage sich jedoch, ob ich denn noch nie von diesem ekelhaften, demütigenden Theater gehört hätte, das diese armen Menschen spielen müßten? Wie die Frau Doktor die Menschen zwinge, vor ihr sämtliche Intimitäten auszubreiten, wie sie in ihren Betten wühle? Ob ich denn wirklich nicht begriffe, daß dieses Weib verkommen sei? Und obendrein außerstande, allein zu leben, zu lieben, die Familie zu versorgen und auf den eigenen Mann aufzupassen, nur deshalb habe sie sich auf dieses professionelle Samaritertum gestürzt. In Wirklichkeit, darin unterscheide sie sich nicht von allen andern Wohltätern, weide sie sich nur am Leid anderer Menschen und sauge sich am Leben derer fest, die noch wirklich etwas zu empfinden vermochten und daher litten. Und wie ein Blutegel täusche sie vor, daß sie ihnen dadurch Linderung verschaffe. Oder ob ich etwa glaubte, daß ein Weibsbild, das zehn oder noch mehr Jahre nicht merke, daß ihr Mann fremdgehe und bestenfalls aus Mitleid mit ihr zusammenlebe, etwas von der Seele anderer verstehen könne?

Ich sagte, daß alles ganz anders sei, aber sie schrie mich an, ich solle diese Person nicht auch noch verteidigen. Es würde sie nur interessieren, ob ich wirklich so blind sei und nicht sähe, daß alles, was diese Psychologen, Psychiater und anderen Psychopathen aufführten, die pure Verkommenheit sei, eine arrogante Anmaßung armer Schweine und Seelenkrüppel, die sich einredeten, besser zu sein als die anderen?

Ich fragte, ob sie immer noch von meiner Frau spreche?

Meine Frau sollten wir nun beiseite lassen, an die wolle sie keine Sekunde mehr verschwenden. Aber sie bitte mich, mir darüber klarzuwerden, schon wegen meines Schreibens. Ich könne ja wohl kaum etwas zustande bringen neben einem Menschen, der seinen Lebensunterhalt damit verdiene, daß er fremde Seelen seziere wie Ratten im Labor, ihnen sämtliche Geheimnisse entreiße und dann auf ihnen herumtrample.

Sie zitterte wie im Schüttelfrost und verwandelte sich vor meinen Augen, ihr Gesicht, das mir eben noch sanft und liebevoll erschien, war nun fremd und erschreckte mich.

Ich mußte sie zum Schweigen bringen, also umarmte ich sie wenigstens, um sie zu beruhigen, aber sie krümmte sich in meinen Armen, bäumte sich auf, stöhnte vor Wollust, der Widerwille in ihr wich zurück und eine Art Sanftheit kehrte in ihr Gesicht zurück. Begreifst du wenigstens, daß ich dich liebe, daß ich dich über alles auf der Welt liebe, daß ich es gut meine mit dir?

Wenn ich nicht etwas unternahm, würden wir beide in ein Feuer stürzen, aus dem es kein Entkommen gab.

Liebster, sie ließ nicht locker, hast du denn noch immer nicht begriffen, daß wir füreinander geschaffen sind?

Ich sagte, daß ich mich bei ihr wohlfühle, spürte in mir aber eine Spannung, die unerträglich war und mir auf die Lunge drückte, so daß ich kaum atmen konnte.

Ich ging wie immer im Eiltempo durch die nassen Straßen nach Hause. Immer auf der Flucht – vor wem und zu wem? Ein Zuhause mit ungemachten Betten und ungefegten Böden, ein Zuhause, in dem ich mich so selten aufhielt, daß sogar die Platte meines Schreibtischs verstaubte; mein Zuhause zerbröckelte, und ich mit ihm.

Meine Frau kam von der Arbeit, und ich spürte sofort, daß ich mich in einer anderen Sphäre befand, wo keine verzehrenden Flammen loderten.

Eine Person, die gegen sie eine so schreckliche Anklage führen könnte, gab es nur in der Einbildung meiner Geliebten, als Ausdruck ihres Zorns und ihrer Leidenschaft.

Meine Frau war weder arrogant noch anmaßend, und sie hatte keinerlei Bedürfnis, sich fremder Geheimnisse zu bemächtigen, sie war eher auf unschuldige Weise vertrauensselig. Sie baute auf die Verbesserungsfähigkeit der Dinge und der Menschen, und ihr Glaube enthielt so viel beherzte Kraft, daß sie vielleicht sogar diejenigen aufzurütteln vermochte, die verzweifelt waren.

Ich ging ihr entgegen und schloß sie in die Arme. Meine Angespanntheit fiel von mir ab, ich konnte frei aufatmen.

Gut, daß du da bist, sagte sie, ich habe mich so auf dich gefreut.

Eine Methode der wirksamen und wirtschaftlichen Beseitigung menschlichen Kehrichts im Geiste einer Zeit der Umwälzungen, ihrer Ideen und Ziele beschrieb höchst sachlich in seiner Autobiographie der Auschwitzer Lagerkommandant Höß:

> Die zur Vernichtung bestimmten Juden wurden möglichst ruhig – Männer und Frauen getrennt – zu den Krematorien geführt... Nach der Entkleidung gingen die Juden in die Gaskammer, die, mit Brausen und Wasserleitungsröhren versehen, völlig den Eindruck eines Baderaumes machte. Zuerst kamen die Frauen mit den Kindern herein, hernach die Männer...
>
> Ab und zu kam es auch vor, daß Frauen während des Ausziehens markerschütternd losschrien, sich die Haare ausrissen und sich wie wahnsinnig gebärdeten. Schnell wurden sie hinausgeführt und hinter dem Haus mit dem Kleinkalibergewehr durch Genickschuß getötet...
>
> Die Tür wurde nun schnell zugeschraubt und das Gas sofort durch die bereitstehenden Desinfektoren in die Einwurfluken durch die Decke der Gaskammer in einen Luftschacht bis zum Boden geworfen. Dies bewirkte die sofortige Entwicklung des Gases. Durch das Beobachtungsloch in der Tür konnte man sehen, daß die dem Einwurfschacht am nächsten Stehenden sofort tot umfielen.

Höß war ein Opferpriester mit ausgebrannter Seele. Er war daher auswechselbar und ersetzlich und wurde tatsächlich viele Male ausgewechselt und ersetzt.

Der Typus des Opferpriesters mit ausgebrannter Seele gehörte in die Zeit der Umwälzungen. In eine Welt, in der einer, der durch seine Handlungsweise Leere und Vergeblichkeit, Grausamkeit und Sittenlosigkeit perfekt verkörperte, berechtigt war, alle, die sich von ihm unterschieden, für Unrat zu halten, den er wegfegte, von dem er die Welt säuberte. Er war bereit, sie von wem auch immer zu säubern: von Armeniern, Kulaken, Zigeunern, Konterrevolutionären, Intellektuellen, Juden, Ibos, Kambodschanern, von Priestern, von Schwarzen, von Irren, von Hindus, von Fabrikanten, Moslems, von Armen, von Gefangenen. Eines vielleicht nicht mehr allzu fernen Tages würden diese Opferpriester die Welt von der gesamten Menschheit säubern. Die Besen fegten immer besser. Die Apokalypse – also die Säuberung der Welt von Menschen und von Leben überhaupt – wurde immer mehr zu einem ausschließlich technischen Problem.

Höß beschreibt die Flammen, die vierundzwanzig Stunden zum Himmel schlugen und in denen die Leiber seiner Opfer schmorten. Die Flammen waren so hoch und hell, daß die Luftabwehr Einspruch erhob, und der Rauch war so dicht und stinkend, daß die umwohnende Bevölkerung sich darüber beschwerte. Obige Gründe, erinnerte er sich, führten nun zu der mit allen Mitteln vorangetriebenen Planung und dem schließlichen Bau zweier großer Krematorien – mit je fünf riesigen Verbrennungsöfen, insgesamt ließen sich darin in vierundzwanzig Stunden zweitausend Ermordete verbrennen, aber das genügte immer noch nicht, sie bauten noch zwei weitere Verbrennungsanlagen, doch auch das war noch zu wenig. Die erreichte höchste Zahl: innerhalb 24 Stunden an Vergasungen und Verbrennungen, schreibt er, war etwas über 9000.

So war das, und in der Tat, wenn man es von der technischen Seite betrachtete, war es eine ziemlich primitive Methode.

Der menschliche Geist blieb auch danach nicht müßig; die Flammen, die den Säuberern heute zur Verfügung standen, konnten auf einen Schlag jede beliebige Anzahl von Menschen direkt in ihren Wohnungen vernichten. Doch es verschwand nichts auf der Welt. Die Seelen der Ermordeten, die Seelen aller Geopferten, aller bei lebendigem Leib Verbrannten, Vergasten, aller Erfrorenen, Erschossenen, Erschlagenen, aller Versprengten, Gehenkten und Verhungerten, aller Verratenen und aus dem Mutterleib Gerissenen schweben über der Erde und über den Wassern und erfüllen den Raum mit ihrem Seufzen und Wehklagen.

Hinter der Halde tauchte ein neuer Schwarm Krähen auf, der Himmel verfinsterte sich geradezu, und die Luft vibrierte unter den Flügelschlägen. Die Vögel landeten rings um die Goldgräber, die ihre Arbeit gerade beendet hatten.

Einer der Männer blickte zu uns herüber und rief etwas Unverständliches, und sofort begannen auch alle anderen, uns anzuschreien. Ich sah, daß meine Frau sich zu fürchten begann.

Was rufen sie?

Ich verstand sie nicht. Wahrscheinlich wollten sie uns auffordern, mit ihnen Geschäfte zu machen.

Möchtest du hingehen?

Sie war bereit, mit mir auch zu Leuten zu gehen, vor denen sie Angst hatte. Sie bemühte sich in letzter Zeit, meinen Wünschen und kauzigen Einfällen zu entsprechen. Sie nahm es hin, daß ich schon seit Wochen in der orangefarbenen Jacke durch die Straßen zockelte, obwohl sie dadurch in Zweifel gestürzt wurde, ob sich hinter meinem Tun nicht wieder irgendeine Heimlichkeit verbarg oder wenigstens der Drang, von daheim zu entfliehen; manchmal, wenn ich heimkam, hörte ich aus ihrer Frage, wie es mir gehe, Unsicherheit heraus. Argwöhnte sie womöglich, daß ich etwas anderes tat, als ich behauptete? Sie hatte viele berechtigte Gründe, mich zu verdächtigen, wagte aber nach wie vor keine direkte Frage. Sie hielt Mißtrauen für würdelos und beschämend für den, der ihm Raum gab.

Es klang ein bißchen absurd unter der Abfallhalde, wo wir gerade standen.

Zu Hause wartete die Tochter mit der Enkelin, auch der Sohn setzte sich mit uns zum Mittagessen. Er suchte schon lange eine eigene Wohnung und kannte, wie immer, viele genau durchdachte Mittel und Wege, um ans Ziel zu gelangen, während die Tochter, ebenfalls wie immer, keinen Gedanken an ihre Zukunft verschwendete. Es gab Momente, da sie glaubte, alles, aber auch wirklich alles noch vor sich zu haben, ein andermal wiederum glaubte sie, alles, aber auch wirklich alles schon hinter sich zu haben, als gelte es nur noch, den Rest ihrer Tage irgendwie und so erträglich wie möglich zu verleben. Meist gab sie sich jedoch eher vergnügt der Gegenwart hin. Sie schnitt aus Packpapier zwei Quartbögen, befestigte den einen auf dem Zeichenbrett und ließ mich dann lange in einem Sessel Modell sitzen.

Aus der Küche war Tellergeklapper zu hören, gedämpft spielte das Tonbandgerät des Sohnes, die Enkelin erzählte in einem anderen Zimmer begeistert eine alberne Geschichte, die sie im Fernsehen gesehen hatte. Ich fragte, ob ich die Augen schließen dürfe, und meine Tochter gestattete es mir, nicht ohne mich vorher darauf hingewiesen zu haben, daß ich dadurch meiner eigenen Totenmaske ähneln würde.

Von draußen wehte der Geruch des Meeres zu mir herein, und eine Welle schwappte auf den Sandstrand.

Warte noch ein bißchen!

Die Finger bewegten sich flink im Sand. Wie sehr ich sie liebte, diese schönen Finger, die mich so oft zärtlich berührten und so vieles zu formen verstanden.

Ich wußte nicht, ob ich so aussah wie diese Sandfigur, ich war mir nie wirklich sicher, wie ich aussah. Jetzt hatte ich einen Tierkörper und Schwanenfittiche, wirkte aber glücklich.

Weil du dich wohlfühlst, erklärte sie mir. Oder fühlst du dich bei mir nicht wohl?

Hast du denn keine Angst, daß mich in der Nacht das Wasser wegträgt?

Ich hab dir doch Flügel gemacht, damit du wegfliegen kannst. Du hast Flügel, damit du frei bist, damit du dorthin kannst, wohin du willst!

Was soviel heißen sollte wie: damit ich jederzeit zu ihr fliegen konnte. Aber das Wasser trug mich trotz der Flügel weg, und es trug mich nicht zu ihr, und ich wußte nicht, ob es mich je wieder zu ihr tragen würde.

Die Zeichenkohle strichelte übers Papier, das Tonbandgerät spielte jetzt lauter, der Sohn hatte die Tür seines Zimmers offengelassen. Vor einem Jahr hatten wir ihn in der Kleinstadt besucht, wo er gerade seinen Militärdienst ableistete; wir waren Samstag früh gefahren, wollten in einem Hotel übernachten und erst am Sonntagabend heimfahren, aber Lída bekam Kopfschmerzen und fuhr schon früher zurück, ich blieb allein im Hotel. Am Sonntagmorgen fuhr mich der Bus bis vor die Kaserne, der Sohn erwartete mich bereits vor dem Tor. Ich fand, daß er in der Uniform ganz gut aussah, obwohl ich Uniformen nicht mochte.

Er fragte mich, wo wir hingehen sollten, aber ich ließ ihn entscheiden, er kannte sich hier besser aus als ich.

Er führte mich also auf eine Anhöhe, wir kamen an einer Friedhofsmauer vorbei, hinter der schlanke Thujen emporragten, und bogen in einen Hohlweg ein. Das Wetter war kühl und windig, und um die Birken am Wegesrand wirbelten die Blätter wie farbige Schneeflocken.

Mein Sohn erzählte von seinen Soldatenerlebnissen, dann erwähnte er schüchtern, daß ihn auch seine Freundin schon hier besucht habe, und kam hastig auf seine Militäranekdoten zurück. Wir hatten es nicht eilig mit dem Gespräch, der ganze Tag lag noch vor uns. Ich konnte mich nicht erinnern, wann wir, wenn überhaupt, zuletzt einen ganzen Tag miteinander verbracht hatten. Mir war, als sei mein Sohn plötzlich aus dem Dunkel aufgetaucht oder aus weiter Ferne zurückgekehrt. Mit so vielen Leuten hatte ich meine Zeit verbracht, war Tage und Wochen mit meiner Geliebten zusammengewesen, während ich meinen Sohn nur abends und morgens oder beim sonntäglichen Mittagessen wahrnahm, und auch das nur flüchtig, manchmal saß er mit anderen Gästen da und hörte schweigend zu, oder er kam, um sich kurz mit mir zu unterhalten – am häufigsten über Politik oder seine Pfadfindergruppe, niemals über seine eigenen Sorgen oder Wünsche, ich setzte mich meist schon bald hinter meinen Schreibtisch und verscheuchte ihn dadurch. Er hatte mich wiederholt gebeten, mir die Protestsongs anzuhören, die er aufgenommen hatte und die mich gewiß interessieren würden, doch ich lehnte entweder ab oder nickte beim Zuhören schon nach kurzer Zeit ein.

Ich wußte, daß er sich mit meinem Schicksal so identifizierte, daß er, obwohl er ein naturwissenschaftliches Fach studiert hatte, die Literaturpolitik aufmerksam, sogar aufmerksamer als ich, verfolgte – jedenfalls in dem Teil der Welt, wo wir lebten, er schmiedete Pläne, wie die verbotenen Werke bekannt zu machen wären, und freute sich über jeden Vorboten einer kaum wahrnehmbaren Wende zum Besseren.

Es tat mir auf einmal leid, daß ich so lange, daß ich jahrelang nicht mehr Zeit und Interesse für das aufgebracht hatte, was ihn bewegte. Ich war fest entschlossen, ihn zu einem guten Essen einzuladen, aber in der Gastwirtschaft, wo wir einkehrten, gab es nur billige Wurst, Brot und Zwiebeln. Ich bestellte wenigstens Wein, unser Gespräch wurde sprunghaft, das Wichtigste blieb ohnehin in uns verschlossen. Es fiel mir schwer, die Gefühle laut auszusprechen, die Vater und Sohn füreinander hegen. Auch mein Vater hatte es nicht gekonnt, nie hatten wir über etwas Persönliches gesprochen. Das, worüber wir gesprochen hatten, hatte ihm keine Möglichkeit geboten, Gefühle zu bekunden. Ich wußte, daß er stolz war auf das, was er für meine literarischen Erfolge hielt. Aber über das, was ich schrieb, äußerte er sich niemals, ebensowenig über meine Lebensweise.

Gegen Abend fuhr mein Bus. Petr bedauerte, daß ich so früh weg mußte, er hatte bis Mitternacht Ausgang. Ich fragte, was er den Rest des Tages zu tun gedenke. Er sagte, er werde ins Kino gehen oder in die Kaserne zurückkehren, Radio hören oder lesen. Ich gab ihm noch ein bißchen Geld, und da die Kälte zunahm, setzte ich mich in den Bus.

Mein Sohn blieb draußen und wartete, stand regungslos an der Haltestelle. Ich sah, daß der eisige Wind sogar die Stämme der hohen Pappeln beugte, aber mein Sohn wartete. Er starrte auf das Fenster, hinter dem er mein Gesicht sah, stand da in der fremden Uniform, in eine fremde Welt gestoßen, und wartete beharrlich, bis wir losfuhren. Dann lief er, während der Bus den Marktplatz umrundete, auf die andere Seite, und ich sah ihn noch einmal, wie er am Bordstein vor dem Gasthaus an der Straße stand und mir nachwinkte.

Dann war ich allein. Der Bus raste durchs Waldesdunkel, und ich schloß die Augen, aber auch in diesem doppelten Dunkel sah ich die Gestalt meines Sohnes vor dem steinernen Grau der fremden Häuser, sah ihn dastehen, von mir durch eine unüberbrückbare, wachsende Entfernung getrennt, und mir zuwinken. Mir wurde bang vor meinem zwiespältigen Leben, aus dem sich alle Treue verflüchtigt hatte zugunsten von Verstellung und Betrug.

Mein Sohn war bereits ein erwachsener Mensch, und wenn ich von zu Hause weggehen sollte, würde ihn das nicht mehr wie ein Schicksalsschlag treffen. Ein Kind blieb das Kind seiner Eltern, auch wenn die Lebenswege der Erwachsenen sich trennten. Und dennoch fragte ich mich, ob mein Weggehen sein Verständnis von Treue, sein Vertrauen in die Zuwendung seiner Nächsten und seine Vorstellung von einem Zuhause nicht vielleicht doch nachhaltig erschüttern würde.

Darfst dich schon bewegen, erlaubte mir meine Tochter. Sie betrachtete forschend ihr Werk.

Ist eine Totenmaske dabei herausgekommen? wollte ich wissen.

Irgendwie bist das überhaupt nicht du, beschwerte sie sich und hielt mir das Blatt hin.

Ich weiß nicht. Ich kann doch nicht wissen, wie ich aussehe, wenn ich die Augen geschlossen habe.

Aber für eine Totenmaske enthielt mein Gesicht noch zuviel Leben.

Mein Vater war sein Leben lang nicht krank gewesen. Vor einem Jahr hatte er angefangen, Gewicht zu verlieren, und das Essen schmeckte ihm nicht mehr. Dann entdeckte man in seinem Darm eine bösartige Geschwulst und hielt eine sofortige Operation für unumgänglich. Am Tag vor der Operation fuhr ich ihn ins Krankenhaus. Ich suchte den Chirurgen auf und versuchte ihm klarzumachen, daß Vater trotz seiner fast achtzig Jahre nichts von seinen Fähigkeiten und Kenntnissen eingebüßt hatte und seine Schüler bei der Lösung kniffliger Probleme noch immer bei ihm Hilfe suchten.

Der Chirurg war ein untersetzter, korpulenter Mann. In seinem weißen Kittel und der weißen Kappe wirkte er auf mich eher wie ein Koch. Er hörte mir höflich zu, bestimmt hatte er sich schon viele ähnliche Fürsprachen anhören müssen, nahm den Umschlag mit dem Geld und versicherte mir, er werde alles in seiner Macht Stehende tun, ich möge mich am nächsten Tag um die Mittagszeit bei ihm melden.

Lída meinte, ich solle während der Operation im Krankenhaus bleiben. Vater werde spüren, daß ich in der Nähe sei, das werde ihm wohl tun und mir das Warten erträglicher machen.

Ich fuhr frühzeitig ins Krankenhaus und sah Vater noch auf dem Gang vor dem Operationssaal auf einer fahrbaren Bahre. Von fern hatte ich den Eindruck, daß er lächelte und ein wenig die Hand hob, zum Zeichen, daß er mich gesehen hatte. Dann setzte ich mich unweit der Pförtnerloge in den dämmerigen Gang, wo Pfleger unablässig Kranke auf Bahren vor sich her schoben und ständig Patienten vorbeigingen. Es war so laut, daß ich mich nicht auf Vater konzentrieren konnte.

Nach einer Stunde erfuhr ich, daß die Operation noch nicht begonnen hatte. Ich rief meine Frau an und sagte ihr, daß ich länger im Krankenhaus bleiben müsse, und sie redete mir zu, mir keine zu großen Sorgen zu machen, die Operation werde gelingen, Vater sei ein starker Mensch – er habe doch auch den Todesmarsch in den letzten Kriegstagen überlebt.

Auch meine Liebste rief ich an, nur um ihre Stimme zu hören, um ihr zu sagen, wo ich sei, und daß ich wohl keine Zeit haben würde, zu ihr zu kommen.

Es dauerte nicht lange, da sah ich sie, wie sie mit ihrem raschen Schritt die Pförtnerloge passierte. Sie gab mir einen Kuß, brachte mir einen Lebkuchenengel, den sie zu Nikolaus gebacken hatte, und einen Zweig Zauberwurz mit einer gelben Blüte mit. Sie hatte ihn unterwegs für mich gepflückt.

Gegen Mittag leerte sich der Warteraum, wir setzten uns auf eine Bank, sie nahm meine Hand und sagte: Er wird gesund, ich spür's. Noch ist seine Zeit nicht gekommen.

Dann schwiegen wir. Ich sah den weißen Gang hinunter, dessen Ende ich nicht ausmachen konnte. Eine Bahre näherte sich. Darauf lag Vater, blaß und ohnmächtig, und entfernte sich von mir. Was fühlte, woran dachte ein Mensch, der felsenfest davon überzeugt war, daß es kein anderes Leben gab als das, welches ihm gerade zu entschwinden drohte? Was konnte er sich in seinem Alter noch erhoffen? Seine Angst schlug ihre Zähne in mich. Ich stand auf und fragte, ob die Operation schon vorbei sei, aber man sagte mir, bis jetzt noch nicht, ich müsse Geduld haben.

Ich ging in den Warteraum zurück. Darja sah ich schon von weitem, sie bemerkte mich jedoch nicht und saß da wie versteinert, dem eigenen Körper entrückt. Als ich zu ihr trat, blickte sie endlich auf, und in ihrem Gesicht war, wenn ich mich nicht täuschte, ein schmerzhafter Ausdruck.

Jetzt ist es gut, sagte sie. Es hat schlecht ausgesehen, aber jetzt ist es gut, ich spür's.

Sie nahm mich bei der Hand und führte mich zum Ausgang. Draußen fielen große herbstliche Schneeflocken, die nur kurz auf der Erde liegenblieben und dann zerschmolzen. Wir gingen in die Grünanlagen hinter dem Krankenhaus, Darja sprach jetzt leise auf mich ein. Sie sagte, der Mensch verbringe in diesem Leben, in der uns bekannten Gestalt, nur eine winzige Zeitspanne. Wichtig sei, daß er sie gut verbringe und seine Möglichkeiten ganz ausschöpfe, dadurch bestimme er auch die Richtung seines weiteren Weges. Ich nahm von all dem, was sie sagte, nur die Klangfarbe ihrer Stimme wahr, ihre tröstliche, liebevolle Nähe.

Wieder und wieder hatte ich ihr gesagt, daß ich sie liebe, jetzt sagte ich nichts, aber der Moment prägte sich mir für immer ein: die schmutzige Grünanlage mit einigen kahlen

Bäumen, ihre Stimme und ihre Hand, die meine Hand drückte. Selbst wenn wir uns einmal voneinander so weit entfernen sollten, daß wir einander nie mehr erreichten und unsere Stimmen in der Ferne verhallten, würde ich sie immer in mir tragen. Sollte sie irgendwann vor Schmerz oder Angst aufschreien, ich würde sie hören, wo immer ich wäre. Wenn ich dann noch am Leben wäre, würde ich kommen, um ihr wenigstens diesen Händedruck zurückzugeben.

Wir gingen zurück ins Krankenhaus. Der Chirurg empfing mich. Die Geschwulst sei groß gewesen und bisher nicht behandelt worden, nun aber habe er sie entfernt. Vater schlafe jetzt.

Ich sah den jungen Mann, kaum daß wir den Saal betreten hatten. Er stand vor dem Podium und unterhielt sich mit einem der Musiker. Er trug Jeans und einen Norwegerpullover. Vielleicht lag es an dem künstlichen Licht, daß er noch blasser, noch ausgezehrter, noch kränker wirkte als sonst. Ich stellte ihn Lída vor. Sie sagte, sie freue sich, seine Bekanntschaft zu machen, ich hätte ihr von ihm erzählt. Auch auf das Konzert freue sie sich, nett von ihm, daß er an uns gedacht habe. Der junge Mann errötete, was mich überraschte, und zählte hastig ein paar Namen der Komponisten und Kompositionen auf, fügte noch die Namen des Klarinettisten und des Schlagzeugers an, dann gingen wir unsere Plätze suchen.

Er ist wohl ziemlich krank? fragte meine Frau, nachdem wir uns gesetzt hatten.

Ich sagte ihr, was ich von seiner Krankheit wußte, und erwähnte auch, daß es im Ausland ein Medikament geben solle, das ihm helfen könnte, es sei aber so teuer, daß er es nicht verschrieben bekomme.

Und du könntest es ihm nicht beschaffen? wunderte sie sich.

Das Konzert begann. Ich war immer ein schlechter Zuhörer, sogar auf das gesprochene Wort konnte ich mich kaum konzentrieren, geschweige denn auf Musik. Lída hingegen nahm Töne mit ihrem ganzen Wesen auf. Auch jetzt merkte ich, wie die Musik sie erfüllte und freudiges Staunen in ihr hervorrief und sie aus dem nicht gerade gemütlichen Wirtshaussaal entrückte. Auch mich erreichte schließlich zumindest ein Echo dieser uralten Rhythmen, der Widerschein von Dschungelfeuern, um die fast nackte Tänzer und Tänzerinnen wirbelten.

Als die ersten Missionare in Afrika bemalte und maskierte Wilde ums Feuer hüpfen sahen, meinten sie, so etwas wie ein höllisches Ritual vor sich zu haben. In Wirklichkeit gewahrten sie jedoch die letzten Reste des Paradieses. Die Tänzer litten vielleicht unter bösen Dämonen, Hunger oder Dürre, aber auf ihnen lastete weder eine sündige Vergangenheit noch eine rachsüchtige, richtende Zukunft, und es schwebte keine Vision der Apokalypse über ihnen. Sie verharrten noch im Kindesalter der Menschheit.

Den Schwarzen Kontinent habe ich nie betreten, aber als mir in St. Louis, wohin mich der Regisseur meines Stückes eingeladen hatte, ein wenig Zeit blieb, bestieg ich einen Dampfer, der Ausflügler auf dem Mississippi spazierenfuhr, während eine schwarze Band spielte. An Bord amüsierte sich eine bunte Gesellschaft. Ich wußte nicht, was diese Leute feierten, vielleicht eine Hochzeit, die Geburt eines Sprößlings, einen Namenstag oder das Ereignis, daß sich dem Mond, den ihre noch nicht ganz so fernen Vorfahren möglicherweise als Gott verehrt hatten, eine bemannte Rakete näherte, ich spürte jedoch, daß auch ich unter dem Einfluß ihrer Musik in eine andere, sorglosere, weniger wissende Zeit zurücksank.

Diese Stimmung hielt auch am nächsten Tag noch an, und als ich dann am Abend in der Wohnung des Regisseurs, der ebenfalls gebürtiger Prager war, auf dem Bildschirm sonderbare, aufgeplusterte Gestalten sah, die mit leichten Schritten in der Ödnis der Mondlandschaft dahinhüpften, während von draußen Jubelschreie hereindrangen, schien mir, daß die Menschheit so, wie sie es sich seit jeher ersehnt hatte, und so, wie mein Vater es mir versprochen hatte, dem Himmel tatsächlich einen Schritt näherkam. Mir war, als ob eine neue Ära voller Verheißungen angebrochen sei.

In der Pause kam der junge Mann zu uns, und da meine Frau mehr von Musik verstand als ich, ließ ich die beiden plaudern und ging in die Schankstube, um Getränke zu holen.

Als ich am Ende der Pause zurückkam, kehrte der junge Mann gerade wieder auf seinen Platz vor dem Podium zurück. Meine Frau nahm mir das Glas Orangensaft ab und nippte daran, und während die Musiker wieder ihre Plätze einnahmen, berichtete sie mir, was ihr der junge Mann erzählt hatte, es war ihr gelungen, in den wenigen Minuten mehr von ihm zu erfahren als ich in all den Straßenkehrer-Wochen zuvor. Sein Vater habe seine Mutter angeblich schon vor seiner Geburt verlassen, und deshalb sei die Mutter irgendwie wunderlich geworden und der Sohn in Kinderheimen aufgewachsen. Die Mutter sei gestorben, er habe jetzt nur noch einen Stiefbruder, aber mit dem vertrage er sich nicht. Sie glaube, er sei ein sensibler Junge, aber infolge der Milieuschäden noch nicht richtig erwachsen, sicherlich auch deshalb nicht, weil er noch nie einer männlichen Bezugsperson begegnet sei, darauf solle ich achten, es sei möglich, daß er sich auf mich fixiere.

Ich wußte nicht, warum der junge Mann sich ausgerechnet an mich halten sollte, aber ich versprach, vorsichtig zu sein.

Der Conferencier sagte eine weitere Komposition an, ein Gershwin-Potpourri. Die Musik begann. Während einer kleinen Pause zeigte der Klarinettist auf dem Podium mit dem Instrument ins Publikum und winkte jemandem, dann sahen wir den jungen Mann aufs Podium springen und die Klarinette ergreifen.

Das ist er doch, wunderte sich Lída, die kurzsichtig war und sich Gesichter nur schlecht merken konnte.

Der junge Mann spielte auf dem geliehenen Instrument das Glissando, mit dem das erste Thema der Rhapsody in Blue beginnt. Ich sah, wie sein blasses Gesicht rot anlief: vor Aufregung oder vor Anstrengung.

Der Winter war streng in jenem Jahr. Der Himmel blieb blau und kalt, der gefrorene Schnee knirschte unter den Füßen, und die Luft stank so eklig, daß man bedauerte, kein

Fisch zu sein. Ich besuchte Vater fast täglich, er erholte sich rasch und saß bald schon wieder an seinem Computer. Glaub ja nicht, daß ich schon erledigt bin, sagte er zu mir und versenkte sich in seine Zahlenwelt, wo er sich am wohlsten fühlte. Er berechnete zwar keine neuen Motoren mehr, er hatte eingesehen, daß es schon viel zu viele auf der Welt gab, aber er suchte für sich selbst neue Lösungen und plante bessere Maschinen für eine bessere Welt, die er im Geist vielleicht schon vor sich sah. Manchmal zog er seine Pelzjacke an und unternahm mit mir einen Spaziergang durch die eisige, scheußliche Straße. Das Geschehen in der Welt interessierte ihn nach wie vor. Er vertraute mir seine Befürchtungen und Enttäuschungen an. Es gräme ihn, daß der Sozialismus den Menschen nicht die Freiheit gebracht und die Technik nicht nur die Plackerei erleichtert habe, sondern auch mit großen Zerstörungen einhergehe. In einem Milchladen machten wir halt. Hier wurde Vater munterer, denn die ansehnliche Milchfrau lächelte ihn freundlich an, erkundigte sich nach seinem Befinden und fand sein Aussehen blendend. Vater hielt wenigstens Frauen noch für gute Wesen. Für mitfühlend, beachtens- und liebenswert. Er hätte gern noch mit der Milchfrau geplaudert, aber mich trieb es zu meiner Geliebten.

Das Mansardenatelier mit der verstellten Aussicht auf das Palais hatten wir verlassen müssen, wir trafen uns in der Kellerwerkstatt, wo ich sie vor langer Zeit zum erstenmal gesehen hatte. Draußen vor dem Fenster tappten unaufhörlich die Schritte von Passanten, und aus den Winkeln roch es nach Schimmel und Pilz. Auf dem Steinboden stand ein Speicherofen, der nur sieben Jahre jünger war als ich und genauso eigenbrötlerisch, manchmal wärmte er, ein andermal schaltete er sich aus unerfindlichen Gründen nachts nicht ein.

Sie erwartete mich, hatte aber noch nicht den Mantel ausgezogen. Ihre Lippen waren heiß. Sie drückte sich an das lauwarme Blech des Ofens, und ich beeilte mich, Tee zu machen, während sie mir etwas erzählte. Während ich ihr so zuhörte, dachte ich, daß ihr Geschichten zugeflogen kamen, nach denen ich vergeblich suchte, alle ihre Begegnungen schienen einen besonderen und tieferen Sinn zu haben, ihr etwas Wesentliches zu vermitteln, Einblick in die unendlichen Innenräume anderer Menschen zu gewähren.

Und ich sah, wie lebendig ihr beim Sprechen die Atemwölkchen vorm Mund standen. Im Raum herrschte ein Zwielicht, das auch die letzten Fältchen verwischte, die ich mit meinen weitsichtigen Augen vielleicht noch hätte sehen können. Darja wirkte sanft und vergeistigt schön, ich wußte, daß ich sie immer noch liebte, und ich nahm an, daß es umgekehrt ebenso sein mußte, warum sonst hielt sie sich mit mir in diesem unfreundlichen und kalten Kellergewölbe auf.

Sie bemerkte meinen Blick und schmiegte sich an mich – zusammen schlüpften wir in das eisige Bett. Ihr Körper war jedoch warm, wir klammerten uns aneinander, die Lust schirmte uns von der Welt ab, in diesem Moment war es unwichtig, wo wir gerade waren, wir befanden uns in der Abgeschiedenheit unserer Liebe und wußten, daß es auf Erden keinen Palast gab, dessen Einsamkeit wir für diesen Ort eintauschen würden.

Ihr schmächtiger Körper bäumte sich immer wieder dem meinen entgegen und bebte vor Wollust, ihre Augen trübten sich. Hingebungsvoll bat sie mich, sie nicht zu verlassen, immer wieder verlangte es sie nach mir, sie gönnte sich in der Liebe ebensowenig eine Ruhepause wie bei der Arbeit, wie bei allem, was sie tat. Sie riß mich mit wie ein Strudel und weckte in mir eine Kraft, von der ich vorher nichts geahnt hatte. Ich war wie betäubt, war außer mir, war nur für diesen Moment auf der Welt, für diesen einzigen Akt.

Aber dann kam doch der Zeitpunkt, an dem wir matt wurden, und die Kälte, die vom Boden und von den Wänden ausstrahlte, schob sich zwischen uns, gelangte in ihre Augen. Ich wußte, daß sie sich im stillen fragte, wie lange ich dieses Liebesverhältnis noch fortzuführen gedachte, ohne ihr eine Hoffnung zu geben, ohne eine Lösung zu finden, die sie aus der eisigen Umklammerung befreien würde. Aber sie fragte nur, was ich heute abend machen würde.

Ich antwortete, ich würde arbeiten, obwohl ich wußte, daß dies die falsche Antwort war, weil ich mich nicht dazu durchgerungen hatte, bei ihr zu bleiben. Ich erkundigte mich, was sie vorhatte.

Was mich das kümmere? Ich bliebe ja ohnehin nicht bei ihr, daheim warte doch die Frau Gemahlin auf mich, bei der ich die Rolle des treuen und liebenden Gatten spiele und die Atmosphäre eines trauten Heims vorspiegle. Ja, freilich müsse ich auch arbeiten, Geld verdienen, um die Gnädigste versorgen zu können. Ich dürfe nicht vergessen, ihr etwas zum Abendbrot zu kaufen, damit sie sich bloß nicht anzustrengen brauche, und ihr ein Geschenk mitzubringen. Ich solle ihr, Darja, nur das eine sagen: Warum sie mit mir in diesem unserem zuckersüßen, klebrigen Saustall versumpfen solle. Sie verfluche den Augenblick, in dem ich ihr über den Weg gelaufen sei. Warum ich schwiege, warum ich keinen Piepser zu meiner Verteidigung vorbringe!

Ich zog mir das kalte Hemd an, und sie schrie, ich solle bloß abhauen, damit ich möglichst schnell bei dieser heiligen Kuh sei, die ihr das Leben ruiniere. Sie werde noch versuchen, sich zu retten, sich aus dieser Scheiße herauszubuddeln, in die ich sie hineingezogen hätte.

Draußen war es inzwischen dunkel geworden, und der eisige Rachen verschlang uns sofort. Der Schnee war grau und schien unter unseren Schritten rissig zu werden. Wir erreichten die U-Bahnhaltestelle, und sie fragte: Wann sehe ich dich wieder?

Wie jedesmal schaute die Hoffnung von ihrem steinernen Sockel mit gleichbleibend zärtlichem, fast warmem Lächeln auf uns herab.

Morgen muß ich mit Vater zum Arzt. Hättest du übermorgen Zeit?

Sie ergriff meine Hände: Soll ich dich morgen wirklich den ganzen Tag nicht sehen?

Der junge Mann spielte seinen Part zu Ende und gab die Klarinette zurück. Jemand applaudierte, auch meine Frau applaudierte, der junge Mann verbeugte sich linkisch, er war wieder blaß wie immer, als er vom Podium heruntersprang.

Nach dem Konzert drängte das Publikum zu den Ausgängen. Draußen hatte es sich abgekühlt, am wolkenlosen Himmel strahlte hell der Vollmond.

Der Astronaut Aldwin hatte damals zu uns, die wir auf der Erde geblieben waren, gesagt:

I'd like to take this opportunity to ask every person listening in, whoever and wherever they may be, to pause for a moment and contemplate the events of the past few hours, and to give thanks in his or her way!

Der Regisseur in St. Louis hatte nebenbei erwähnt, er sei vor achtzehn Jahren, kurz nach seiner Flucht, in der Heimat wegen aus der Luft gegriffener politischer Verbrechen zum Tode verurteilt worden. Jetzt wolle man ihn rehabilitieren. Als wir an jenem denkwürdigen Tag gegen drei Uhr früh schlafen gegangen waren, hatte er gesagt: Schade, bei uns daheim konnten die Leute gar nicht zuschauen, sie sind schon bei der Arbeit, und er hatte mir seine Uhr hingehalten. Sie hatte zu meiner Verblüffung noch immer mitteleuropäische Zeit angezeigt.

Heute war ein schöner Tag, sagte meine Frau, meine Begleiterin durch sonnenhelle und nachtdunkle Gefilde. Sie drückte sich an mich, denn sie zitterte vor Kälte, und mich tröstete ihre Nähe.

4

Der Herbst war weit vorangeschritten, die Straßen waren voller Laub, das uns zusätzliche Arbeit machte, und an den Häusern flappten müde, lustlose Fahnen, die öffentlichen Gebäude waren mit jerkischen Parolen behängt, an denen die Schimpansen, wenn sie auf der Straße gewesen wären, zweifellos ihren Spaß gehabt hätten. Von diesem bunten Textilunrat brauchten wir jedoch nichts wegzuräumen. Fahnen und Transparente wurden von besonderen motorisierten Einheiten aufgehängt und abgenommen.

Ein Stück vor dem beflaggten Palast begegneten wir dem uns bekannten uniformierten Paar. Der Stutzer sah heute etwas mitgenommen aus, vermutlich hatte er den Dienst nach einer nächtlichen Kneipentour angetreten. Sein Kollege wirkte unverändert.

So ein Saustall, was? sagte der Stutzer zu uns und zeigte unbestimmt nach vorn.

Die Menschen sind Schweine, stimmte der Kolonnenführer zu. Und was macht der Mörder? fiel ihm dann noch ein. Habt ihr ihn schon?

Logo, antwortete der Stutzer obenhin. Gute Arbeit von unseren Jungs.

Hat Jirka geheißen, ergänzte sein Kollege.

Jirka – wer? fragte der Kolonnenführer.

Der war noch minderjährig. Der Stutzer gähnte. Hat sich dem Mädel, was er erwürgen wollte, als Jirka aus Kladno vorgestellt. Aber da hat er sich verrechnet, sie ist ihm weggerannt.

Und ein Bergmanns-Lehrling wär er, hat er gesagt, fügte der Blonde hinzu.

Ja. Unsere Leute haben alle Bergmanns-Lehrlinge mit Namen Jirka reingeholt, obwohl klar war, daß es auch ein Trick von ihm hätte sein können.

Stimmt, sagte der junge Mann. Und war's einer?

Ach wo! So ein Primitivling! Wißt ihr, wie viele Weiber der vergewaltigt hat? Na, sag's ihnen, forderte er seinen Kollegen auf.

Sechzehn!

Die haben ihn dann zuverlässig identifiziert.

Aber daß ein Bergmanns-Lehrling...? wunderte sich der Kolonnenführer.

Ich sag doch, der ist ein Primitivling. So einer mordet einmal, und dann muß er's immer wieder. Du Blödmann, das ist nicht mehr wie früher: Bergmann – ein ehrenhafter Beruf. Der Stutzer gähnte breit, nickte seinem Kollegen zu, und beide gingen ihres Weges.

Frau Venus drückte mir ihre Schaufel in die Hand und nahm sich des Karrens an. Mit der freien Hand zog sie eine Zigarette heraus und zündete sie an. Ihre Augen schwammen dabei in Tränen. Als ich den Kehricht in den Karren kippte, fragte ich sie, ob ihr etwas passiert sei.

Sie sah mich an, als ob sie überlegte, was sich hinter meiner Frage verbarg. Passiert – was soll mir schon passiert sein? Der alte Opa ist halt gestorben.

Es dauerte eine Weile, bevor ich begriff, wen sie meinte. Der auf ihrem Pawlatschengang?

Na ja, er war achtzig, und da ist er halt gegangen. Sie warf ihre Zigarettenkippe in die Mülltonne auf dem Karren und zündete sich eine neue Zigarette an. Um abzulenken, deutete sie auf den Palast: Dort sollen sie einen einbetonierten Zigeuner gefunden haben!

Was reden Sie da! erboste sich der Kolonnenführer. Ich hab einen Freund, der arbeitet dort in der Garage. Kommen da letzten Monat welche mit Preßlufthämmern und fangen an, ihnen die Wand zu demolieren. Und wißt ihr, wen die gesucht haben? Die Sängerin vom Nationaltheater, was vor acht Jahren verschwunden ist!

Und hat man sie gefunden? fragte ich.

Einen Scheiß hat man gefunden. Die Preßlufthämmer sind alle kaputtgegangen!

So eine Scheußlichkeit. Der Kapitän gab dem Palast den passenden Namen. Eine Million Menschen können die dort hineintreiben, der Strahlung aussetzen, und schon haben sie eine Million Schafe! Und bei dieser Vorstellung spuckte er kräftig aus. Das wird noch mal wer anzünden, fügte er prophetisch hinzu. Und recht so!

Meine Frau fuhr mit Tochter und Enkelin für eine Woche zum Skifahren ins Gebirge, ich wollte meinen Vater nicht so lange allein lassen und blieb zu Hause. Nur für einen Tag und eine Nacht machte ich mit Darja eine Ausflugsfahrt zu den Sandsteinfelsen, aus denen ein Volkskünstler im Laufe von Jahrzehnten Heilige, Ritter und böhmische Könige und einen Löwen herausgemeißelt hatte, der mächtig auf einem Vorsprung thronte. Wir krochen durch enge, vereiste Schächte und stiegen über steile Treppen hinunter. Halb versteckt hinter Fichtenstämmen oder Himbeergebüsch entdeckten wir immer neue Gestalten. Ich sah, wie diese Manifestation des schöpferischen Willens eines unbekannten Menschen sie rührte und zugleich verblüffte, eines Menschen, der ohne Schielen auf die Öffentlichkeit und nur im Vertrauen auf sein Werk seine Visionen in den einsamen Felsen gemeißelt hatte.

Ich wollte wissen, ob es ihr Spaß machen würde, eine solche Skulpturen-Galerie zu erschaffen.

Sie sagte, lieber seien ihr Gärten, Parks, das Meer, freier Raum. Und sie ziehe gewöhnliche Menschen allen Heiligen vor.

Ich fragte, was sie unter ›gewöhnliche Menschen‹ verstehe.

Alle anderen. Die Heiligkeit hätten diejenigen erfunden, die sich vor dem Leben und echten Gefühlen fürchteten. Deshalb hätten sie die ekstatische Verzückung zu etwas erhoben, zu dem man aufblicken müsse, das eine Gnade sei.

Und wenn sie einen Park bekäme, wie sie ihn sich wünsche, einen Park am Meeresstrand, wie würde sie ihn gestalten?

Sie staunte über meine Frage. Darüber habe sie noch nie nachgedacht. Ganz entschieden wäre in diesem Park nichts, was im Menschen das Gefühl der eigenen Erbärmlichkeit, Unzulänglichkeit oder Sündhaftigkeit wecken könnte. In jedem stecke selbstverständlich etwas Heiliges, fügte sie noch hinzu, sie meine nicht die gekünstelte Askese, die barocke Floskel, sondern etwas Ewiges, Unantastbares und nicht Darstellbares: die menschliche Seele. In Momenten der Erleuchtung könne der Mensch sie in sich erschauen, gewahre das eigene Gesicht so, wie andere es nicht sehen könnten. Wenn man ihr einen Park anvertraue, dann wolle sie ihn mit Gebilden ausstatten, in denen die Besucher sich so darin wiederfänden, wie sie sich in einem der hellen Momente gesehen hätten.

Was für Gebilde das sein könnten?

Die naturgetreuesten. Wie in dem Gedicht von Prévert:

Und es passiert dem Straßenkehrer
der trostlos seinen Besen schwingt
inmitten der verstaubten Trümmer
der verjubelten Kolonialausstellung
daß er verblüfft verharrt
vor wundersamen Statuen
aus Laub und Blüten
Verkörperungen doch nicht ganz gewiß
von Träumen
Verbrechen Festen Blitzen
von Lachen neuer Sehnsucht
von Bäumen und Vögeln
und auch des Mondes der Liebe von Sonne und dem Tod...

Abends suchten wir lange ein Nachtquartier. Die Hotels waren geschlossen, besetzt oder von Kindern der umliegenden ›Schulen in der Natur‹ bewohnt. Schließlich fanden wir einen Gasthof, wo man sich gegen ein Geldgeschenk erweichen ließ.

Nachdem wir das kalte und schlecht beleuchtete Zimmer betreten hatten, wollte ich sie umarmen, wie ich sie immer umarmte, wenn wir allein waren, aber sie wehrte ab. Sie erlaubte mir nicht einmal, unsere Reisetaschen in den Schrank zu räumen. Zuvor öffnete sie ihn und schaute hinein. Dann zog sie die verschossenen Vorhänge auseinander, öffnete einen Spaltbreit das Fenster und setzte sich in den Sessel, der unter ihrem geringen Gewicht ächzte. Spürst du hier nicht etwas Merkwürdiges? fragte sie. Aber ich spürte nichts außer meiner Müdigkeit.

Sie wurde immer unruhiger. Ich sah, daß sie auf etwas horchte, sich auf etwas konzentrierte, was mir verborgen blieb. Ich setzte mich in den anderen Sessel. Durch das offene Fenster kamen Geräusche herein, ein Motorrad wurde angelassen, in der Ferne heulte gedehnt ein Hund. Über die Wand huschte ein scharf umrissener Lichtschein, ich merkte, wie auch mich Beklemmung überkam.

Endlich stand sie auf. Umarmte und küßte mich flüchtig. Fragte dann, ob ich etwas dagegen hätte, wenn wir von hier weggingen.

Ich fand es unklug, diese Herberge zu verlassen, da wir wußten, daß wir in der Umgebung keine andere finden würden.

Sie sagte, schlimmstenfalls könnten wir im Auto bleiben, das sei besser als hier, dies sei kein glücklicher Ort.

Ich zuckte die Achseln und griff nach den Taschen.

Im Wagen schmiegte sie sich an mich, bat, ihr nicht böse zu sein, ich wisse doch, daß sie so etwas noch nie gemacht habe, aber in dem Raum sei etwas Ungutes gewesen, etwas Unreines. Irgendwer habe dort in großer Furcht ungetröstet sterben oder eine andere große Qual erleiden müssen.

Ich sagte, sie habe richtig entschieden, ich wolle nicht, daß sie mit mir irgendwo bleibe, wo sie sich nicht wohlfühle.

Vor Mitternacht erbarmte man sich unser in einer Bergsteigerunterkunft. Der große Raum war für zehn Personen eingerichtet, aber wir waren allein. An den Wänden hingen Farbfotos von Hochgebirgsgipfeln, und vor dem Fenster erhob sich tatsächlich ein Berg. Wir entschieden uns für das Bett direkt unter dem Fenster.

Sie küßte mich unter Tränen. Nein, diesmal sei ich an nichts schuld, sie sei mir im Gegenteil dankbar für mein Verständnis. In dem gräßlichen Zimmer dort habe sich der Tod an sie herangemacht, jetzt könne sie ihn nicht loswerden. Ich wisse doch, daß sie den Tod nicht fürchte, sie hänge nicht am Leben, habe nie daran gehangen, aber plötzlich sei ihr aufgegangen, daß er uns trennen werde.

Sie rang sich ein Lächeln ab. Zwar habe ihr eine Wahrsagerin siebenundachtzig Jahre vorausgesagt, auch die Lebenslinie in meiner Hand sei lang, aber einmal werde es doch soweit sein, und dann würden wir einander nie wiedersehen, egal, wohin sich unsere Seelen begeben würden und welches Schicksal ihnen beschieden sei.

Ich nahm sie in die Arme, wie um sie über den Fluß des Vergessens zu tragen, der uns zweifellos einmal trennen würde.

Jetzt fühle ich mich wohl, flüsterte sie. Bei dir fühle ich mich wohl, hier mit dir fühle ich mich wohl! Und sie sagte noch, heute spüre sie Kraft und Ruhe von mir ausgehen, sie spüre, daß ich mich endlich mir selbst öffne, der eigenen Stimme lausche, nicht nur den Stimmen, die um mich herum zu hören seien.

Du gehörst doch mir, flüsterte sie, bevor sie einschlief, du wärst doch nicht hier bei mir, wenn du nicht mir allein gehörtest.

Ich schwieg, starrte zum Fenster hinaus auf die dunkle Masse des Berges und schaute zu, wie im Schein einer einsamen Laterne Schneeflocken niederstäubten.

Ich mußte daran denken, daß sie es war, die mir geholfen hatte, mich aus einem Zustand zu reißen, in dem ich sogar noch der eigenen Stimme hatte entfliehen wollen.

Aber diese Stimme rief mich jetzt zurück zu einem alten sehnsüchtigen Wünschen, das nicht mit ihr verknüpft war, zu einem Wünschen aus einer Zeit, da mein Leben mir reiner erschienen war als heute.

Jetzt schlief sie, ich konnte sie noch berühren, sie an mich drücken, Lust an ihrer Nähe empfinden – und begab mich zugleich auf die Flucht, auf den Rückweg zu meiner Frau: Um es noch einmal zu versuchen, um ganz bei ihr zu sein, wie es mir noch nie gelungen war, wie es keinem von uns mit dem anderen gelungen war, aber wie wir beide es uns einmal ersehnt hatten.

Darja seufzte im Schlaf, und mich schauderte bei dem Gedanken, sie könnte mich die ganze Zeit beobachtet haben. Wie sollte ich ihr das bloß beibringen? Wäre ich so gewesen, wie sie mich sehen wollte, wie ich mich sehen wollte, hätte ich sie wecken und sagen müssen, ich ginge weg: Leb wohl, mein Liebes, es geht nicht anders, ich kann mich nicht anders entscheiden, obwohl ich dich liebe.

Kurz vor neun, wir waren gerade dabei, unsere Geräte unter dem Wetterdach für die Mülltonnen eines Selbstbedienungsmarktes abzustellen und ins Gasthaus zu gehen, wie es sich um diese Zeit gehörte, blieb der Müllabfuhrwagen neben uns stehen, und heraus sprang Franta – der Debile. Die militärische Schiffchenmütze keck in die Stirn gezogen, um den Hals ein rotes Tuch, mutete er uns ein Lächeln zu. Der Kolonnenführer ging auf ihn zu, Franta zückte, noch bevor er etwas sagte, eine Schachtel Benson & Hedges, bot zuerst Frau Venus an, dann dem Kolonnenführer und dann der Reihe nach uns anderen. Erst dann führte er den Kolonnenführer zur Seite und unterhielt sich eine Weile mit ihm, deutlich hörte ich das kaum artikulierte Kreischen seiner Kastratenstimme.

Der hat aber geduftet! platzte Frau Venus heraus, kaum daß Franta in Richtung der Pankrácer Strafanstalt davongefahren war. Wird halt eine Drogerie ausgeraubt haben. Und auch einen Tabakladen, sagte sie in Anspielung auf die goldglänzende Zigarettenschachtel.

Mir gefällt das nicht! Der Kolonnenführer schaute dem entschwundenen Müllwagen nach, als erwartete er aus dieser Richtung irgendeine Botschaft.

Hat er etwas gesagt? fragte ich.

Was soll er denn sagen? Kann er denn reden? Er holte unter dem Wetterdach eine Schaufel hervor. Dieses Schwein hat schon wieder irgendeine Sauerei vor. Wir kehren lieber nicht ein, wir genehmigen uns lieber nur ein Stehbier.

Der junge Mann ging in den SB-Markt, um Bier zu holen, ich schloß mich ihm an, um mir etwas zu essen zu kaufen, Frau Venus wollte ihre Lieblingszigaretten mitgebracht bekommen, und der Kapitän bat um eine Schachtel Zündhölzer.

Ich bin irgendwie fix und fertig. Den jungen Mann schauerte es, als ob ihn friere. Aber gestern, ob ich davon gehört hätte?

In Prag habe eine echte New-Orleans-Band gastiert, fast niemand habe davon gewußt, es sei keine öffentliche Veranstaltung gewesen, aber er habe es geschafft, dabei zu sein. Wenn Sie die gehört hätten! Die haben einen Pianisten, einen richtigen zweiten Scott Joplin, und was für Hits die gespielt haben! Zum Schluß haben sie uns zu einer Jamsession eingeladen. Also das hab ich denen hoch angerechnet: sie mit uns! Die Wangen des jungen Mannes röteten sich vor Aufregung. Er blieb vor dem Eingang des SB-Marktes stehen und machte vor, wie einer seiner Freunde das Waschbrett bearbeitet hatte. Ich hab's nicht mehr ausgehalten und hab versucht, ein bißchen zu blasen, aber mir ist wieder einmal schlecht geworden. Einmal muß das doch aufhören, oder?

Ich sagte, ja, bestimmt, er müsse nur Geduld haben.

Ich kann trotzdem zu den Jungs kommen, wann ich will, sagte er. Wir waren eine prima Clique. Sie haben ja gesehen, wie sie mir das Solo im Gershwin überlassen haben.

Hast hervorragend gespielt!

Das kann man gar nicht anders spielen. Ich denk mir, wie er das komponiert hat, muß er im Kopf etwas Erhabenes gehabt haben, etwas... Er suchte vergeblich nach einem Wort für den paradiesischen Zustand, in den der schöpferische Geist versetzt wird.

Meine Tochter erzählte mir und meiner Frau einen Traum: Sie ging mit ihrem Mann durch den Wald, und beide hörten eine sonderbare, sanfte Musik. Sie traten auf eine Wiese hinaus und sahen einen großen nackten Schwarzen, der eine goldene Trompete blies. Die Trompete strahlte so, daß sie die Wiese hell erleuchtete und so mit Licht füllte, daß die Dinge den Schatten verloren. Plötzlich kamen von überall bunte Vögel geflogen, Kolibris vielleicht, auch Papageien und Paradiesvögel, wie sie sie noch nie gesehen hatte. Ihr Mann sah, daß zwischen den Ästen eine Schaukel hing. Er setzte sie auf diese Schaukel, dann verschwand er. Die Schaukel geriet jedoch von selbst in Bewegung, immerzu ertönte diese Musik, eine Musik, wie sie sie noch nie gehört hatte. Sie schaute sich um, woher sie wohl kommen mochte, sah aber nirgendwo auch nur einen einzigen Musiker. Da begriff sie, daß die Musik direkt aus dem Boden drang, die Steine tönten, und die Bäume klangen wie eine riesige Geige. Auf der Lichtung standen nackte Menschen, darunter auch wir, und allen saßen auf der Schulter, auf dem Kopf oder auf dem ausgestreckten Finger diese herrlichen bunten Vögel. Auch sie war nackt, schämte sich aber nicht, weil sie noch ganz klein war. Da kam einer der bunten Vögel und setzte sich ihr auf die Hand. Sein Gefieder leuchtete in Farben, wie sie sie noch nie gesehen hatte. Sie roch auch einen lieblichen Duft, wie sie ihn noch nie gerochen hatte, und da erkannte sie, daß sie sich im Paradies befand.

Und was war in diesem Traum das Schönste für dich? wollte meine Frau wissen.

Die Tochter überlegte und sagte dann: Daß ich wieder klein war.

Darja las meine Vereinsamung und meine Abneigung, mein Herz an jemanden zu hängen, aus den Sternen. Ich sei ein Saturn-Mann, mein Saturn sei nämlich rückwärts gewandt und stehe im Zeichen des Steinbocks, er strahle förmlich den Geruch von Knochen aus. Von meiner Vereinsamung könne mich nur die Liebe befreien: aufrichtige und das ganze Wesen durchdringende Liebe.

Und plötzlich fragte sie: Schläfst du auch mit deiner Frau? Ich will nicht, daß du auch mit anderen Weibern schläfst, ich will, daß du es nur mit mir machst.

Sie entzog sich mir. Hörst du mich überhaupt? Meinst du,

ich muß mir alles gefallen lassen, meinst du, daß ich keinen anderen mehr finde? Vielleicht fände sie wirklich keinen anderen, der sie so behandeln würde, sagte sie noch, der sie behandeln würde wie ein Straßenmädchen.

Ich hatte sie nie danach gefragt, wie sie mit ihrem Mann lebte, doch jetzt sagte ich, sie sei doch auch nicht allein.

Was ich damit meine? Wenn sie allein wäre, hätte ich ihr längst etwas gehustet, weil ich um meine tolle Ehe bangen würde.

Vor einigen Wochen waren wir zusammen im Kino. In der Pause sah sie in der Reihe vor uns ihren Mann mit einer fremden Frau sitzen. Von da an schweifte ihr Blick immer wieder von der Leinwand ab. Nach der Vorstellung gab sie mir rasch einen Kuß, ich dürfe nicht böse sein, daß sie mich jetzt verlassen müsse, und lief den beiden nach. Am nächsten Tag trafen wir uns wie gewöhnlich. Ihre Augen waren geschwollen vom Weinen und rot vor Müdigkeit. Dieses Frauenzimmer, erklärte sie mir, habe ihr Mann immer abgestritten, endlich habe sie ihn ertappt. Die ganze Nacht hätten sie geredet, sie habe ihm gesagt, was er nie vergessen werde, habe ihn daran erinnert, was er ohne sie wäre. Zum Schluß habe sie ihn vor die Wahl gestellt: entweder bleibe er ausschließlich bei ihr, oder er könne seine Sachen packen und gehen. Er habe ihr versprechen müssen, bei ihr zu bleiben!

Ich erschrak, weil auch sie etwas Ähnliches hatte versprechen müssen. Eine Diskussion über sie und mich habe sie freilich nicht geduldet, mit mir sei das etwas ganz anderes. Sie habe mich nie abgestritten oder verheimlicht.

Ich sei ekelhaft, schrie sie mich plötzlich an, zuerst brächte ich sie in eine so peinliche und beschämende Situation, nie hätte sie gedacht, daß ihr etwas Derartiges widerfahren könnte, und dann besäße ich auch noch die Frechheit, ihr das vorzuwerfen.

Der Garten Eden, den vor zweitausend Jahren ein gelehrter Rabbi schaute, hat zwei mit Rubinen verzierte Pforten. An jeder stehen sechzigtausend Tröster. Die strahlende Schönheit eines jeden Gesichts leuchtet wie der Glanz des Himmelsgewölbes. Erscheint ein gerechter und treuer Mensch, ziehen sie ihm das Kleid aus, in dem er aus dem Grab auferstanden ist, und kleiden ihn in acht Gewänder aus den Wolken der Glorie, setzen ihm zwei Kronen aufs Haupt, die eine aus Edelsteinen und Perlen, die andere aus Gold, und in die Hand geben sie ihm acht Myrtenzweige und sprechen zu ihm: Geh und verzehre deine Speisen in Freuden!

Jede Person hat, entsprechend dem Rang, der ihr zukommt, eine eigene Kammer, in der vier Quellen fließen: eine aus Milch, eine aus Wein, eine aus Balsam, die vierte aus Honig. Sechzig Engel schweben über jedem der Gerechten und Treuen. Sie wiederholen ihm: Geh und verzehr in Freuden deinen Honig, weil du dich der Thora gewidmet hast, die dem Honig vergleichbar ist, und trink den Wein, weil du dich der Thora gewidmet hast, die dem Wein vergleichbar ist.

Für die Gerechten gibt es keine Nacht mehr, die Nachtzeit verwandelt sich ihnen in drei Zeiten des Wachens. In der ersten wird der Gerechte zum Kind, begibt sich unter Kinder und freut sich mit ihnen an Kinderspielen. In der zweiten wird er zum Jüngling, begibt sich unter die Jünglinge und freut sich mit ihnen an ihren Spielen. In der dritten wird er zum Greis, begibt sich unter die Greise und freut sich an deren Spielen. In der Mitte des Gartens Eden wächst der Baum des Lebens, seine Äste überwölben den ganzen Garten und tragen fünfhunderttausend Sorten Obst – eine jede unterschiedlich in Aussehen und Geschmack.

Die Gerechten und Treuen sind in drei Klassen eingeteilt, in ihrer Mitte der Heilige Ewige, gesegnet sei sein Name, der ihnen die Schrift so auslegt, wie verheißen worden ist: Ich will mir auf Erden Getreue erwählen, die bei mir weilen sollen.

Als ich gegen Morgen aufwachte, war ich allein im Raum. Ich ging hinunter in die Halle, wo die Hüterin der Pforte die Pflanzen goß.

Die Dame sei zum Frühzug geeilt, eröffnete sie mir.

Ich ging zurück und begann meine Sachen zu packen. Ich

merkte, daß von allen meinen Gefühlen die Erleichterung überwog.

Wir wurden aus dem Paradies vertrieben, aber das Paradies wurde nicht zerstört, wie Kafka schrieb. Und hinzufügte: Die Vertreibung aus dem Paradies war in gewissem Sinne ein Glück, denn wären wir nicht aus dem Paradies vertrieben worden, müßte das Paradies zerstört werden.

Die Vorstellung vom Paradies lebt in uns weiter, und somit auch die Vorstellung von Geselligkeit. Denn im Paradies gibt es keine Einsamkeit, dort weilt man in Gesellschaft von Engeln und in der Nähe Gottes. Im Paradies werden wir in eine höhere und ewige Ordnung aufgenommen, die uns auf Erden verweigert wird, wohin wir gestoßen sind, wohin wir verstoßen sind.

Wir sehnen uns nach dem Paradies und sehnen uns danach, der Einsamkeit zu entfliehen.

Wir versuchen zu entfliehen, indem wir die große Liebe suchen oder von einem Menschen zum anderen irren in der Hoffnung, daß uns endlich jemand zur Kenntnis nehmen, uns kennenlernen oder wenigstens mit uns sprechen will. Manche schreiben aus diesem Grund Gedichte, oder protestieren, schreien Hurra, freunden sich mit den Helden von Fernsehserien an, glauben an Götter oder an Revolutionsgenossen, werden Denunzianten, damit sie wenigstens bei der Polizei freundlich empfangen werden, oder drücken einem anderen die Kehle zu. Auch Mord ist eine Begegnung des Menschen mit dem Menschen.

Aus der Einsamkeit herausführen kann den Menschen nicht nur Liebe, sondern auch Haß. Der Haß wird fälschlich für das Gegenteil der Liebe gehalten, in Wirklichkeit sind sie verwandt, das Gegenteil von beiden ist Vereinsamung, Isolation.

Als wir aus dem SB-Markt zurückkamen, waren die anderen mitsamt den Gerätschaften schon ein Stück weiter zu den Bänken gegangen, auf die wir uns zwar nicht setzen durften, die sich aber gut zum Abstellen der Bierflaschen eigneten.

Der Kolonnenführer rauchte und redete viel. Uns allen versprach er bessere Arbeit, falls er im Betrieb etwas zu sagen haben würde. Er würde uns zum Aufräumen auf Baustellen schicken, was manchmal zwar eine Schinderei sei, wo man jedoch mehr verdiene. Ich könne auf seinen Posten nachrücken, das werde er regeln. Und unverzüglich für einschneidende Verbesserungen sorgen. Er würde versuchen, die Mechanisierung voranzutreiben, auch den direkten Transport zur Arbeitsstätte würde er uns garantieren. Dadurch würde viel Zeit eingespart, infolgedessen mehr verdient, unsere Einkünfte könnten steigen. Genau so würde er sich kümmern, wohingegen diejenigen, die heute die Straßenreinigung unter sich hätten, auf alles pfiffen, sich höchstens um die eigenen Prämien kümmerten und sich auf Schwachköpfe verließen, die so parfümiert daherkämen wie Devisen-Nutten.

Je mehr er sich aufregte, desto unsicherer wurde er. Verstummte nur, wenn er die Flasche an den Mund setzte oder sich in Richtung Gefängnis umblickte, als ob er von dort Unheil erwartete.

Wir sollten bloß nicht meinen, daß er sich vor etwas fürchte, er habe immer Rat gewußt, und komplizierte Situationen habe er oft genug erlebt. Er habe uns noch nicht erzählt, wie vor Jahren, als die Überschall-Mig-19 eingeführt worden sei, eine Maschine kurz nach dem Abheben eine Taube oder sonst irgendein Mistvieh eingesaugt habe und sofort wieder heruntergekommen sei. Der Pilot, sein Freund Lojza Havrda, hätte sofort mit dem Schleudersitz raus müssen, das gebe einem doch der Verstand ein, aber weil die Maschine funkelnagelneu gewesen sei, habe er es nicht über sich gebracht, sie ihrem Schicksal zu überlassen. Natürlich sei er nicht mehr auf der Landebahn gewesen. Wie er die Mig habe abbremsen wollen, habe er alles mitgenommen, was im Weg gewesen sei: Büsche, leere Fässer, die Tarnung vor dem Hangar. Er habe durch das Barackenfenster plötzlich den acht Tonnen schweren Riesen volle Pulle auf sich zurasen gesehen. Unvorstellbar, was sich in diesem Augenblick in der Mannschaftsstube getan habe. Er als einziger sei drin geblieben und habe sich angesehen, wie sich der Lojza mit der Maschine rumgeschlagen habe. Eine Schau, aber 'n paar Meter vor der Baracke habe er sie zum Stehen gebracht. Jetzt hätte er aus der Maschine natürlich sofort raus müssen, aber denkste! – Und da zögert unser Kolonnenführer nicht, springt aus dem Fenster und rennt zur Maschine. Im Cockpit findet er den Lojza in dessen Blut, von selbst kann der sich nicht mal bewegen. Er löst ihm die Gurte und trägt ihn auf dem Rücken runter. Erst als er den Freund bis zur Baracke geschleppt hat, fällt ihm ein, daß das Ganze mitsamt ihnen hätte in die Luft gehen können.

Und hat es gekracht? fragte ich.

Er zögerte, als könne er sich nicht erinnern, dann schüttelte er den Kopf. Die Feuerwehr war gleich da und hat Schaum gespritzt.

Wissen Sie, daß er mir ein Bild geschenkt hat? sagte Frau Venus zu mir.

Wer? fragte ich und verstand nichts.

Mein alter Opa halt. So vor einem Monat. Ein großes Bild, hat's überm Bett hängen gehabt.

Öl?

Maria mit dem Jesuskind. Sagt halt zu mir: Nehmen Sie sich das Bild, Frauerl, ich seh's eh nicht mehr.

Das Bier war ausgetrunken. Der junge Mann verstaute die Flaschen in seiner großen Umhängetasche, um sie in den SB-Markt zurückzutragen. Er ging langsam, als wäre ihm der Weg bergauf zu anstrengend.

Auch mir fiel das Atmen schwer. Die Dunstglocke hatte sich über die Stadt gestülpt, Rauch und Nebel drückten in die Straßen.

Ich hatte angenommen, wir würden einander nie wiedersehen, sie hätte auch für mich entschieden. Sie war nicht nur mitten in der Nacht abgereist, sie war zugleich von mir weggegangen, hatte sich klugerweise von mir entfernt. Obwohl der anbrechende Morgen mich ab und zu mit erloschenen Augen anstarrte, verspürte ich immer noch Erleichterung.

Fast einen Monat lang schwiegen wir, dann rief ich sie an, um zu fragen, wie es ihr gehe.

Sie liege schon seit fast einer Woche im Bett, teilte sie mir mit, und könne sich überhaupt nicht bewegen, so schlecht gehe es ihr. In ihrer Stimme lag Schmerz, Vorwurf, aber auch Zärtlichkeit. Plötzlich wurde mir bewußt, daß ich die ganze Zeit auf diese Stimme gewartet hatte.

Warum hast du dich so lange nicht gemeldet? fragte sie. Bist du beleidigt? Da könnte eher ich beleidigt sein, nach allem, was du mir angetan hast!

Damit wollte sie sagen, daß sie mich noch immer liebte, auf mich wartete. Nach einer Stunde überreichte ich ihr eine purpurne Gerbera und küßte sie. Ihre Lippen waren rissig.

Sie sei aufs Land gefahren, als ich mich nicht gemeldet hätte, habe Bäumchen gepflanzt und sich dabei anscheinend den Rücken verrenkt, sie habe drei Tage allein und bewegungslos im Häuschen gelegen.

Sie schleppte sich zum Bett, und ich ließ Wasser in die Vase laufen.

Eine Nachbarin habe sie gefunden und den Krankenwagen gerufen, im Krankenhaus habe man ihr eine Spritze gegeben, damit sie es wenigstens bis zum Bus schaffte. Und ich hätte nicht einmal angerufen!

Du könntest mich wirklich so schnell vergessen? fragte sie.

Ich ging einkaufen und machte uns etwas zum Mittagessen.

Du bist so lieb zu mir, sagte sie. Wenn du Zeit hast! Wenn du eine Pause hast, in die ich hineinpasse.

Als ich das Geschirr spülen wollte, bat sie mich, alles liegen und stehen zu lassen und mich lieber ihr zu widmen. Sie lag da. Ich hielt ihre Hand. Sie sah mich an, ihr Blick zog mich wie immer in die Tiefe, in der nichts und niemand mehr Platz hatte außer ihr.

Sie fragte, was ich die ganze Zeit getan hätte.

Ich erzählte von Vater, erzählte vom Sohn, versuchte zu

beschreiben, worüber ich geschrieben hatte, aber sie wollte wissen, ob ich an sie gedacht hätte, ob ich jeden Tag an sie gedacht hätte.

Sie sei mitten in der Nacht von mir weggegangen und habe mich in der fremden Herberge und dann noch einige Wochen allein gelassen, damit ich begriffe, wie trostlos mein Leben ohne sie sei. Mir wurde klar, daß sie gegangen war, um mich endlich zu einem Entschluß zu bewegen.

Sie fragte: Wie kannst du so leben? Wie kannst du glauben, daß du etwas zu Papier bringst, wenn du dauernd in der Lüge lebst?

Sie sah mich bekümmert und liebevoll an. Sie hoffte, ich würde endlich die innere Kraft finden, ein aufrichtiges Leben anzufangen und also, meinem Herzen folgend, nur bei ihr bleiben. Und: Sie glaube mich zu verstehen. Nur deshalb fordere sie mich schon so lange auf, das unwürdige Leben in der Lüge aufzugeben – nur hatte sie nicht bedacht, daß sie mich damit auch aufforderte, auch sie aufzugeben. Sie hatte recht, ich mußte mich endlich dazu durchringen.

Auf ihrem Nachttisch lagen einige Bücher. Ich nahm das oberste – Erzählungen von Borges. Ich las ihr die von dem jungen Mann vor, der wegen einer unerlaubten Liebe gekreuzigt wird.

In unseren Ohren klang die Geschichte furchtbar, wir hatten uns daran gewöhnt, daß es keine unerlaubte Liebe gab, oder genauer, daß der Liebe alles erlaubt war.

Sie hörte aufmerksam zu, und ich fragte, ob ich noch eine Geschichte lesen solle.

Komm lieber endlich zu mir!

Sie vergaß ihren wehen Rücken, preßte sich an mich und flüsterte: Du mein Schatz, ich liebe dich so sehr, und du quälst mich! Warum kränkst du mich immerzu, wenn du doch weißt, daß du dich bei niemandem so wohl fühlen wirst, daß dich niemand mehr so lieben wird?

Ich umarmte sie noch einmal und mußte mich beeilen, da gleich ihr Mann nach Hause kommen würde.

Kommst du morgen wieder?

Ihre sanften Finger, ihr Mund, ihre Augen: Nie wieder wird dich jemand so lieben wie ich! Niemand wird sich dir so hingeben! Warum gestehst du dir nicht ein, daß du mir gehörst? Komm, wir fahren zusammen weg. Wir lieben uns zu Tode! Warum sträubst du dich, wenn du weißt, daß es geschehen soll? Es könnte doch nicht so vollkommen sein, wenn etwas Schlechtes dabei wäre.

Sie sah mich an, ich sah sie an. Sie hatte sich in all der Zeit verändert, ihre Sanftheit und ihr Zauber hatten abgenommen, die Müdigkeit oder vielleicht sogar Bitterkeit hatte zugenommen. Sie war gealtert. In den letzten Jahren war sie gealtert, neben mir, in meinen Armen, beim vergeblichen Warten, bei bösen Träumen, in Weinkrämpfen. In durchwachten Nächten hatten sich die Fältchen vermehrt, und ich vermochte sie nur für kurze Zeit wegzuküssen.

Ich spürte plötzlich Bedauern oder auch Mitleid und versprach, morgen wiederzukommen.

Wir näherten uns dem U-Bahnhof. Wir sahen Menschenmassen, die in dem Bestreben, so schnell wie möglich von einem Ort zum anderen zu gelangen, freiwillig in den unwirtlichen Untergrund hinabstiegen. Am U-Bahnhof sammelte sich immer besonders viel Unrat an, der Rasen um den Eingang verschwand geradezu unter Papier und Abfällen. Doch für die Rasenflächen waren wir nicht zuständig, selbst wenn der Müll sie völlig zugedeckt hätte. Ich bemerkte, daß der junge Mann hinter uns zurück und schließlich stehenblieb, sich an einen Laternenpfahl lehnte und sich nicht mehr rührte.

Ich ging zu ihm, sein blasses Gesicht war noch blasser geworden, auf seiner Stirn standen Schweißperlen.

Was ist los mit dir? fragte ich.

Er sah mich an, sagte aber nichts. In der rechten Hand hielt er noch immer den Rechen, die linke preßte er gegen den Magen.

Tut es dir dort weh?

Ach was. Manchmal packt's mich eben.

Müßtest du nicht zum Arzt?

Er sagte, meistens gehe es von selbst vorbei.

Ich hatte nicht den Eindruck, daß der Schmerz nachließ, und erbot mich, mit ihm zum Arzt zu gehen. Der Kolonnenführer beurlaubte uns anstandslos.

Wenn ihr rechtzeitig fertig seid, wißt ihr, wo ihr uns findet.

Die Fahrt zum Krankenhaus dauerte knapp zwanzig Minuten, kam mir jedoch endlos vor. Im Bus gelang es mir, ihn auf dem Platz für Körperbehinderte unterzubringen. Er schwieg. Zog aus seiner Briefträgertasche ein militärgrünliches, angeschmuddeltes Taschentuch und wischte sich die Stirn. Wer wusch ihm die Wäsche? Ich wußte nichts von ihm, hatte keine Ahnung, wie er lebte.

Vor dem Krankenhaus stiegen wir aus. Ich wollte ihn stützen, aber er schüttelte den Kopf. Er hatte die Zähne zusammengebissen und gab keinen Laut von sich.

Die Schwester, bei der wir uns meldeten, ärgerte sich, daß wir keinerlei Ausweis bei uns hatten, schließlich gab sie sich jedoch mit den Angaben des jungen Mannes zufrieden und schickte uns ins Wartezimmer, das durch seine Stille und sein Halbdunkel bedrückend wirkte. Wir setzten uns auf eine abgewetzte Bank, dem jungen Mann rann noch immer der Schweiß über die Wangen.

Wahrscheinlich hast du dich gestern zu sehr aufgeregt. Bei dem Konzert.

Ach wo, das war echt toll. Nach einer Pause setzte er hinzu: Ich wollte immer in einer richtigen Band spielen, aber im Kinderheim haben wir so einen Direktor gehabt... Für den war Musiker kein ordentlicher Beruf, jeder von uns hat etwas Ordentliches machen müssen – an der Fräse arbeiten, oder Schuhsohlen zuschneiden... Er war gelernter Schuster.

Er zog die Jacke aus und legte sie neben sich auf den Sitz. Ich hab den Jungs nie verraten, was ich mache. Also diesen Superjob da.

Mußt du es denn machen?

Bei dieser knappen Rente – jeder Knastbruder kriegt fürs

Auffädeln von Modeschmuck mehr! Er wurde blaß, als der Schmerz ihn wieder packte.

In seinem Alter hätte ich mich zweifellos auch gedemütigt gefühlt, wenn ich als Straßenkehrer hätte arbeiten müssen. Ich hätte mich auch in meiner jetzigen Situation gedemütigt gefühlt, wenn ich keine andere Wahl gehabt hätte, wenn ich, wie er, nur als Straßenkehrer hätte arbeiten können.

Plötzlich wurde mir bewußt, wie wenig ich derjenige war, für den ich mich ausgab. Was hatte mein Schicksal mit dem der Leute gemein, mit denen ich jetzt durch die Straßen zog? Was für den jungen Mann ein bitteres Los war, war für mich höchstens ein etwas grimmiges Spiel, mit dem ich prahlte, bei dem ich meine Standhaftigkeit erprobte und an den unverhofften Perspektiven, die mir mein Spiel erschloß, auch noch meinen Spaß hatte. Mit einemmal schämte ich mich. Ich zog die Jacke aus, legte sie zusammengerollt neben mich und beschloß, sie nie mehr anzuziehen.

Der junge Mann wischte sich wieder den Schweiß ab.

Hast du keinen Durst?

Was zu trinken wär ehrlich nicht schlecht.

Ich ging ein Glas suchen.

Wann wird man redlicherweise zu dem, für den man sich ausgibt? Am ehesten dann, wenn man sich an einem Ort befindet, von dem man nicht entfliehen kann oder will, dem Ort der eigenen Qual. Redlichkeit ist immer mit Qual gepaart, weil sie dem Menschen alle Fluchtwege versperrt, weil sie ihn an den Rand des Abgrunds führt, in den er jederzeit stürzen kann.

Die Schwester in der Aufnahme lieh mir ein Marmeladeglas und füllte es sogar selbst mit Wasser. Doch als ich in den Warteraum zurückkam, war der junge Mann schon im Sprechzimmer.

Ich setzte mich, das Glas stellte ich neben mich.

Auch für den, dem es gelingt, sich durchs ganze Leben zu lügen, kommt einmal der Augenblick der Wahrheit, vor dem es kein Entrinnen gibt, aus dem man sich weder herauslügen und von dem man sich auch nicht freikaufen kann.

Dann fiel mir der Tag ein, an dem ich im Warteraum eines anderen Krankenhauses gesessen hatte. Wenn ich sie jetzt anriefe, ob sie dann zu mir käme?

Wartest du schon wieder im Krankenhaus? Ist etwas mit deinem Vater passiert?

Es geht ihm schlecht, aber jetzt bin ich mit einem Kollegen da, dem auf der Straße schlecht geworden ist.

Und du hast ihn ins Krankenhaus gebracht. Siehst du, wie lieb du bist. Hast dich inzwischen überhaupt nicht verändert!

Er hat wirklich Hilfe gebraucht. Seine Leber ist kaputt. Ich habe wegen eines Medikaments ins Ausland geschrieben, aber es ist noch nicht da.

Mir ist es auch oft schlecht gegangen, so schlecht, daß ich schon gedacht habe, jetzt ist es völlig aus.

Das hab ich nicht gewußt.

Woher auch? Hättest mich mindestens anrufen müssen. Dazu bleibt dir ja keine Zeit, wenn du Kranke tröstest. Muß ein tolles Gefühl sein, andern zu helfen. Am besten Armen und Notleidenden. War das die Idee deiner Frau, das mit dem Medikament?

Tut mir leid, daß es dir schlecht gegangen ist.

Nur keine Sentimentalität. Mir ist es sehr schlecht gegangen, aber mit dir muß es noch schlimmer stehen, wenn du dich aufs Samaritertum verlegst. Was willst du dir vormachen? Findest du es nicht ein bißchen billig, sich so aus allem herauszulügen?

Ich lüge mich aus nichts heraus. Du kannst mich doch nicht nur von deinem Standpunkt aus beurteilen.

Und wie sonst soll ich dich beurteilen? Erinnerst du dich manchmal noch, was du mir gesagt hast, wenn wir zusammen waren? Ich habe gedacht, dir bedeutet das auch etwas; etwas Aufrichtiges, das man nicht einfach so hinter sich lassen kann. Und statt dessen versuchst du, mich durch irgendwelche guten Taten zu ersetzen! Warum schweigst du schon wieder? Ist dir überhaupt jemals aufgegangen, daß du mich getäuscht hast?

Kafka bemühte sich in seinem Schreiben, in seinem Beruf und in seiner Liebe um Redlichkeit. Zugleich wußte oder spürte er, daß ein Mensch, der redlich leben will, sich für Qual und Entbehrung entscheidet, für ein Mönchtum, das entschlossen ist, einem einzigen Gott zu dienen und dafür alles zu opfern. Er konnte nicht zugleich ein redlicher Schriftsteller und ein redlicher Liebhaber oder Ehemann sein, obgleich er sich das wünschte. Wiederholt erlag er der Täuschung, beides bewältigen zu können, und in dieser Zeit schrieb er auch den Großteil seines Werkes. Immer wieder gingen ihm jedoch die Augen auf, erstarrte, verharrte er in seiner Qual. Dann legte er entweder das Manuskript beiseite, oder er löste sämtliche Bindungen und bat seine Geliebten, ihn zu verlassen.

Endlich erschien der junge Mann in der Tür. Sie warten die ganze Zeit auf mich mit dem Wasser? Er hatte eine Spritze bekommen, und der Arzt hatte ihm zwei Tage Ruhe verordnet. Ich bot ihm an, ihn heimzubegleiten, aber er lehnte ab. Ein Weilchen, wenn ich nichts dagegen hätte, wolle er noch sitzen bleiben, dann könnten wir zu den andern zurückkehren.

Wie ich klein war, erinnerte er sich, hat manchmal am Nachmittag eine alte Frau vor der Schule auf mich gewartet. Die hat mich dann immer ins Automatenrestaurant mitgenommen, ins ›Dukla‹ in Libeň, falls Sie sich dort auskennen. Sie hat sich ein Bier genehmigt und mir ein Eis. Und wenn sie dann noch eins getrunken hat, hab ich noch ein Eis bekommen, die Frau war gerecht. Und wie die auf der Harmonika gespielt hat! Der junge Mann seufzte; ich fragte lieber nicht nach ihrem Schicksal, ich fürchtete, daß alles, was mit ihm zusammenhing, mit irgendeinem Unglück zu tun hatte.

Draußen hatte es inzwischen sacht zu regnen begonnen. Der junge Mann zog seine orangefarbene Jacke an, ich trug, getreu dem Versprechen, das ich mir eben erst gegeben hatte, die meine zusammengerollt unter dem Arm.

Alles im Leben ging auf ein Ende zu, wer sich gegen das Ende auflehnte, verfiel dem Wahnsinn. Die Frage war nur, was ›Ende‹ eigentlich bedeutete, welche Veränderung es nach sich zog in einer Welt, von der nichts verschwand, kein einziges Schmutzkrümelchen, keine einzige Regung der Anteilnahme oder der Zärtlichkeit, und kein einziger Akt des Hasses oder des Betrugs.

Der Arzt hatte mir einen Aufenthalt im Gebirge verordnet, auch meine Liebste brauchte Ruhe. Die Arbeit strengte sie an, sie klagte über ständige Müdigkeit: Die Bearbeitung des Materials, das stundenlange Einschlagen auf den Stein ermüde auch einen starken Mann – aber ich wußte, daß sie eine andere Müdigkeit meinte. Sie warf mir vor, sie müsse im Niemandsland zwischen Liebe und Betrug, Wiedersehen und Trennung ausharren, in einem Gebiet, das ich abgesteckt hätte, und wo die Kräfte sich zu rasch verschlissen, sich durch vergebliche Mühe und sinnlosen Trotz erschöpften.

Wir könnten ja, schlug ich vor, miteinander fahren. Sie stimmte zu, und ich fing sofort an zu zweifeln, ob es mir nicht lieber wäre, allein zu bleiben. Gesetzt den Fall, meine Frau wollte mitfahren? Mich grauste es schon im voraus vor den Ausreden und Lügen, die ich mir würde ausdenken müssen, ich schreckte davor zurück wie ein rückfälliger Verbrecher, der weiß, daß er unweigerlich erwischt werden wird.

Aber meine Frau äußerte nichts dergleichen und verdächtigte mich nicht. Sagte, der Aufenthalt im Gebirge würde mir guttun. Von Zeit zu Zeit brauche man einen Tapetenwechsel. Sie werde Vater an meiner Statt besuchen, ich brauchte mich um ihn nicht zu sorgen, es ginge ihm ja jetzt gut.

Ich wußte, daß meine Frau ganz in ihrer eigenen Welt lebte. Diese Welt war – bedingt durch die Arbeit, die Lída mit dem Schmerz und dem Leid psychisch Kranker konfrontierte – anders als unsere gewöhnliche Welt. In ihrer Welt wollte niemand jemanden kränken, das Böse gab es dort nur als das unterdrückte, unerweckte oder verirrte Gute, und Betrug schien ebenso unbegreiflich zu sein wie Mord.

Wen sah sie in mir, wenn sie sich neben mich ins Bett legte, wenn sie sich an mich schmiegte und flüsterte, bei mir fühle sie sich wohl? Womit rechtfertigte sie vor sich ihr immer neues und immer wieder enttäuschtes Vertrauen?

Meiner Liebsten entging mein Dilemma nicht: Willst du denn überhaupt, daß ich mitfahre?

Ich antwortete nicht schnell genug, stimmte nicht allzu überzeugend zu, die Unsicherheit war meinen Augen abzulesen, Darja weinte. Sie habe geahnt, daß ich schließlich einen Rückzieher machen würde, sie kenne mich ja, ich hätte vergessen, was Freiheit sei, hätte vor mir selbst keinen Respekt, sei zum Sklaven der Illusion meiner verhurten Ehe geworden, könne ohne mein Joch nicht mehr leben und versuche, es ihr aufzuhalsen, was wolle ich bloß aus ihr machen, wie könne ich mir erlauben, sie so zu behandeln, so zu demütigen?

Ich versuchte sie zu beschwichtigen, aber sie weinte immer heftiger, wurde vom Weinen geschüttelt, ließ sich nicht beruhigen. Jetzt sei Schluß, endgültig Schluß, sie wolle mich nie wieder sehen!

Ich verspürte Erleichterung und zugleich Schmerz.

Sie sah zu mir auf, ihr himmlischer Blick, mit dem sie mich immer in die Tiefe gelockt hatte, war blutunterlaufen, als wäre darin gerade die Sonne untergegangen.

Ich solle sie von dort anrufen.

Ich fuhr allein, fuhr weit weg, in die Niedere Tatra. Ich ging über Wiesen, die nach Feuchtigkeit rochen, auf den Berghängen über mir lag noch Schnee. Beim Abendessen unterhielt ich mich mit einem alten Arzt über Yoga, er erzählte mir von den erstaunlichen Eigenschaften der Heilkräuter. Ich ging auf Waldwegen spazieren und genoß die Stille ringsum, ich erholte mich in dieser Einsamkeit, auch wenn ich wußte, daß sie nur vorübergehend und ebenso kurz war wie die Erleichterung, die ich empfand: Die Folter, auf die ich mich selbst spannte, wartete, sie war in mir.

Nebel hängt über der Niederung. Ich schaue dorthin zurück, wo die Wellen sich überschlagen, die Brandung donnert und mein aus Sand geformtes Ebenbild wegspült, Darja badet in einsamen Wassern, der Boden ist schwarz, immer dichteres Wurzelgeflecht kreuzt den Weg, über die Wipfel streichen dunkel und lautlos Krähen hinweg. Ich gehe mit ihr zwischen

Felsen hindurch, bis wir ein verschneites Plateau erreichen, ich umarme sie: Kann es sein, daß wir uns so sehr lieben?

Und Nächte sinken herab, Gefängnisnächte, Nächte so lang wie ein Leben, ihr Gesicht über mir, meine Frau neben mir, ich bin allein mit meiner Liebe, mit meinem Betrug. Sie beugt sich nachts über mich, lädt mich zu sich, ruft mich zu sich für immer: Wir gehen zusammen weg, Liebling, wir werden glücklich sein. Und ich breche tatsächlich zu ihr auf, gehe durch diese Finsternis, laufe durch kalte Gassen, die verlassen sind und noch menschenleerer als in der tiefsten Nacht, ich selbst habe sie so leer gemacht, ich schleppe mich durch die tote, vereiste Stadt, Angst packt mich, plötzlich ertönt in mir eine Stimme, vom Grund meines Wesens her kommt sie herauf und fragt: Was hast du getan? Auf halbem Wege halte ich inne und kehre auf der Stelle dorthin zurück, von wo ich aufgebrochen bin – an die Seite meiner Frau. So verhalte ich mich Nacht für Nacht, bis mir bewußt wird, daß ich gar nicht weggehen will, daß ich mich nicht mehr durch die totenstarre Stadt schleppen will, zumindest vorläufig. Ich sage mir: vorläufig, und endlich überkommt mich ein wohltuender Schlaf.

Auch sie findet sich vorläufig damit ab, daß sie vergeblich gewartet hat, aber nach einiger Zeit fragt sie wieder, warum ich nicht gekommen sei, was mit mir los sei? Ich hätte sie doch gern, wir seien glücklich miteinander, warum ich mich also nicht entscheiden könne? Sie sucht eine Erklärung, formuliert für mich sachliche und vernünftige Gründe, die sie sofort entkräftet, ist wütend auf mich, weint, gerät in Verzweiflung über mich, über meine Unbeweglichkeit, Sturheit, Gefühllosigkeit, über meine Stubenhockerei. Sie sagt mir auf den Kopf zu, die Entscheidung sei schon gefallen, ich verließe meine Frau jetzt nicht, ich hätte sie schon längst verlassen, ich sei ihr lediglich eine Last. Und die Kinder seien groß, sie würden meine Kinder bleiben, egal, wo sie sich aufhielten. Ich höre ihr schweigend zu, erhebe keine Einwände gegen ihre Argumente. Die Stimme in mir, die mich stets aufs neue zurückholt, ist kein Argument und läßt sich nicht auf Argumente ein, ist jenseits davon. Ich überlege, ob sie eine solche innere Stimme überhaupt hört und hat, eine Stimme, die zumindest verunsichert oder sogar warnt.

Auch jetzt, nach all der langen Zeit, hier, mitten im Gebirge, wo niemand mich bedrängt, gibt es nichts, was dieser Stimme Stimme verleiht: nicht die Liebe zu meiner Frau oder zu den Kindern, und auch nicht ein Bedauern oder Pflichtgefühl. Aber ich weiß, daß ich, wenn ich nicht auf sie gehört hätte, noch schlimmer dran gewesen wäre, als ich es jetzt bin.

Vielleicht wird alles in uns immer noch von einem uralten und unbegründbaren Gebot übertönt – es verbietet uns, unsere Nächsten zu verlassen. Wir ahnen es, tun aber so, als wüßten wir nichts davon, als gälte es längst nicht mehr, als dürften wir es ohne Hemmung überschreiten. Die innere Stimme, die sich auf dieses Gebot beruft, tun wir ab als etwas, das uns, töricht und rückständig, daran hindern will, noch zu Lebzeiten zumindest ein wenig von der Seligkeit des Paradieses zu kosten.

Wir verstoßen gegen uralte Gebote, die wir in uns tragen, und glauben, das dürften wir straflos tun. Dem Menschen sollte, meinen wir, alles erlaubt sein auf dem Weg zu einer größeren Freiheit, zu den erträumten Himmeln. Wir jagen jeder für sich und alles zusammen dem Phantom irdischer Seligkeit nach und belasten uns dabei mit einer Schuld, die wir uns nicht eingestehen wollen. Doch was für eine Seligkeit kann ein Mensch mit schuldbeladener Seele erlangen? Es bleibt ihm nichts anderes übrig, als die Seele abzutöten und sich der Masse jener anzuschließen, die durch die Welt ziehen und etwas zum Ausfüllen der Leere suchen, die an die Stelle der vernichteten Seele getreten ist. Der Mensch ist sich des Zusammenhangs zwischen seiner Lebensweise und dem Los der Welt, über die er lamentiert, vor der ihm graut, gar nicht mehr bewußt, denn er ahnt, daß er mit ihr zusammen ins Zeitalter der Apokalypse eingehen wird.

Der Nebel aus der Niederung unter mir steigt und hat mich fast schon erreicht. Ich fühle mich in Fesseln, habe mich an den Felsen schmieden lassen, ohne irgendwem das Feuer gebracht zu haben.

Ich rief sie wie versprochen an. Sie sagte, sie werde für zehn Tage kommen, sie freue sich schon. Und sagte noch: Wir machen uns einen schönen Urlaub zum Abschied. Aber ich hatte nicht den Eindruck, daß es ernst gemeint war.

Unsere Kollegen fanden wir am gewohnten Ort, also im Gasthaus. Als erster sah uns der Kapitän und tippte mit den Fingerspitzen an seine Mütze.

Ich setzte mich neben ihn und sah, daß die Striche auf seinem Bierdeckel inzwischen auf vier angewachsen waren.

Ich hab was zu feiern! erläuterte er mir.

Er wirkte auf mich nicht wie jemand, der etwas feierte, sondern wie einer, der seinen Kummer hinunterspülte. Ich fragte: Hat man eine Ihrer Erfindungen angenommen?

Hab ich's Ihnen denn noch nicht gesagt? Sie haben die Titanic gefunden! Er lachte auf und spuckte aus.

Die Titanic?

Mit allem, was drauf gewesen ist. Nur die Leute sind weg.

Ehrlich? Und was ist mit den Leuten passiert? Der junge Mann hatte keine Schmerzen mehr und konnte sich daher für die Schmerzen oder den Tod anderer interessieren.

Wahrscheinlich rausgesprungen, meinte der Kapitän gleichgültig. Kein Mensch bleibt auf einem Schiff, wenn's untergeht. Jeder glaubt, er kann sich irgendwie retten.

Der Kolonnenführer, der offenbar noch immer dem Morgenbesuch nachhing, beschloß herauszufinden, wie die Dinge wirklich lagen, und im Betrieb anzurufen. Erst suchte er seine Taschen ab, dann lieh er sich von Herrn Rada zwei Münzen und ging mit betont selbstsicherem Schritt zum Telefon.

Das muß wirklich furchtbar gewesen sein, so mir nichts, dir nichts im Wasser zu treiben, fand der junge Mann. Und nirgends was Festes.

So ist das Leben, sagte der Kapitän. Du fährst, jeder nennt dich Herr, im Kopf hast du vielleicht eine ganze Akademie, und auf einmal bist du im Wasser. Gehst unter – und aus!

Der Kellner brachte Bier und für den Kapitän noch ein Gläschen Rum dazu.

Der Kapitän trank. Und alle Gedanken, ganze Systeme, Enzyklopädien, das Ende der Eiszeit – alles untergegangen. Er stand auf und wankte auf unsicheren Beinen zum Billardtisch. Aus seinem schwarzen Lederblouson ragte noch schwärzer der Metallhaken, seine Ersatzhand, heraus. Mit dem Haken faßte er geschickt das Queue und stieß es mit den Fingern der gesunden Hand vor.

Ich verfolgte den Lauf der Kugel, die genau die gewünschte Bahn nahm.

Wissen Sie, daß ich ihr geschrieben habe? fragte er, als er an den Tisch zurückgekehrt war.

Wem?

Der Marie. Die ist ja auch schon fünfundvierzig. Ob sie zurückkommen will.

Und hat sie geantwortet?

Gestern ist mein Brief zurückgekommen. Adressatin unbekannt. Die und unbekannt!

Ist wohl verzogen.

Da ist ein Mensch gewesen, und auf einmal ist er futsch. Er wandte sich von seinem Glas ab, murmelte vor sich hin und zählte leise. Vielleicht berechnete er eine neue, weltbewegende Erfindung, oder er zählte seine einsam verbrachten Tage. Oder nur die Stöße der Billard-Partie, die er eben gespielt hatte. Sein Gesicht war traurig, vielleicht erstarb oder zerfiel in seinem poetischen Gemüt irgendein Bild, vielleicht schon das letzte. Wieder einmal empfand ich es als beschämend, dazusitzen und ihn zu beobachten. Höchste Zeit für mich, aufzustehen und von der Straßenkehrerei Abschied zu nehmen. Ich sah mich nach den anderen um, als erwartete ich, daß sie meine Absicht bemerkten, aber sie waren mit ihren eigenen Sorgen beschäftigt.

Vom Billardtisch her wurde schon wieder nach dem Kapitän gerufen. Eine Weile stellte er sich taub, oder er hörte es wirklich nicht, dann stemmte er sich hoch, hielt sich am Stuhl fest, griff nach der Lehne meines Stuhls, stützte sich auf den Tisch und ging die Wand entlang zum Billardtisch, ergriff mit seinem Haken das Queue und konzentrierte sich nur kurz, bevor er die Kugel anstieß. Ich sah, wie die weiße Kugel über das grüne Tuch rollte, vorbei an den anderen Kugeln, ohne sich ihnen überhaupt genähert zu haben.

Sie sollten lieber nichts mehr trinken, sagte ich zu ihm, als er wieder da war.

Er sah mich mit getrübtem Blick an: Warum denn?

Die Frage erinnerte mich an den ehemaligen Mitschüler meiner Tochter, der vor Jahren am Nordzipfel der Sophieninsel seinem Leben ein Ende gemacht hatte.

In diesem Moment kam der Kolonnenführer vom Telefon zurück. Rot im Gesicht, als sei er einem Schlaganfall nahe, ließ er sich auf den Stuhl fallen, nahm sein Glas, hob es an den Mund und setzte es wieder ab. Also, wir haben einen neuen Einsatzleiter!

Vielleicht Sie? mutmaßte Frau Venus.

Behalten Sie Ihre Witze für sich, Zoulová, für so was bin ich nicht in der Stimmung. Er legte eine Pause ein, um uns Zeit zum Raten zu lassen, dann verkündete er: Dieses impotente Dreckschwein ist's geworden!

Der Franta? Der hat sie doch nicht alle. Frau Venus war empört.

Eben deshalb, meinte Herr Rada, während der Kapitän zu lachen begann, er lachte leise und zufrieden, als würde ihn an dieser Nachricht etwas ganz besonders freuen. Oder ihm war in diesem Moment das Prinzip der Strahlung klargeworden, die uns alle in Schafe verwandeln würde.

Der Kolonnenführer trank endlich den ersten Schluck Bier, leerte sodann das Glas bis auf den Grund und eröffnete uns: Wenn die glauben, ich laß mir von diesem Schwein die Arbeit zuteilen, dann täuschen sie sich. Hiermit scheide ich aus dem Betrieb aus!

Nehmen Sie's halt nicht so schwer, tröstete ihn Frau Venus. Der wird dort nicht lang herumstinken! Der wird auch dort alle anderen anschwärzen und noch höher steigen!

Vom Billardtisch rief jemand nach dem Kapitän, er erhob sich nur mühsam, warf einen Blick hinüber, winkte ab und setzte sich wieder.

Nein, sagte der Kolonnenführer, das ist mein letztes Wort!

Draußen ist es sowieso schon kalt, mischte sich der junge Mann ein. Ich hab mir gleich gedacht, daß mir davon schlecht geworden ist. Das sollte wohl heißen, daß auch er kündigen wollte. Ich hätte mich sofort anschließen sollen, aber ich gehörte so wenig zu ihnen, daß es unpassend gewesen wäre, auf mein Ausscheiden eigens hinzuweisen. Als ich aufstand, sagte ich zum Kolonnenführer lediglich: Auf Wiedersehen, bestimmt sehen wir uns mal wieder! Er stand ebenfalls auf, reichte mir feierlich die Hand, nannte mich beim Namen und sagte: Ich bedanke mich für Ihre Arbeit!

Es war lange her, daß ein Vorgesetzter mir für meine Arbeit gedankt hatte.

Herr Rada schloß sich mir wie gewöhnlich an. Da sehen Sie, weswegen die sich sogar prügeln würden.

Er kam mir heute sehr niedergeschlagen vor. Um ihn aufzuheitern, erkundigte ich mich, ob sein Bruder wieder eine Reise in ein fernes Land plane.

Erwähnen Sie den lieber erst gar nicht, sagte er. Ich kann sowieso an nichts anderes denken. Stellen Sie sich vor, er ist in die Partei eingetreten! Damit die ihm zum Chefarzt machen können. Ist das zu fassen? So ein Mensch, spricht zwanzig Sprachen, und dann das, nach allem, was er auf der Welt gesehen hat, was er mir neulich selbst erzählt hat!

Ich hielt dagegen, es sei vielleicht ganz gut, wenn gerade so jemand Chefarzt würde. Es sei nicht seine Schuld, daß er dazu ein Parteibuch brauche.

Der Mensch ist für die Situation, in die er hineingeboren wird, nicht verantwortlich, verkündete er, für seine Entscheidungen und Handlungen aber sehr wohl! Als unsere Mutter davon erfuhr, wäre sie beinahe gestorben. Wissen Sie, was sie wegen denen schon gelitten hat? Und ich... Ich war stolz auf ihn, es kam mir so vor, als hätte ihn der Herrgott mit einer besonderen Gnade bedacht. Auch wenn er das nicht eingesehen hat, oder jedenfalls so getan hat, als ob er's nicht einsieht... Ich habe geglaubt, einmal wird er es doch begreifen.

In seiner Niedergeschlagenheit hing er Erinnerungen an die Jahre nach, die er im Lager verbracht hatte. Unter den Häftlingen, sagte er, habe es viele unvergeßliche Leute gegeben, trotz der dortigen Verhältnisse hätten sie nach Höherem gestrebt, einige hätten dort das Sakrament der Taufe empfangen, er selbst habe mehrere heimlich getauft. Wenn er an diese Zeit zurückdenke, in der ihm klargeworden sei, daß sich trotz all des Leids Gottes Liebe von den Menschen nicht abgewandt habe, komme es ihm vor, als hätte er ausgerechnet dort die besten oder zumindest sinnvollsten Jahre seines Lebens verbracht.

Wir erreichten die Gasse, wo unser bekannter unbekannter Künstler wohnte und seine Werke ausstellte. Neugierig schaute ich zu dem Fenster im Erdgeschoß hinüber, aber diesmal war dort kein Kunstwerk zu sehen, im Fensterrahmen stand statt dessen ein Mann aus Fleisch und Blut, wohl der Künstler persönlich, er war nur mit einem schmalen Streifen Jute bekleidet, trug auf dem Kopf eine Narrenkappe mit Schellen, über die er einen Lorbeerkranz gestülpt hatte, und hielt in der rechten Hand eine große glockenförmige Blüte, die aussah wie eine Tollkirschenblüte.

So stand er regungslos da und hatte die Stirn fast an die Scheibe gedrückt, als harre er unserer Ankunft. Es überraschte mich, daß er noch so jung war, sein Haar, das unter der Narrenkappe hervorschaute, war schwarz, der Teint gebräunt. Wir starrten ihn an, und er starrte uns an, ohne sich anmerken zu lassen, ob er uns zur Kenntnis nahm.

Na so was! entrüstete sich Herr Rada, das ist denn doch ein bißchen zuviel!

Ich hingegen empfand eine gewisse Sympathie für diesen

Unbekannten, der sich da unseren Augen darbot und nicht zögerte, seine Not, seine Sehnsucht und Hoffnung zur Schau zu stellen. Hoffnung worauf? Auf Ruhm, auf Verständnis, oder wenigstens darauf, daß einmal doch jemand stehenbleiben, hinschauen und begreifen würde? Wie ich so dastand in der orangefarbenen Narrenjacke – worin unterschied ich mich von ihm? In meiner Not, in meiner Sehnsucht, oder in meiner Hoffnung?

Ich erwartete meine Liebste auf dem kleinen Vorgebirgsbahnhof. Um mich herum lärmten angetrunkene Zigeuner. Ein fremder Kerl, der nach Schmutz und Schnaps stank, forderte mich auf, mit ihm anzustoßen.

Ich floh ans Ende des Bahnsteigs und hielt Ausschau nach dem Zug. Voll Hoffnung oder Befürchtung, vor Sehnsucht oder aus Pflicht? Was konnte ich noch erwarten, was mir erhoffen?

Allenfalls eine Frist auf Bewährung, die unsere Qual und unsere Lust noch eine Weile verlängern würde.

Der Zug fuhr ein, ich sah sie mit einem prallen Rucksack auf dem Rücken aus dem am weitesten entfernten Wagen aussteigen, auch sie sah mich gleich, winkte mir zu, und ich erkannte schon von weitem, daß sie mit einem Gefühl der Liebe gekommen war.

Plötzlich durchflutete mich Dankbarkeit, ich umarmte sie und fühlte mich unverdient beschenkt.

Es wurde dunkel. Der Bahnhof leerte sich, von fern näherten sich die Lichter eines anderen Zuges.

Auf dem Gleis donnerte ratternd ein Tankwagenzug vorüber, die Luft roch nach Benzin. Ich nahm ihren Rucksack, und wir verließen den Bahnhof.

Am Abend rief ich vom Hotel, in das wir uns einquartiert hatten, meine Frau an. Auch in ihrer Stimme war Liebe, oder zumindest Freude darüber, daß sie mich hörte. Sie sagte, sie habe eine Einladung zu einer Ethnologen-Tagung erhalten, die in der Nähe meines Aufenthaltsortes stattfinde. Nicht jetzt gleich, aber in einer Woche könnten wir uns dann sehen, das wäre doch schön, es müsse doch trist sein, so lange ganz allein zu sein, und dort, wohin sie jetzt fahre, seien wir schon einmal gewesen, ich werde mich doch daran erinnern, auf unserer Hochzeitsreise...

Mich schauderte. Ich wisse noch nicht, was in einer Woche sein werde! Und sie, als wäre sie ebenfalls erschrocken: falls es mir nicht recht sei, müsse ich sie dort selbstverständlich nicht besuchen. Sie habe nur gemeint, ich würde mich freuen, aber sie wolle mich nicht überrumpeln oder in Schwierigkeiten bringen.

Ich versprach, noch einmal anzurufen, und legte auf.

Endlich hatte sie mich ertappt. Mein Gehirn begann routiniert, Ausreden zu ersinnen, aber ich ahnte, daß ich damit nicht durchkommen würde, und ich wollte es auch nicht.

Warum hatte sie nicht direkt gefragt? Warum nichts eingewandt? Die sonderbare, unbegreifliche Demut in ihrer Stimme klang mir noch in den Ohren. Ein Gefühl der Rührung überkam mich, ich empfand Zärtlichkeit für meine Frau, die mich in meiner vermeintlichen Einsamkeit trösten wollte, mir aus der Ferne versprach, mit mir in die Berge zu gehen, wo wir es schön gehabt, wo wir unser gemeinsames Leben angefangen hatten. Wäre ich allein da gewesen, ich wäre zu ihr gefahren und hätte ihr gesagt, daß ich trotz allem, was ich ihr angetan hatte, nie aufgehört hatte, sie zu lieben, und sie nicht verlassen wolle. Wäre ich allein da gewesen, hätte ich ihr nichts abschlagen müssen, ich hätte mich gefreut, daß sie zu mir kommen wollte.

Ich hielt es in dem Zimmer nicht länger aus. Die Flanke des Berges war vom Mond beschienen, von seinen Hängen blies ein unfreundlicher Wind herunter. Darja wollte wissen, was ich nun tun würde. Ich war jedoch von meinen eigenen Gefühlen so hin- und hergerissen, daß ich es nicht fertigbrachte, ihr zu versichern, daß ich mir nichts sehnlicher wünschte, als bei ihr zu bleiben.

Auf einem schmalen Gebirgspfad machte sie gegen mich Front: Du hast mich doch hierher eingeladen! Ich bitte dich, vielleicht ist es das letzte Mal, daß ich dich darum bitte, dich wenigstens so zu benehmen wie ein anständiger Gastgeber!

Der Wind wehte ihr das Haar in die Stirn.

Aber wenn du willst, gehe ich sofort, auf der Stelle!

Das sei nicht nötig. Wir könnten die ganze Woche hierbleiben, bloß drei Tage weniger als ursprünglich geplant.

Du willst mit mir feilschen? Mitten in der stillen nächtlichen Gegend schrie sie mich an: Ich sei ein Feigling! Ein Lügner und ein Heuchler! Ein Gefühlskrämer! Ein Händler ohne jedes Gefühl! Jedenfalls für sie. Wie ich überhaupt so grausam sein könne, so unverfroren?

Sie hatte recht.

Ich nahm sie bei der Hand und führte sie den Pfad an der Bergflanke entlang. Wir stolperten im Dunkeln über Wurzeln und Steine. Ich versuchte zu reden, als ob nichts gewesen wäre. Wir seien zusammen, nach vielen Monaten endlich allein zusammen.

Am nächsten Tag fuhren wir in eine andere Gegend.

Mich demütigte das Bewußtsein, auf der Flucht zu sein, auf einer verspäteten Flucht genau zu dem Zeitpunkt, da ich von nirgendwo und vor niemandem mehr fliehen wollte.

Der Frühling ließ sich in diesem Jahr besonders gut an. Der Safran färbte die Wiesen violett, und an den Wegen sprossen die Kolben der Pestwurz. Wir stiegen in größere Höhen, zum letztenmal stiegen wir nebeneinander hinauf, stapften durch verharschte Schneewehen, kletterten von Hochgebirgsgipfeln herunter, beobachteten den Flug des Adlers und hüpfende Gemsen, drückten uns zwischen einsamen und sonnendurchglühten Felsen aneinander, und wenn wir ins Dämmerlicht unseres Zimmers in der Berghütte zurückkamen, liebten wir uns genau so, wie wir uns jahrelang bei jedem Wiedersehen geliebt hatten.

Sie schlief dann erschöpft ein, während ich bewegungslos auf dem Bett lag, dem sachten Tröpfeln des Wassers draußen lauschte, durchs Fenster auf den Berg starrte, der im Mondschein glitzerte, und mir vorzustellen versuchte, was ich, wieder daheim, tun, wie ich leben würde, wie ich überhaupt leben würde, aber die Gedanken stolperten schon nach dem ersten Schritt über einen riesigen Felsblock, der ihnen im Weg lag.

Dann hörte ich ihrem ruhigen Atmen zu. Ich liebe dich immer noch, du bist schmerzhaft in mich eingewachsen. Wenn ich stärker wäre, wenn ich klüger wäre, so klug, daß ich alles Wichtige über mich wüßte, hätte ich dich gleich bei deiner ersten Annäherung abgewiesen, weil ich gewußt hätte, daß ich außerstande sein würde, mich dir so zu verbinden, wie du es dir gewünscht hättest, weil ich allein glücklicher geblieben wäre, weil ich noch keine Frau gekannt habe, nach der ich mich mehr gesehnt habe. Ich habe es nicht fertiggebracht, dich abzuweisen, ich hatte das Gefühl, daß es mit dir wieder eine Hoffnung gibt, daß ich noch ein Netz zwischen mir und dem Nichts gefunden habe.

Die Bergspitzen tauchten allmählich aus dem Dunkel, der Himmel über ihnen verblaßte, und der Berg begann sich zu recken, er ragte ewig zu dem noch ewigeren Himmel empor, während wir Sterblichen, die wir auf Erden nur einen Lidschlag Gottes lang anwesend sind in der Sehnsucht nach der Erfüllung des Lebens, in der Sehnsucht nach Taumel unseren kurzen Augenblick mit Qualen angefüllt haben.

Am zehnten Tag fuhren wir heim, jeder zu sich nach Hause. Wir nahmen Abschied voneinander, küßten uns noch einmal, sie wünschte mir, stark zu sein und mich nicht gegen sie zu wenden.

Aber ich war nicht stark, jedenfalls nicht in dem von ihr gemeinten Sinn. Ich hatte kein Verlangen, der Frau gegenüber Stärke an den Tag zu legen, die schon so lange Gutes und Schlechtes mit mir teilte. Ich kehrte zurück, überlegte mir einige Sätze, bemühte mich um eine Erklärung.

Ich Dummkopf, jammerte meine Frau, und ich habe dir wieder vertraut!

Sie stand da und senkte den Blick. Wußte nicht, was sie machen, was sie mir antworten sollte. Dann sagte sie, sie habe beschlossen, von zu Hause fortzugehen, sie suche nun eine Wohnung.

Ich bat sie, keine Dummheiten zu machen.

Die größte Dummheit habe ich gemacht, als ich dir wieder geglaubt habe.

Sie verlangte von mir eine Erklärung dafür, wieso ich tun konnte, was ich getan hatte, und ich, ich behauptete, daß ich sie liebe, daß ich nie aufgehört hätte, sie zu lieben. Wie die Andere eben auch.

Und genau das ist das Peinliche! Es hat keinen Sinn mehr. Immer wieder diese Enttäuschung!

Ich schwieg. Ich wußte keine andere Antwort außer der, daß es genau so war.

Ich werde dich nie mehr enttäuschen!

Und wenn du es ernst meinst – wie willst du es mir beweisen?

Ich weiß nicht, was es zu beweisen geben soll – ich bleibe bei dir.

Das sagst du jetzt zu mir, aber was sagst du zu ihr?

Das gleiche!

Gut. Wir fahren zu ihr, und du sagst es ihr jetzt sofort. Ich will dabei sein.

Nein, das mache ich nicht.

Warum? Warum kannst du ihr das nicht vor mir sagen, falls du es wirklich sagen willst?

Ich schwieg. Saß in der Falle.

Siehst du, du wolltest mich wieder täuschen.

Wollte ich nicht.

Und das soll ich dir glauben?

Ich konnte mich auf nichts berufen. Ich konnte nichts versprechen und nichts beschwören.

Ich Dummkopf, wie konnte ich nur so idiotisch sein. Selbst wenn ich dir glauben wollte, ich kann es nicht mehr.

Ich sag's ihr selbst. Oder ich schreibe ihr einen Brief.

Und wie soll ich glauben, daß du das tust?

Achselzucken meinerseits.

Nacht. Meine Frau im Nebenzimmer, schluchzend. Sie erwartete, daß ich zu ihr käme. Ich würde sagen, daß ich alles bedauerte, was geschehen sei, ich hätte erkannt, daß ich nur mit ihr glücklich sein könne. Und der Anderen würde ich es in aller Deutlichkeit sagen, damit sie es nicht überhörte, damit es alle zur Kenntnis nahmen, die wußten, daß wir uns geliebt hatten.

Tags darauf schrieb ich ihr einen Brief. Daß ich meine Frau nicht verlassen würde, und neben ihr zu leben und sie zu quälen, indem ich sie wissen ließe, daß ich noch mit einer anderen Frau schliefe, brächte ich auch dann nicht mehr fertig, wenn sie es aushielte. Ferner schrieb ich, daß das, was wir gemeinsam erlebt hatten, mich nun mein Leben lang begleite. Mir war danach, noch etwas Liebevolles zu schreiben, und so fügte ich hinzu, daß für mich vielleicht doch noch einmal die Zeit kommen werde, ihr in einem schweren Moment beizustehen, wenn auch anders, als sie sich das vorgestellt habe; daß alles, was wir miteinander erlebt hätten, nicht sinnlos gewesen sein könne, etwas davon werde ein Licht auf künftige Tage werfen, ich würde dieses Licht in mir niemals abschirmen – doch während ich schrieb, spürte ich, daß alle Worte vergeblich und verschwendet waren, daß ich Gefahr lief, nicht nur mich auf zweifelhafte Weise zu trösten, sondern auch sie.

Nach zwei Tagen schickte ich den Brief ab. Als die Klappe des Postkastens zufiel, spürte ich, wie mich das altbekannte Schwindelgefühl ergriff.

Seither haben wir einander nicht gesehen, auch ihre Stimme habe ich nie wieder gehört. Nur manchmal fuhr ich mitten in der Nacht aus dem Schlaf und berührte mit den Fingerspitzen ihre hohe Stirn, und mir war, als ginge ein ferner, fremder Glanz auf mich über, und dann hörte ich ein leises Knistern. Das Netz hatte zu reißen begonnen, ich hatte keine Ahnung, wie viele Fäden noch geblieben waren, aber viele konnten es nicht mehr sein.

Ich hätte gern gewußt, ob der Mann im Fenster etwas Ähnliches empfand, ob die unerwartete Begegnung für ihn vielleicht so etwas wie ein Zuspruch war. Ich dachte, er würde vielleicht aus dem Rahmen steigen, das Fenster öffnen und uns hereinbitten oder uns wenigstens mit der Blume zuwinken, aber dadurch hätte er etwas Zerbrechliches, Geheimnisvolles zerstört, etwas, das sich zwischen uns, zwischen ihm und mir, eingestellt hatte, er hätte die unsichtbare, kaum spürbare Grenze überschritten, die Kunst von bloßem Ulk trennt, und daher war ich froh, daß er regungslos verharrte.

Die wissen nicht mehr, was sie sich noch ausdenken sollen, meinte Herr Rada.

Wir erreichten das Büro, wo vielleicht schon der debile Franta saß, aber es war nur die uns bekannte Frau da.

Sie nahm meine Jacke, gab mir meinen Ausweis zurück und zahlte mir zum letztenmal meinen Tagelohn aus.

Wir sind nicht dazu da, sagte Herr Rada zum Abschied, um über andere zu Gericht zu sitzen. Und ich verstand, daß er weniger an den unbekannten Künstler dachte als an seinen Bruder.

Ich schaute ihm nach, er blieb an der Bushaltestelle stehen. Er war ein hochgewachsener, ansehnlicher Mann, ging aber schon ein bißchen gebeugt, als schleppte er eine Last auf dem Rücken. Eine Last, die er für andere auf sich genommen hatte, mit der er sich vielleicht vergeblich abschleppte. Wer sieht einem anderen Menschen schon in die Seele, und wäre es der allernächste, und wäre es der Sohn oder ein an Sohnes Statt angenommener Bruder?

Ich hätte ihm noch nachgehen können, aber da kam der Bus, und er stieg ein. Ich würde ihn vermutlich nie wiedersehen, auch den Bruder nie kennenlernen, es sei denn, ich geriete hinter seinen Röntgenschirm.

Dann kam mir die Idee, den Lohn, meinen letzten erfegten Fünfzigkronenschein, festlich und mit Stil zu verjubeln, und ich ging hinunter nach Nusle, wo sich Laden an Laden reiht.

Auf einem kleinen Markt wurden Blumen verkauft. Mein Lohn reichte für genau fünf Chrysanthemen. Ich suchte drei buttergelbe und zwei umbradunkle aus, Farben, die meine

Frau mochte. Den Strauß stellte ich ihr zu Hause in einer Vase auf den Tisch, nahm die Tasche mit dem Essen, das sie am Morgen zubereitet hatte, und fuhr zu Vater ins Krankenhaus.

Er öffnete die Augen, sah mich und verzog kaum merklich die Lippen im Bemühen um ein Lächeln, dann schloß er die Augen wieder. Die letzten drei Tage hatte er fast nichts mehr gesprochen, entweder weil es ihn zu sehr anstrengte, oder weil er nichts für wichtig genug hielt, um es laut zu sagen. Als er zuletzt mit mir gesprochen hatte, war ihm Mutters Vorwurf eingefallen, er kümmere sich nicht genug um mich und meine Erziehung. Hast du etwa eine Predigt erwartet? hatte er gefragt. Und ich hatte rasch erwidert, er sei mir mit seiner Lebens- und vor allem Arbeitsweise immer ein Vorbild gewesen. Ich bin doch bei euch geblieben, hatte Vater noch gesagt, mit Tränen in den Augen. Ich begriff, daß sich hinter diesen Worten eine frühe, schwere Entscheidung verbarg, vielleicht sogar ein Opfer.

Ich zog den Stöpsel aus der Thermosflasche und goß ein wenig süßen Brei auf den Löffel. Vater schluckte ein paar Löffel voll, ohne die Augen zu öffnen. Dann sagte er: Heute bin ich hingefallen und konnte nicht mehr aufstehen. Und die Schwester, die hübsche, hat mich angeschrien, ich soll sofort aufstehen, sie wird mich nicht aufheben. Sag mir, wie kann eine Frau so böse sein? Vater schwieg lange, ich dachte, er sei eingeschlafen. Bis er plötzlich die Augen aufschlug. Erinnerst du dich an den Hut? Wie er mir damals auf der Brücke davongeflogen und weggefahren ist? Was haben wir darüber gelacht! Wieder schloß er die Augen. Ich sagte, ich erinnerte mich, aber er hörte es nicht mehr.

Als ich die Utensilien in seinem Nachttisch ordnete, sah ich sein Notizbuch. Tag für Tag hatte er darin mit immer zittrigerer Schrift seine Temperatur und die Medikamente verzeichnet, die er einnahm. Die letzte Eintragung war drei Tage alt, und ich konnte die Zeichen nicht mehr entziffern. Mir schnürte sich die Kehle zu. Ich strich Vater über die Stirn und verließ das Zimmer. Draußen ging ich nicht zum Haupttor, sondern auf dem schmalen Weg zum Hinterausgang. Der Weg wand sich zwischen wuchernden Rasenflächen dahin und führte am Leichenhaus vorbei. Gleich hinter dem Leichenhaus türmten sich auf einer großen Halde zerbrochene Ziegel, rostige Blechdosen und zerschlagene Infusionsflaschen, ein alter Motor, vielleicht einer von denen, die Vater konstruiert hatte, rostete vor sich hin. Wie viele Tage und Abende hatte er seine Motoren berechnet. Wann immer ich ihn besuchen kam, befürchtete ich, ihn von der Arbeit abzuhalten. Und so hatten wir jedesmal nur rasch beredet, was es Neues auf der Welt und in unserem Leben gab, aber vom Wichtigsten, von unserem Dasein hier, sagten wir einander wenig. Hinter der Biegung des Weges tauchte ein Pfleger auf, er schob das metallene Behältnis vor sich her, in das die Gestorbenen gelegt werden. Auch ich hatte es einmal so vor mir her geschoben und wich ihm nun in großem Bogen aus, konnte mich aber nicht des Gedankens erwehren, daß der Pfleger die Müllhalde ansteuerte, um seine Fracht dort auszukippen.

Ich kehrte auf die Holzbrücke zurück. In der Tiefe donnerte ein Zug vorbei, der Hut hob sich und segelte schwankend hinunter in die Rauchwolken.

Vater begann zu lachen, und ich atmete auf. Es war ein Augenblick inniger Nähe und Gemeinsamkeit, der unser Leben überstrahlte, nichts hatte ihn in all den Jahren getrübt oder beschmutzt. Vater beugte sich über die Tiefe und fischte den von Ruß und Qualm geschwärzten Hut heraus. Er scheute sich nicht, ihn gleich aufzusetzen, er winkte mir noch einmal zu und entfernte sich langsam, er schied mit einem Lächeln.

5

Der Wecker klingelte um sechs Uhr, Frau und Sohn standen auf, die Arbeit rief. Ich hätte auch aufstehen sollen. Vater war gestern morgen gestorben, ich mußte zu seinen Schülern in die Akademie, um einen von denen, die er gern gehabt hatte, zu bitten, auf der Beerdigung ein paar Worte zu sprechen. Außerdem war gestern nachmittag das Medikament bei mir eingetroffen, das ich vor einiger Zeit für den jungen Mann bestellt hatte, er mußte es so schnell wie möglich bekommen. Ein Medikament für Vater hatte ich nicht bestellt, wahrscheinlich war ihm damit auch nicht zu helfen.

Meine Kollegen würde ich im Umkleideraum ohnehin nicht mehr treffen; falls mir nach meinem Gang zur Akademie noch Zeit bleiben sollte, würde ich sie bei der Brotzeit im Gasthaus finden.

An Vaters letztem Lebenstag war ich mit meinem Sohn in aller Frühe ins Krankenhaus gefahren. Es war Sonntag, auf der Station hatten nur zwei Schwestern Dienst. Eine davon sagte mir, es könne jeden Moment ›passieren‹.

Vater lag auf seinem Bett, hatte den Mund ein wenig gespitzt und atmete laut. Die Pausen zwischen den einzelnen Atemzügen kamen mir unendlich lang vor. Die Augen hielt er fest geschlossen. Seit zwei Tagen hatte er weder gegessen noch getrunken, seine Adern waren so zerstochen, daß er nicht mehr künstlich ernährt werden konnte. Ich versuchte, ihm einen Löffel gesüßten Tee einzuflößen, aber er konnte zunächst nicht schlucken. Als es ihm dann gelang, sah ich, daß er dafür fast seine ganze Kraft gebraucht hatte und sich deshalb möglicherweise am nächsten Löffel verschlucken würde. Der letzte Tropfen Hoffnung vertrocknete, verdunstete, verschwand.

Also betupfte ich Vater wenigstens mit einem angefeuchteten Wattebausch die Lippen und die Zunge. Dann setzte ich mich an sein Bett und nahm seine Hand, so wie er meine genommen hatte, als ich noch ganz klein war und er mich zum Flugplatz spazieren geführt hatte. Mein erwachsener Sohn stand im Türrahmen und weinte.

Dann atmete Vater plötzlich aus, aber nicht mehr ein. Ich bemerkte die schreckliche Anstrengung der Lunge, die noch einmal Luft schöpfen wollte, sein Gesicht verkrampfte sich und verzerrte sich so sehr vor Schmerz, daß er auch mich durchfuhr. Was für ein Sohn war ich, daß ich ihm nicht einen einzigen meiner Atemzüge geben konnte!

Ich erhob mich und betete im stillen: Lieber Herrgott, nimm seine Seele auf, du weißt, daß er ein guter Mensch war. Dann ging ich hinaus auf den sonntäglich leeren Gang, Wände umgaben mich, und eine hauchdünne, durchscheinende, durchsichtige und doch undurchdringliche Wand schob sich zwischen diesen Moment und alles, was vorangegangen war.

Mein Sohn hörte im Nebenzimmer Nachrichten. In Kolumbien war an Vaters Todestag ein Vulkan ausgebrochen. Die glühende Lava brachte im Umkreis des Kraters Schnee und Eis zum Schmelzen. Wasser und Asche bildeten einen Schlammstrom, der sich ins Tal wälzte und Häuser und Hütten unter sich begrub. Schätzungen zufolge wurden zwanzigtausend Menschen unter den Schlammassen verschüttet.

Meine Frau beugte sich über mich und gab mir einen Abschiedskuß. Flüsterte, ich solle weiterschlafen, sie komme bald zurück.

Es gelang mir nicht mehr einzuschlafen. Sobald ich die Augen schloß, erschien mir Vaters schmerzverzerrtes Gesicht, und sein keuchender Atem widerhallte aus allen Winkeln.

Wieder klingelte etwas, diesmal an der Tür.

Besuch zu so früher Stunde bedeutete normalerweise nichts Gutes. Vor der Tür stand jedoch nur der hellhaarige junge Mann vom Heiligen Berg, und in seinem Gesicht war noch mehr schmerzliche Besorgnis als sonst. Es mußte sich etwas Ernstes ereignet haben, wenn er so früh hier erschien.

Ich folgte seiner Aufforderung, mit ihm hinauszugehen. Auf der Straße eröffnete er mir, er und seine Freunde seien zum Verhör vorgeladen worden. In seinem Fall habe das Verhör einen halben Tag gedauert und sich auch auf meinen Leseabend vor zwei Jahren bezogen, auf meine Erzählungen, meine Ansichten, fallweise auch auf die Ansichten anderer Autoren, die das Verbrechen begangen hatten, sich in einer Gesellschaft, in der »die höchste Freiheit des Menschen und des Menschengeschlechts verwirklicht« wurde, nicht auf Jerkisch auszudrücken. Außerdem habe man ihn gefragt, warum und wie oft er mich besucht habe, und in diesem Zusammenhang auch das demolierte Denkmal erwähnt.

Das Leben – und also auch der Tod – ging weiter.

Ich versuchte ihn zu beruhigen. Sicher werde man weder ihn noch mich beschuldigen, das Denkmal gesprengt zu haben. Es passe denen jedoch gut ins Konzept, zwei Verbrechen miteinander in Verbindung zu bringen: das Vorlesen von Erzählungen, die in einer nur Menschen verständlichen Sprache abgefaßt waren, und die Zerstörung der Statue eines amtlich dekretierten Giganten. Letzteres allerdings werde zweifellos für das größere Verbrechen gehalten.

Dem Jungen war beklommen zumute, es war sein erstes Verhör gewesen, und der verstockt intolerante jerkische Geist hatte ihn angehaucht. Ich hatte ihn nun schon seit mehreren Jahren zu spüren bekommen und gemerkt, wie unter seinem Hauch die lebendigen Stimmen allmählich verstummten und dic Sprache verkümmerte. Er durchsetzte alles, drang ins Wasser und in die Atmosphäre ein und verdünnte unser Blut. Mütter gebaren kleine Krüppel, und die Natur brachte tote Bäume hervor, die Vögel stürzten mitten im Flug ab, und Kinderkörper wurden von bösartigen Geschwülsten befallen.

Er ging neben mir und hatte Angst. In seinem Betrieb habe er gekündigt, er habe einen Posten als Filmvorführer gefunden und hoffe, daß er zum Fernstudium der jerkischen Literatur zugelassen werde. Dort werde ihm zwar beigebracht, daß Charlie Chaplin die Vereinigten Staaten, die Hochburg der Unfreiheit, habe verlassen müssen, aber daneben werde ihm sicher ein bißchen Zeit zum Lesen und Nachdenken bleiben. Und wenn er nicht aufgenommen werden würde? Er wollte wissen, wo er sein Netz hernehmen solle, wenn das ihm zugeteilte und das im Dorfladen angebotene so weite Maschen habe, daß man durchrutsche, ehe man sich's versehe. Natürlich solle sich ein jeder sein eigenes Netz knüpfen, klar. Aber wenn sie ihn nun bedrängten, bei ihm zu Hause einbrachen und es zerrissen? Widerstand leisten oder die Maschen flikken? Wie oft könne ein Mensch neu anfangen?

Erst neun Uhr. Wenn ich mich beeilte, konnte ich den jungen Mann noch im Gasthaus U Boženky antreffen, ihm das Medikament geben und mich dann um den Trauerredner kümmern.

Das Gasthaus war um diese Stunde wie immer noch halb leer, ich brauchte gar nicht lange zu suchen, meine ehemaligen Kollegen saßen am Tisch gleich neben dem Ausschank, jedoch ohne den jungen Mann und den Kapitän. An der Stirnseite thronte zu meiner Überraschung der Kolonnenführer, und das in einem neuen Overall.

Ich war unbemerkt hereingekommen und hörte daher noch, wie er angeregt von einem Mann erzählte, der ein ganzer Kerl gewesen sei, immer im Sturzflug runter und erst abgefangen, wenn alle die Hosen voll hatten.

Was wollen denn Sie hier? sagte Frau Venus, als sie mich sah. Wollen Sie uns helfen?

Der Kolonnenführer drehte sich gereizt um, er mochte es nicht, wenn man ihm seine Heldensagen verdarb. Ich zog das Medikament aus der Tasche und fragte, ob sie wüßten, wo der junge Mann zu finden sei.

Wir sind hier nicht im Kindergarten, belehrte mich der Kolonnenführer. Kommt er, ist er da, kommt er nicht, ist er nicht da. Den haben wir seit – er wandte sich, Bestätigung heischend, an Frau Venus – mindestens einer Woche nicht gesehen.

Das ist halt kein Wetter für ihn, Sie wissen ja, wie ihm schlecht geworden ist. Vielleicht kriegen Sie die Adresse im Büro, sagte Frau Venus, die müssen sie doch haben. Und warum setzen Sie sich nicht?

Ich bestellte mir Tee mit Rum.

Ob er schon weiß, fuhr Frau Venus fort, daß man unseren Herrn Pinz in die Klapsmühle gesperrt hat?

Vom Los des Kapitäns wußte ich begreiflicherweise nichts.

Er hat halt den Palast anzünden wollen, Sie wissen schon welchen. Hat die Köpfe von Zündhölzern abgekratzt, für eine Bombe. Die hat er schon fertig gehabt, weiß Gott, was er damit gewollt hat. Aber dann ist halt seine Marie bei ihm aufgekreuzt, nach all den Jahren nur einfach so vorbeigekommen, und wie er sie fragt, ob sie bei ihm bleiben will, da sagt sie ihm halt, er spinnt, da nimmt sie sich lieber den Strick. Und da hat er sich gesagt, er zündet die Bombe vor der eigenen Tür.

So eine Schnapsidee, sagte der Kolonnenführer verdrossen. Erst schabt er zweihunderttausend Zündholzköpfe ab und stopft das Zeug in eine eiserne Siphonflasche, und dann geht er damit auf so eine Bruchbude los! Und ich an Ihrer Stelle, ich tät mich im Büro gar nicht blicken lassen, dort sitzt ein anderer Trottel!

Er kehrte zum Flugplatz zurück, wo sein Freund aus dem Trudeln nicht mehr herauskam und sich mit seiner Mig so tief in die Erde bohrte, daß nach dem Löschen und Wegräumen der Trümmer im Boden ein Loch klaffte, in das zwanzig Mann gepaßt hätten.

Als die Rettungstrupps am Ort der Vulkankatastrophe eingetroffen waren, fanden sie außer Tausenden von Toten auch einige Menschen, die auf Hausdächern und in Baumkronen überlebt hatten oder im Schlamm steckten, aus dem sie sich nicht selbst befreien konnten. Von einem kleinen Mädchen ragte nur noch der Kopf heraus. Die verschüttete Tante hielt die Kleine unter dem Schlamm mit den Händen fest. Die Retter, die sich viele Stunden lang bemühten, das Mädchen zu befreien, versanken dabei selbst im Schlamm. Ganz in der Nähe harrte ein Fernsehreporter aus, um das Schicksal des Mädchens zu filmen für die Zuschauer, die sich zu Hause gleichgültig oder teilnahmsvoll langweilten, aber live dabei sein wollten. Nach sechzig Stunden hatte die Kleine endlich ausgelitten. Als der Reporter aus dem belichteten Material schließlich einen brauchbaren Spot zusammengeschnitten hatte, schwebte die Seele des Mädchens bereits klagend über den dunklen Wassern und dem Schlamm, über dem glühenden Krater des Vulkans und auch über Millionen Bildschirmen, die auf der ganzen Welt flimmerten, um den vergeblichen Kampf der Retter und das bewegende Sterben der Kleinen zu zeigen, der es nie mehr gelingen würde, aus der Asche aufzuerstehen, und die eben deshalb für die Dauer des Spots eine Berühmtheit geworden war. Aber wer hatte das Rufen ihrer Seele gehört, wen hatte es bei ihrem Schluchzen geschüttelt? Wer hatte sich ihr Gesicht vorgestellt in dem Augenblick, als die Lunge vergeblich nach dem letzten Atemzug rang?

Wenn Sie sie nicht auftreiben, die Adresse, kam Frau Venus auf den jungen Mann zurück, versuchen Sie's halt bei seiner Dana. Dort könnt er sein. Und sie beschrieb mir das Haus auf der Kleinseite, in dem Frau Dana wohnte.

Der Tee mit dem Rum wärmte mich angenehm, ich konnte ins Büro aufbrechen. Der Weg führte mich durch die Gasse mit dem Schaufenster des Künstlers. Dort starrte ich entgeistert die Jacke an, die, auf einer Leine hängend, wegen ihrer orangen Farbe, geradezu zu glühen schien. Dahinter, in der Tiefe des Raums verteilt, steckten Stämme und Stämmchen irgendwelcher exotischen Gewächse. Sie waren so arrangiert, daß sie an menschliche Gestalten erinnerten. Nach und nach erkannte ich vertraute Körperhaltungen, bekannte Züge in den Gesichtern. Die Frau mit der Jockeykappe auf dem Kopf stellte zweifellos Frau Venus dar, noch ohne indianische Runzeln, aber schon mit dem schmerzlichen Zug um den Mund. Zugleich aber lag in ihrer Haltung, in der Gebärde ihrer Hände etwas Freudiges. Vielleicht hatte der Künstler sie in dem Moment erfaßt, als sie ihre Stute bestieg, die sie gerettet und gesundgepflegt hatte. Gleich daneben entdeckte ich das abstrakte Ebenbild des Kolonnenführers, er schleppte aus den Trümmern eines imaginären Flugzeugs einen verwundeten Flieger und schwebte dabei geradezu auf den Flügeln seiner Tapferkeit. Auch den Kapitän erkannte ich, seiner kräftigen, noch ungebeugten Gestalt saß die Matrosenuniform wie angegossen. Vielleicht steckte beides in ihm: ein törichter Weltverbesserer und ein großer Spaßvogel. Herr Rada stand in einem scheußlichen braunen Häftlingsanzug da und goß aus dem Eßgeschirr Wasser auf den Kopf eines anderen Häftlings. Sein Gesicht war gerade in dem Augenblick erstarrt, als es von einer jähen inneren Erleuchtung, einem Anflug von Seligkeit erhellt wurde. Und plötzlich hörte ich Gershwins Rhapsodie. Die Miene des jungen Mannes drückte so viel Konzentration und so viel Glück aus, daß er ganz verändert wirkte. Seine Klarinette erinnerte weniger an ein Musikinstrument als vielmehr an einen Zauberstab, der Felsen öffnete oder Menschen ins Reich ihrer Träume versetzte.

Alle Gesichter waren mit ihren realen und irrealen Zügen da und wirkten jünger und liebenswerter, als hätten ihnen die Zeit und das Leben nichts angehabt. Zugleich begriff ich, daß diese Ausstellung ein anderer Künstler, eine Künstlerin geschaffen hatte, der Künstler hatte ihr sein Fenster geliehen, sie hatte meine Wege ausgekundschaftet und hier für mich ihren Park ausgestellt, ihren Garten, wo man sich so sehen konnte, wie man sich in Momenten der Gnade selbst sehen möchte. Vielleicht hatte sie das gemacht, um sich mir in Erinnerung zu bringen, oder um mir auf ihre liebenswerte und großherzige Weise zu veranschaulichen, was die Kunst vom Leben zeigen sollte.

Ich suchte mich unter den Figuren vergeblich, das eigene Gesicht war nirgends zu sehen, statt dessen entdeckte ich eine hohe, wie aus Stein gehauene Säule, ihre Spitze war vom oberen Fensterrahmen verdeckt. Ob die Säule ganz oben wohl ein Lächeln trägt, fragte ich mich, wußte aber zugleich, daß ich kein Lächeln finden würde, denn ich war mit mir und ihr noch nicht ins reine gekommen.

Die Gestalten begannen mir langsam zu verschwimmen, ich wurde sonderbar traurig. Man glaubt, das Schicksal von Menschen, die in Distanz zu einem bleiben, die man an sich nicht heranläßt, berühre einen nicht. Doch plötzlich sieht man sie in einem neuen Zusammenhang, und es zeigt sich ihr eigentlicher Charakter, und man wird sich bewußt, daß sie einen nicht nur berühren, sondern auch betreffen. Solange in einem nicht das Leben erloschen ist. Mein Vater hatte in einem letzten Aufflackern des Bewußtseins darunter gelitten, daß eine fremde Frau böser sein konnte, als er für möglich gehalten hatte. Vor langer Zeit, in meiner Kindheit, hatte er mir beigebracht, das Paradies sei eine Erfindung der Menschen. Dabei hatte gerade er sich nach diesem Paradies, nach menschlicher Nähe und der Ewigkeit gesehnt. Er wollte sich von der Erde lösen und gen Himmel schweben, an den Rand des Geheimnisses gelangen. Wußte er überhaupt, worauf er verzichtet hatte?

Auf dem gegenüberliegenden Gehsteig näherte sich, es war ihre Zeit, die uniformierte Streife. Diesmal begleitete den Stutzer jedoch ein Polizist, den ich nicht kannte. Ich war dabei, achtlos an ihnen vorbeizugehen, als der Stutzer unversehens die Richtung änderte und auf mich zukam.

Mich durchfuhr es wie immer, wodurch hatte meine Anwesenheit auf Erden sie diesmal gereizt?

Der Stutzer hob lässig die Hand an die Mütze. Freier Tag heute? fragte er.

So ungefähr, antwortete ich ausweichend.

Und der mit der Hochwasserhose?

Ich sagte, ich hätte gehört, daß man den Kapitän in psychiatrischen Gewahrsam genommen habe.

War gar nicht anders zu machen, wir haben's gar nicht gewollt, erklärte er. Wir haben zu ihm gesagt, was soll der Blödsinn, Alter, jetzt in der Nacht. Und er, statt wegzurennen, zündet noch schnell die Flasche an. Hätt ihn glatt umgebracht, wenn wir ihn nicht rechtzeitig erwischt hätten – die Lunte war nur einen Meter lang, fügte er mit professioneller

Entrüstung hinzu. Die werden ihn eh laufen lassen, jeder wird bezeugen, daß er nicht ganz dicht war, daß er in seinen Hochwasserhosen auch Schnee geschippt hat, sag selbst! wandte er sich an seinen Kollegen, doch der war inzwischen außer Hörweite. Aber stell dir vor, an dem Abend hat er sich lange Hosen angezogen, so ganz weite, richtige Matrosenhosen, und dazu einen Schlips! Der Stutzer zuckte die Achseln und hob zwei Finger an die Mütze. Also, du Einfaltspinsel, der hat doch einen Dachschaden! Er tippte sich an die Stirn und ging.

Ich weiß nicht, wie die Vorstellung vom Paradies oder vom Garten der Glückseligkeit, in dem der Mensch in Vorzeiten, in der Kindheit der Menschheit zu Hause war, entstanden ist. Vielleicht ist diese Vorstellung wirklich mit der Erinnerung an die Kindheit verknüpft, an die Kindheit der Menschheit und an die Kindheit eines jeden von uns, an eine Zeit, als der Mensch zwar existierte, das Gefühl von Schuld und Sünde aber noch nicht kannte, noch nicht vom Baum der Erkenntnis gegessen hatte und sich nicht vor der eigenen Endlichkeit ängstigte.

Als die Menschheit ihre Kindheit hinter sich ließ, entfernte sie sich auch vom Paradiesgarten. Zurück blieb eine undeutliche Erinnerung – und Schuldbewußtsein. Adam – dieses Wort bedeutet nichts anderes als Erdenbewohner oder einfach Mensch – mußte etwas verbrochen haben, das ebensowenig ungeschehen zu machen war wie der Tod, und dafür wurde er vertrieben, in eine Welt, in der der Tod regiert.

Der Mensch hat nie aufgehört, sich zurückzusehnen ins Paradies, wo er in Unschuld aufgehoben war, er sah jedoch voraus, daß eine Rückkehr während seines Erdendaseins nie gelingen würde, sondern erst, wenn er in die Sphäre eintrat, wo Gott sich bewegte. Er träumte davon, nach dem Tod in Gottes Garten zurückzukehren und dort alle die wiederzusehen, die er geliebt hatte, er stellte sich vor, im Weltall aufzugehen oder auf irgendeine andere Weise zum Schöpfer zurückzukehren, er ahnte, daß wenigstens seine Seele in Gottes Nähe gelangen würde.

Aber im Laufe der Jahrtausende wurde die Erinnerung immer verworrener, die Menschheit glich bereits einem Greis, der die Seele mit dem Leib verwechselte und törichterweise glaubte, er könne noch zu Lebzeiten ins Paradies eingehen, seitdem will er es auf Erden errichten. Er baut große Werke, erniedrigt die Natur, zertrümmert die Materie, produziert und konsumiert Drogen, gestattet sich und rechtfertigt vor sich selbst jedes und alles, vergibt sich jeden Betrug, drängt sich in jedes Bett, wo er sich Lust erhofft, stürzt sich in ein Abenteuer, in ein Vergnügen nach dem anderen, er hat gar keine Zeit mehr, innezuhalten, um zu fragen, wozu er all das tut, welches Paradies er eigentlich sucht.

In Wirklichkeit schafft er sich nicht das Paradies, sondern die Apokalypse.

Im Büro hockte tatsächlich der Debile, die Adresse des jungen Mannes wußte er nicht oder wollte sie nicht wissen – er hätte dazu immerhin vom Stuhl aufstehen und irgendwo nachsehen müssen. Ein Grinsen zog seine fleischigen Lippen in die Breite. Es war das selbstgefällige Grinsen eines Menschen, der Macht erlangt hatte: über diejenigen, die die Abfälle wegräumten, und also über die Abfälle selbst, und also über die Welt der Dinge. Er erklärte mir etwas in seiner jerkischen Sprache, ich verstand ihn aber nicht, uns fehlte ein Dolmetscher.

Macht nichts, dachte ich in einem jähen Anfall von Trotz, ich finde den jungen Mann auch ohne ihn! Ich stieg in die Straßenbahn und fuhr auf die Kleinseite.

Die Örtlichkeit, die mir Frau Venus beschrieben hatte, kannte ich gut. Sie befand sich auf der anderen Seite des Palais, das von der Mansarde aus zu sehen gewesen war, in der ich mich so oft aufgehalten hatte.

An dem Haus hatte ich jedesmal vorbeigehen müssen, es aber nie beachtet. Auch hier waren die Wände dick und das Treppenhaus dunkel, ich glaubte sogar, den bekannten Leuchtgasgeruch zu riechen.

Ich hatte Glück, die Liebste des jungen Mannes war zu

Hause. Sie bat mich in die Diele. Ich wußte nicht, ob sie allein war, alle Geräusche wurden von einer schmetternden Blasmusik übertönt, außerdem ratterte irgendwo eine Waschmaschine.

Er ist aber nicht da, eröffnete sie mir, nachdem ich erklärt hatte, wen ich suchte. Sie war eine massige, breit ausladende Frau mittleren Alters, die ich mir nur schwer in den Armen des Milchbarts vorstellen konnte. Und wird nie wieder da sein.

Ich sagte, ich brächte das Medikament, auf das er gewartet habe. Wenn ich es hierließe, könne er es sich ja bei ihr abholen.

Er kommt aber nicht vorbei, sagte sie mit einer Bestimmtheit, mit der man von Toten spricht. Ich hab ihm gesagt, er soll nicht mehr kommen.

Ich fragte, wo ich ihn finden könne.

Ich weiß nicht, wo er sein könnte, er hat nie gesagt, wo er herkommt. Doch dann fiel ihr ein: Er hat doch irgendwo gespielt, oder? Vielleicht erfahren Sie's von seinen Musikanten.

Ich bedankte mich und war schon auf der Schwelle, als sie noch sagte: Er war wirklich ein armer Kerl, wenn Sie ihn mal gesehen hätten. Hat sich nur hingesetzt und geguckt. Hat nicht mal was Ordentliches essen können, und trinken – nur Saft. Einmal ist er ganz durchweicht heimgekommen, ich hab ihm einen Grog gemacht, er hat nicht gesagt, daß er so was nicht trinken darf, und dann wär er fast daran gestorben.

Der junge Mann war gegangen, die Wasser hatten sich hinter ihm geschlossen. Was tun mit dem Medikament? Allmählich beschlich mich das Gefühl, das Medikament würde überflüssig sein, wenn ich den jungen Mann schließlich gefunden haben würde.

Ich verließ das Haus. Es war Mittag, die tiefstehende Sonne schien auf die Wand des Palais, auf den Simsen wärmten sich wie einst die Tauben; es waren sicherlich andere, aber wer konnte sie schon voneinander unterscheiden?

Plötzlich wurde mir bewußt, daß ich kein Ziel hatte, nicht

wußte, wohin ich gehen sollte. Nur um die Grabrede mußte ich mich noch kümmern, in der Akademie war jetzt vermutlich Mittagspause, aber was dann, was dann? Ich stand da mit einem Medikament, das ich nicht brauchte, es hasteten Menschen vorbei, die ich ebenfalls nicht brauchte, mein Netz begann unvermittelt zu schwanken, ein paar Fäden rissen, unter mir nichts als Finsternis.

Meine Tochter erzählte mir ihren Traum vom Ende der Welt: Sie ging mit ihrem Mann durch eine weite Landschaft, die ein deutlicher Horizont begrenzte. Es war ein klarer Tag. Jäh bekam das Licht einen Stich ins Gelbe, wurde schwefelfarben, und dann bewegte sich die linke Hälfte des Horizonts auf die rechte Hälfte zu, und während die beiden Hälften aufeinander zu rückten, nahm das Licht ab, es wurde dunkel und die Erde begann zu beben. Sie und ihr Mann legten sich nebeneinander, schlossen die Augen und beteten: Sch'ma Jisrael Adonai elohejnu Adonai echad. Als sie die Augen wieder öffnete, sah sie über sich den gesamten Kosmos, darin unsere Sonne mit den Planeten, der Erde und dem Mond. Wer dies sieht, begriff sie, kann nicht mehr am Leben sein. Und sie begriff auch, daß auf der Erde kein Leben mehr war. Die Horizonte waren aufeinandergeprallt, das Festland war geborsten, das Wasser hatte alles überflutet. Und da bemerkte sie, daß unter den Planeten auch ein großer, kantiger, feuerroter Spielwurfel seine Bahn zog, der ebenfalls rotierte, so daß die weißen Punkte auf seinen Flächen sichtbar wurden, und sie überlegte, wer diesen Würfel geworfen haben mochte, ob die Menschen selbst oder der Ewig Heilige über ihnen, gesegnet sei sein Name!

Ich ging um das Palais herum und kam auf einen kleinen Platz, ging über das wohlbekannte Katzenkopfpflaster und öffnete schließlich das schwere Haustor. Im Flur schlug mir der vertraute Geruch entgegen. Ich stieg die hölzerne Treppe hinauf. Auf einer Leine hingen Windeln, selbstverständlich die Windeln eines anderen Kindes. Ich hatte das Kind damals nie gesehen, hatte dafür keine Augen gehabt. Aber das Klosterdach war noch dasselbe, sofern sich von etwas behaupten läßt, daß es im Wechsel der Zeiten dasselbe sein kann. Ich stieg zur Mansarde hinauf, die Tür war mit einem Plakat geschmückt, das früher nicht da gewesen war, aber der Geruch von Öl und Gas drang immer noch aus allen Ritzen. Den Namen neben der Klingel kannte ich nicht.

Ich klingelte nicht, es wäre sinnlos gewesen. Selbst wenn sie an der Tür erschienen wäre, was hätte ich ihr zu sagen gehabt? Ich hatte mir keinen einzigen Satz zurechtgelegt, hatte keinen einzigen neuen Satz.

Vor dem Haus stand eine Touristengruppe, die mit gebührendem Interesse die Wand des Palais anstarrte. Was mochten diese Leute wohl sehen, was fühlen? Zu ihnen würden diese Wände nie sprechen, würden sie an keinen einzigen Atemzug, keinen einzigen Aufschrei und an keine vergossene Träne erinnern. Ich besaß – verglichen mit ihnen – also doch etwas.

In mir wuchs eine Spannung, die meine Gedanken beeinträchtigte. Es drängte mich, etwas zu tun: zu sprechen, zu schreien, zu weinen, etwas zu schreiben, wenigstens mit Kreide auf eine Wand die Namen derer zu schreiben, die ich nie wiedersehen würde.

Ich kam an der Bäckerei vorbei, wo es immer nach süßen Brötchen roch. Diese Brötchen wurden nur in dieser Bäckerei gebacken – nicht weit von der steinernen Brücke, nicht weit von unserem Palais. Manchmal hatten wir sie zusammen gekauft und gegessen. Zuletzt war ich einen Tag vor meinem Arbeitsantritt als Straßenkehrer hier gewesen.

Im Tabakladen kaufte ich mir eine jerkische Zeitung, um nachzusehen, ob man Vaters Ableben zur Kenntnis genommen hatte. Ich steckte die Zeitung in die Tasche und stützte mich auf das steinerne Geländer. Unter mir, auf einem Zierbalkon, ein Bild der Jungfrau Maria, das angeblich auf den Wellen eines Hochwassers dahergeschwommen war, neben mir bewachte Brokoffs Türke, der auf seiner Weste unzählige Knöpfe hatte, mit einem Hund einen christlichen Gefangenen, darüber die drei Gründer des Trinitarierordens. Siehst du, mein Liebster, daß dieser Hund und der Türke am lebendigsten sind? Tiere und Heiden haben keine vorgeschriebenen Gebärden, sie sind lebendig, nicht heilig. Die Heiligkeit gehört nicht ins Leben, sie wurde von ein paar Krüppeln erfunden, die mit dem Leben nicht zu Rande kamen oder Angst davor hatten, und damit wollten sie dann diejenigen quälen, die das Leben liebten.

Die Sonne beschien die Hausdächer, die fast schon kahlen Äste der Kastanienbäume warfen ein Netzwerk von Schatten auf den Boden. Von der Brücke klangen vereinzelte Schritte herüber. Mir war, als hörte ich auch das Wehr rauschen.

Ich riß mich vom Geländer los. Es wurde Nachmittag, einen Redner würde ich wohl kaum mehr finden. Ich warf noch einen letzten Blick hinunter, dorthin, wo wir manchmal in den nahen Park gegangen waren, und da sah ich sie. Ihr Gesicht konnte ich aus dieser Höhe nur undeutlich ausmachen, aber ich erkannte ihren raschen, lebensvollen Gang. Ich hätte es dabei bewenden lassen können, daß sie wieder in der Ferne verschwand, aber ich lief die Stufen hinunter und rief ihren Namen.

Sie blieb stehen. Starrte mich an wie ein Gespenst. Wo kommst denn du her? Das Blut schoß ihr ins Gesicht.

Ich versuchte zu erklären, daß ich für jemanden ein Medikament erhalten hätte, aber der Mensch sei wie vom Erdboden verschwunden, nicht einmal seine ehemalige Freundin wisse, wo ich ihn finden könne.

Ja, sagte sie, ein Mensch existiert, und dann scheint er plötzlich nicht mehr zu existieren. Sie sah mich an. Wie viele Vorwürfe hatte sie für diese Situation parat? Oder war sie im Gegenteil drauf und dran, mir einzureden, ich hätte mich geirrt, mich selbst betrogen?

Und was ist mit deinem Vater? fragte sie statt dessen. Ich habe für ihn gebetet, sagte sie, nachdem ich ihr gesagt hatte, daß er gestorben sei, ihr Blick war voller Zärtlichkeit und wie ein Kuß.

Mit einemmal berührte mich diese Erinnerung, die Erinnerung an die Zeit vor der dünnen Wand. Sie hatte mit mir im Warteraum des Krankenhauses gesessen, dann waren wir hinausgegangen, es hatte geschneit.

Ich erkundigte mich rasch nach ihrer Tochter und nach ihrer Arbeit.

Typisch du, beklagte sie sich, am meisten interessiert dich meine Arbeit. Aber zur Zeit mache sie nichts. Sie habe den Reiz des Müßiggangs entdeckt. Manchmal lege sie Freunden die Karten oder bastle Gestalten aus ihren Träumen zusammen. Manche davon sähen mir immer noch ähnlich.

Wir gingen durch die Gassen, durch die wir so oft gegangen waren, und sie erzählte mir dies und das, wie immer auf unseren Wegen. Im Sommer habe sie eine alte Kräuterfrau kennengelernt und von ihr viele Rezepte bekommen. Dann habe sie tagelang Kräuter gesammelt und getrocknet – was hätte sie sonst mit der Zeit anfangen sollen, in der ich mich kein einzigesmal gemeldet hätte? Sollten mich einmal Schmerzen plagen oder meine Seele beladen sein, könne ich sie anrufen, sie werde mir einen Tee mischen – mehr brauche ich ja offensichtlich nicht von ihr.

Am Rand des Parks blieb ich stehen, ich mußte mich um den Grabredner kümmern.

Ich sagte: Du hast für mich nie aufgehört zu existieren.

Sie hätte fragen können, wie sie früher gefragt hatte, was ihr das bringe, hätte mir vorwerfen können, wieviel Schmerz ich ihr zugefügt, wie sehr ich sie verletzt hatte. Aber sie wollte mich jetzt, in diesem Moment, nicht quälen. Sie sagte nur: Gut so! Und fügte hinzu: Vielleicht werden sich unsere Seelen einmal vereinigen. Wir werden uns in irgendeinem nächsten Leben wiedersehen. Wenn du dich im letzten Moment nicht herausredest!

Wir umarmten und küßten uns zum Abschied, und sie entfernte sich mit ihrem eiligen Schritt.

Auf dem Seitenweg, der zum Ufer der Teufelsinsel führt, trotteten einige Gestalten in den vertrauten orangefarbenen

Jacken herum. Mit langsamen, müden Bewegungen, die ich so gut kannte, fegten sie welkes Laub zu Häufchen.

Nicht weit von dort hatten wir gestanden und uns engumschlungen geküßt.

Ach, was muß die Liebe schön sein!

Da wußte ich mit einemmal, daß ich mir die orangefarbene Jacke nur deshalb angezogen hatte, weil ich mich nach einer Reinigung gesehnt hatte. Der Mensch sehnt sich nach Selbstreinigung, doch statt dessen beginnt er seine Umgebung zu säubern. Aber solange er sich nicht selbst reinigt, sorgt er sich vergebens um seine Umwelt.

Mitten auf dem gefegten Weg lag ein bräunliches, gelapptes Kastanienblatt. Vielleicht hatten sie es übersehen, oder es war eben erst herabgefallen. Ich hob es auf und betrachtete sein runzliges Geäder. Das Blatt bebte zwischen meinen Fingern wie etwas Lebendiges.

Ich war noch ganz erfüllt von der unerwarteten Begegnung.

Die Menschen suchen Bilder für das Paradies und finden nichts anderes als das, was ihnen auf Erden lieb ist. Das Paradies läßt sich nicht in Bilder fassen, es ist vielmehr ein Zustand des Zusammenfindens. Mit Gott, mit dem Menschen. Es kommt aber wohl darauf an, daß es in Reinheit geschieht. Das Paradies ist vor allem ein Zustand, in dem die Seele sich rein fühlt.

Ich setzte mich auf eine Bank, zog die Abendzeitung aus der Tasche, überflog die großen Schlagzeilen, die hundertjährige Unwahrheiten wiederholten, und las die kleineren Überschriften, die sich auf den gestrigen Tag bezogen. Über meinen Vater fand ich selbstverständlich kein Wort.

Gemächlich trennte ich eine Seite von der Zeitung ab und faltete mit geübten Bewegungen, die sich ganz von selbst einstellten, eine kunstvolle große Schwalbe.

Ich ging zum Fluß, stellte mich breitbeinig hin und richtete die Spitze meines Papierfliegers schräg zum Himmel. Er flog empor, vielleicht wurde er von einem Luftzug getragen, der übers Wasser strich, oder er war mir dank Vaters Unterweisung besonders gut gelungen, jedenfalls dauerte es eine geraume Weile, bis er die aufsteigende Bahn verließ, und während ich ihn mit den Augen verfolgte, sah ich den blauen Himmel und einige Möwen in der Höhe, und über ihnen eine weiße Wolke, die von der Sonne golden angestrahlt wurde. Dann begann die Schwalbe zu sinken und stürzte trudelnd ins Wasser. Ich schaute zu, wie sie langsam und ohne Wiederkehr in die Ferne schwamm.

Merk dir, ein Mann weint nie, ließ sich Vater in der Stille vernehmen, die hier herrschte.

Ich weine nicht, antwortete ich, und aus meinem Innern kam ein befreiendes Lachen, ganz ähnlich dem, das ich in Kindertagen so oft gehört hatte.

1983–1988

Günter Grass im dtv

Foto: Klaus Morgenstern

Die Blechtrommel
Die Autobiographie des Oskar Matzerath, der Wirklichkeit ertrommeln und Glas zersingen kann
dtv 11821

Katz und Maus
Sein abnormer Adamsapfel macht Mahlke zum Helden wider Willen und führt seinen Untergang herbei
dtv 11822

Hundejahre
Der Roman über die Danziger Kleinbürgerwelt in der Zeit von Faschismus und Krieg
dtv 11823

Der Butt
»...eine Geschichte vom Fehlen und Verfehlen... eine Geschichte mit verzweifelt utopischem Ende...«
dtv 11824

Ein Schnäppchen namens DDR
Gesammelte Reden des »vaterlandslosen Gesellen« Günter Grass, gehalten im Jahr 1990
dtv 11825

Unkenrufe
Eine deutsch-polnische Liebesgeschichte, erzählt mit leiser Ironie und satirischer Schärfe
dtv 11846

Jakob Wassermann im dtv

Caspar Hauser oder Die Trägheit des Herzens
Die Geschichte des rätselhaften Findlings, der im Jahre 1828 im Alter von etwa 17 Jahren aufgegriffen wurde und der kaum sprechen konnte, hat die Anteilnahme ganz Europas geweckt.
dtv 10192

Der Fall Maurizius
Leonhart Maurizius sitzt seit 19 Jahren in Haft, verurteilt wegen Mordes an seiner Frau. Der Oberstaatsanwalt zweifelt keinen Moment an der Rechtmäßigkeit des Urteils. Nicht so sein sechzehnjähriger Sohn Etzel...
dtv 10839

Das Gänsemännchen
Der junge Musiker Daniel Nothafft heiratet die in sich gekehrte Gertrud, muß aber schon bei der Hochzeit erkennen, daß seine Liebe ihrer lebenslustigen Schwester gilt.
dtv 11240

Christoph Columbus
Eine Biographie
Jakob Wassermanns psychologisch fundierte und glänzend recherchierte Darstellung der Lebensgeschichte von Christoph Columbus gilt bis heute als eine der besten Biographien, die je über den rätselhaften Amerika-Entdecker verfaßt wurde.
dtv 11504

Mein Weg als Deutscher und Jude
Wassermann »kam immer wieder auf das Grundproblem seines Lebens zurück«, schreibt Hilde Spiel. Von 1904 bis ins Jahr 1933 nutzte er jeden Anlaß, um es neu zu untersuchen, und die Summe seiner Überlegungen ist zugleich die Summe all dessen, was sich über jenen Weg als Deutscher und Jude aussagen läßt.
dtv 11867

Charles Bukowski im dtv

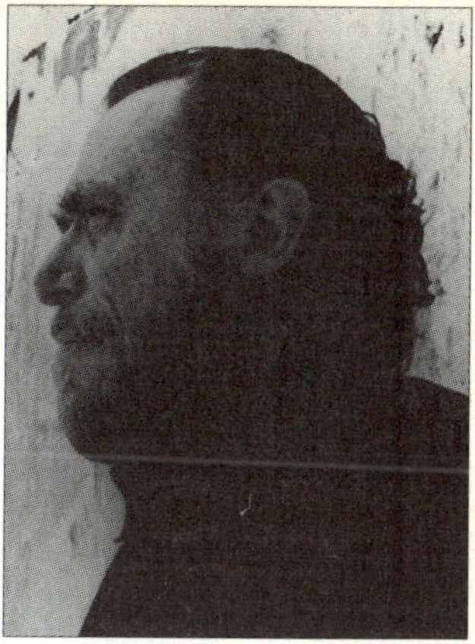

Foto: Richard Robinson

Gedichte die einer schrieb bevor er im 8. Stockwerk aus dem Fenster sprang
dtv 1653

Faktotum
dtv 10104

Pittsburgh Phil & Co.
dtv 10156

Ein Profi
dtv 10188

Das Schlimmste kommt noch oder Fast eine Jugend
dtv 10538

Gedichte vom südlichen Ende der Couch
dtv 10581

Flinke Killer
dtv 10759

Nicht mit sechzig, Honey
dtv 10910

Das Liebesleben der Hyäne
dtv 11049

Pacific Telephone
dtv 11327

Hot Water Music
dtv 11462

Western Avenue
dtv 11541

Hollywood
dtv 11552

Die Girls im grünen Hotel
dtv 11731

Roter Mercedes
dtv 11780

Der Mann mit der Ledertasche
dtv 11878

Neeli Cherkovski:
Das Leben des Charles Bukowski
dtv 11732

Anatolij Rybakow im dtv

»Anatolij Rybakow erzählt Geschichten und Geschichte. Sein erstes Buch ist ein politisch-historischer Entwurf über die Stalin-Ära mit literarischen Mitteln.« (Stuttgarter Zeitung)

Die Kinder vom Arbat
Roman · dtv 11315

Täter und Opfer der Stalin-Zeit kamen oft aus derselben Straße. Von dort weggegangen, verloren sie sich in der Weite Sibiriens oder im Labyrinth des stalinistischen Machtapparats. Sascha Pankratow wird schon als Student in die Verbannung geschickt, sein Schulkamerad Jura Scharok hingegen macht Karriere beim NKWD. Beide sind Kinder vom Arbat, einem alten Moskauer Stadtviertel…

Jahre des Terrors
Roman · dtv 11590

»Betrachtet man das Treiben der Mörderbande um Stalin und seine Helfershelfer wie Berija oder Wyschinskij, so kann noch die blutigste Shakespeare-Tragödie wie eine Kinderbelustigung erscheinen«, schreibt Jürgen P. Wallmann in der ›Welt‹. »Rybakow hat ein ebenso spannendes wie wahres Buch geschrieben.«

Stadt der Angst
Roman · dtv 11962

Wieviel Terror braucht der Diktator Stalin, um seine Macht zu festigen, und wie kann man leben in seinem Regime? Sascha darf endlich aus der sibirischen Verbannung zurückkehren. Allerdings, Moskau und andere »Regimestädte« sind für ihn tabu. Auf dem mühseligen Weg durch Rußland muß Sascha erkennen, wie sehr sich alles verändert hat. Er spürt die Angst der Leute. Aber die Sehnsucht ist stärker. Trotz des Verbots fährt Sascha nach Moskau, um sich heimlich mit seiner Freundin Warja zu treffen…